suhrkamp taschenbuch 3187

Dies ist die Geschichte vom dreizehnjährigen Jack, seinem Vater, dem Fernseh-Monster-Clown, von der verstorbenen Mom, vom kleinen Bruder Dylan, der verlorengeht, vom dämlichen Dexter, vom gespenstischen Norman, von Cheyenne, dem einäugigen Hund, und vom Spiel »Keiner Wird Gewinnen« ...

Wer je einen Blick in die amerikanischen Fernseh-Familienserien geworfen hat, der begreift McCalls Absicht schnell: Mit Hilfe seines dreizehnjährigen Helden korrigiert er Amerikas Mustergültigkeit. Er läßt Jack erzählen und zeigt das Gegenbild, von dem sich auch der sorgenloseste Familien-Fan bewegen und ernüchtern lassen wird. Das ganze spielt in Oakland, in einem weißen Amerika der unteren bis mittleren Mittelklasse mit den charakteristischen Problemen: unterschwelliger Rassismus, Puritanismus, Alkohol- und Drogensucht, wohlanständige Depressionen.

›Dad‹ bestreitet die Regionalsendung »Kinderkram« als Fernseh-Clown, Jack geht zur Schule und Dylan in den Kindergarten. Jack hat es schwer, er ist für den Bruder verantwortlich, hat Pubertätsprobleme und erlebt den trinkenden Vater. Eine ganze Weile geht dies scheinbar gut, doch dann wird Dylan von einem Nachbarn entführt, weil dieser glaubt, Jacks Familie hätte seinen Hund vergiftet.

Dan McCall, 1940 in Kalifornien geboren, ist Professor of American Studies an der Cornell University. Ein zweiter Roman von Dan McCall, *Triphammer*, ebenfalls von Harry Rowohlt aus dem Amerikanischen übersetzt, liegt als suhrkamp taschenbuch 2965 vor. *Jack der Bär* wurde mit Danny DeVito in der Hauptrolle verfilmt.

Originaltitel: *Jack the Bear*
Umschlagabbildung: Danny DeVito, Robert J. Steinmiller jr.
und Miko Hughes in »Mein Vater – Mein Freund«, USA 1992.
Foto: pwe Kinoverlag, Hamburg

suhrkamp taschenbuch 3187
Erste Auflage 2001

Druck: Nomos Verlagsgesellschaft, Baden-Baden
Printed in Germany
Umschlag nach Entwürfen von
Willy Fleckhaus und Rolf Staudt

1 2 3 4 5 6 – 06 05 04 03 02 01

Dan McCall
Jack der Bär

Roman

Aus dem Amerikanischen von
Harry Rowohlt

Suhrkamp

Dies Buch gehört Steven.

Alle Charaktere in diesem Buch sind frei erfunden,
und jede Ähnlichkeit mit lebenden oder toten Personen
wäre der reinste Zufall.

Dankbar möchte ich auf die Unterstützung
der John Simon Guggenheim Memorial Foundation hinweisen.

Das Geheimnis meines Erfolges bei Kindern«, sagt Dad immer, »ist folgendes: sie halten mich für einen von ihnen.« Wenn manche Erwachsenen mit Kindern spielen, merkt man sofort, daß sie lieber was anderes täten, aber mein Dad scheint das Erwachsenwerden vergessen zu haben. Deswegen war er auch so gut in seiner Fernseh-Show KINDERKRAM. Gut ist er immer noch, aber nicht so wie früher. Ganz klar. Und das liegt an einem Umstand, den er so umschreibt: »Was ich vom Leben erwarte? –: Zu Hause bleiben, meine Frau flachmachen und mit den Jungens spielen.« Schön. Er kann immer noch mit John jr. (das bin ich, Jack-der-Bär) und mit Dylan, meinem Bruder (3), spielen, aber seine Frau, Mom, wird er nie wieder flachmachen können, weil sie nämlich letzten Winter gestorben ist. Vorher waren sie schon ein Jahr lang getrennt gewesen – nicht geschieden, nur getrennt. Und deshalb pendelten wir auch nicht zwischen Syracuse (N. Y.) und Oakland (Cal.) hin und her, sondern Dad und Dylan und ich wohnen jetzt hier in diesem Haus in Oakland.

Als Mom und Dad damals in Syracuse die ersten Schwierigkeiten miteinander hatten, gab ich mir die Schuld, und Dylan natürlich, weil wir der Anlaß mehrerer Ehekräche waren, aber Dad erklärte mir, daß alle Kinder sich die Schuld geben, wenn es ihren Eltern dreckig geht. Völlig normale Reaktion. Trotzdem war ich in Syracuse ziemlich ekelhaft zu Dylan, wenn ich mitansehen mußte, wie er sie fertigmachte. Dabei wußte ich natürlich, daß das alles nicht unsere Schuld war. Und an ihrem Tod hatte auch niemand schuld, außer vielleicht sie selbst, weil sie sich um drei Uhr morgens auf vereisten Straßen herumtrieb. Aber davon hören die Albträume nicht auf. Auch bei Dad nicht. Manchmal wache ich schweißgebadet auf, gehe runter, um ein Glas Milch zu trinken, und dann ist er schon da. Oder umgekehrt. Und dann quatschen wir oder sitzen nur so am Eßzimmertisch. Er trinkt Cognac oder Kaffee oder beides. Wir beobachten, wie die Nacht immer heller wird und hören zu, wenn der *Chronicle* gegen die Haustür geschmissen wird.

Man muß weiterleben, man muß sich zusammenreißen. Dad hat seine Arbeit. In Syracuse war es Kanal 44, und hier in Oakland ist es das Zweite Programm. Er hat mich zwar wie früher ein paarmal ins Studio mitgenommen, aber gesendet wurde ich bisher nicht. Früher kam das noch vor. Jetzt hat Dad nicht mal ein eigenes Programm; er ist lediglich das Zeremonien-Monster in der *Thriller*-Serie. Immerhin tritt er noch im Radio auf. Die Sendung heißt immer noch KINDERKRAM, und ich durfte einen Werbespot für Northridge-Brot sprechen, aber das haben wir zu Hause auf Band gemacht. Dylan ist auch drauf. Er plärrt gegen Ende des Spots »MEHR BROT!«, und zwar aus vollem Halse. Manchmal wird Dad nach so einer Tonbandsitzung ohnmächtig, weil er sich soviel Sorgen um seinen Job macht und wie er seine Buben alleine großziehen soll und überhaupt und weil er wegen Mom so traurig ist. Er ist unheimlich einsam. Er raucht zuviel Gras und säuft sogar. Einmal fand ich ihn nachts unten, und er lag auf der Couch und weinte im Schlaf; echt: weinte! Im Schlaf! Das Ganze wurde noch dadurch verschlimmert, daß Dylan Grippe hatte, 39,5 Fieber. Wir wunderten uns nicht schlecht, weil wir keine Ahnung gehabt hatten und nur wegen einer Routineuntersuchung ins Krankenhaus gekommen waren. Die Krankenschwester war völlig geschockt und flippte herum und sagte: »Das Kind hat 39,5 Fieber!« Dad verlor die Fassung, weil wir nur wußten, daß Dylan am Abend vorher ganz müde auf der Couch gelegen hatte und ein bißchen tranig war, was sonst nicht seine Art ist. Von dem Fieber haben wir nichts gemerkt, und gemessen haben wir schon gar nicht, weil Dad das Thermometer vor Wochen kaputt gemacht hat; es war ihm aus der Hand gefallen und in 1000 Stücke zerbrochen. Als wir beim Arzt in der Praxis waren, wußte ich, daß er sich jetzt wie ein beschissener Vater vorkam, aber was sollte ich schon sagen. Ich meine, man kann ja auch nicht sagen: »Keine Sorge, du bist gar kein beschissener Vater.« Außerdem hatte Dylan die Sache nach 2 Tagen überstanden.

Erstens wollte Dad natürlich hierher ziehen, um die qualvollen Erinnerungen loszuwerden. Aber die Bay Area ist auch aus anderen Gründen der richtige Platz für ihn. Zum Beispiel hat er hier Beziehungen. Er hat sich sogar mit Mom, während der Trennung, darüber unterhalten, und vorher auch schon. Er hat am Staatlichen College von San Francisco sein Examen in Theaterwissenschaft und Kommunikationswesen gemacht. Ich habe mich auf dieser Cocktailparty mit einem seiner alten Professoren unterhalten, während ich Getränke auf dem Tablett servierte und nachschenkte und einen schlimmen Anfall von ganz entzückender Drolligkeit hatte. Alles Imitation. Dad schwitzte und hatte sein Lieblings-Flower-Power-Hemd an und die orangefarbene Hose und Stiefel, und er benahm sich ziemlich auffällig. Ich wußte, daß er den dicken Mann markiert, weil man den hin und wieder markieren muß. Besonders heutzutage.

Das Haus, das wir uns hier gemietet haben, ist das Letzte, also einsame Klasse. Dad nennt es den »Rosa Hauer«, weil es groß ist (3 Stockwerke) und dünn und rosa und alt. Der Mann, der es im Jahre 1921 gebaut hat, war Architekt und gab sich noch die Richtige Liebevolle Mühe (RLM), besonders weil seine Frau nicht gehen konnte; sie war gelähmt, und als er das Haus baute, hatte er ihr Problem im Auge. Zum Beispiel gibt es in jedem Zimmer einen Klingelknopf, so daß sie in ihrem Rollstuhl überall hinrollen konnte und Signale geben. Und wenn wir nachts zu dritt das Taschenlampenspiel spielen, klingelt immer einer von uns, oder wir klingeln alle drei. Wenn ich z. B. im Keller bin und Dad mit der Taschenlampe herumhetzt, machen wir alle Lichter aus. Dann ist es stockfinster, und Dylan versteckt sich in seinem Zimmer im Schrank. Dylan kapiert den Sinn dieses Spiels noch nicht ganz; wenn man z. B. ruft: »Wooooo ist Dylan?«, verrät er sich sofort und flötet: »Im Schrank!«

Tagsüber spielen wir auch draußen, besonders wenn es anfängt, dunkel zu werden, nach der Schule vor dem Abendessen, und zwar mit den Kindern aus der Nachbarschaft. Sie lassen Dad keinen Augenblick in Frieden. Mit Kindern spielt er schon immer für sein Leben gern – und wenn das auch seltsam klingt –, seit seinem vielen Herzeleid ist dieser Zug noch ausgeprägter. Ein *Zwang*, sozusagen. Ich bin wahrscheinlich der Einzige, der das richtig beurteilen kann, weil ich ihn ja immer nach dem Spielen erlebe und weiß, wieviel er in die Sache hineinlegt. Andere Kinder halten ihn für einen Super-Kinderschreck und kichern sich dumm und dämlich. Jeden Nachmittag erscheinen sie gegen halbfünf und fragen: »Wann kommt das Monster raus?« Manchmal schminkt er sich seine Fernseh-Maske und erscheint dann in einer seiner liebsten Verkleidungen, als Cäsar Asparagus, und jagt alle. Mrs. Festinger, die Mutter von Edward, beobachtete uns auf dem Bürgersteig und fragte ihn: »Wie kommt es, daß Sie solche Macht über Kinder haben?« Ich dachte, Dad sagt das, was er immer sagt, daß er selbst eins ist, aber er sagte: »Ich bin ein perfektes Monster.« Und das stimmt. Er stampft herum wie ein Roboter und sagt: »Ich will ein Kind fressen, ein Kind will ich fressen«, und sein Gesicht ist grün-blau, und alle lachen und haben Angst, und seine Stimme sackt in den tiefsten Keller der Welt: »Ein KIND fressen, ein KIND fressen«, und er sagt: »Du bist ein Quatschkopf, und du bist meschugge, und dich häng ich an den Daumen auf.« Edward, der ein ganz klein wenig zurückgeblieben ist und ein Gesicht wie Brei hat, hängte sich tatsächlich mal – vorübergehend – mit den Daumen an einer Stange auf. Und dann bleibt Dad plötzlich stehen, er wird ganz ruhig und sagt: »Wir wollen doch versuchen, wie Erwachsene an diese Sache heranzugehen. Ich sehe keine Monster. Ein Monster taucht nur auf, wenn der Himmel von einem metallischen Licht erfüllt ist.« Und dann ist er wie jeder andere Erwachsene, ganz beiläufig und gelangweilt, bis jemand sagt: »Was ist das? Da oben am Himmel! Ein Flugzeug? Ein Hubschrauber?« Und Dad sagt: »Was? Ich sehe keinen ...« Und dann gibt es ihm einen Ruck, ganz langsam dreht er sich um, und dann verwandelt er sich sachte und allmählich, genau wie der arme alte Larry Talbot, in den Wolfsmenschen. Wir fliehen in alle Richtungen, und jemand rennt aus Versehen über Dylan rüber, und wir unterbrechen die Veranstaltung, damit Dad ihn abküssen kann, wo es wehtut, und ihm die Tränen abwischt.

Die Hunde sind ein echtes Problem. Die Leute, die hinter uns wohnen, also auf die Parallelstraße hinaus, die Carmichaels, züchten Dobermänner und haben schon etwa 10 von der Sorte. Manchmal spielen die Biester verrückt und fletschen die Zähne und heulen und kläffen. Alle haben sich schon drüber beschwert, aber das Ganze wird nicht gewerblich genutzt wie eine Hundezucht, also was will man machen?

Sie machen das als Hobby. Für uns ist das ganz schön blöde, denn unser Hinterhof ist eine perfekte Monster-Arena; zwanzig Meter bergab, seit Jahren verwahrlost,

Efeu und gespenstische Bäume mit Moos dran und so ein Zeug, das ich Wolfsschierling nenne. Man kann drunterdurch kriechen, weil es Tunnels aus Efeu und Ranken gibt, und seit 1921 oder seit dem Zweiten Weltkrieg ist hier bestimmt nichts verändert worden. Aber wenn wir das große Gemonster so richtig durchziehen, ziehen die Hunde ihre Hundenummer ab. Einer kroch mal durch ein Loch im Zaun, und es war gut für alle Beteiligten, daß er noch ganz klein war. Sie hatten ihm gerade erst die Ohren kupiert, und sie waren so mit Schienen und Leukoplast bandagiert, daß er aussah, als hätte er ein kleines Fußballtor auf dem Kopf, mit Pfosten und Latte, aber ohne Netz. Früher hatte Dylan nie Angst vor Hunden, aber jetzt ist er wie versteinert. Die Hunde bellen auch, wenn niemand in der Nähe ist, zum Beispiel bei Sonnenaufgang, und das treibt natürlich jeden von seinem Baum runter. Daher beschränkt Dad sein Gemonster hauptsächlich auf den Vorgarten, der im Grunde ernstlich gar nicht in Betracht kommt. Manchmal spiele ich ganz leise mit Dylan auf dem Hinterhof, denn da steht ein riesenhafter Baum, mindestens 14 Meter hoch, mit Moos, alles inklusive. Ein richtig edler Baum, und die Leute, die hier mal wohnten, haben oben ein Baumhaus eingebaut, und da klettere ich manchmal hinauf, um einen von Dads Joints zu rauchen (Dad zählt sie nicht nach).

Ich möchte mal eben etwas in aller Deutlichkeit ansagen, nämlich das, was Dad immer als Witz behauptet. Es ist kein Witz. Das Gemonster hat nicht immer ein Happy End. Eines Tages war Dad besoffen und nicht ganz unter Kontrolle. Er stolperte, fiel hin, und seine rosa Sonnenbrille ging kaputt. Katy, Edwards Schwester, die nicht zurückgeblieben ist, sagte: »Ihr Atem riecht nach etwas, und ich weiß auch, was es ist.« Dad blieb stehn und sagte: »Was?« Und Katy schrie: »WHISKEY!« Dad wurde bleich und ging ins Haus. Sogar ich weiß, daß es kein Whiskey war, sondern Gin. Das war der Abend, an dem er auf die Spaghetti kotzte.

In derselben Nacht hatte ich einen meiner schlimmsten Mutterträume. Der Traum spielte in unserem alten Haus in Syracuse, und sie saß mitten in der Nacht auf meinem Bett, wie sie es oft tat, strich mir das Haar aus der Stirn und sagte: »Jacky-Bär, wirst du deine Mutter immer liebhaben? Wirklich immer?« Ich brüllte JA, und davon wachte ich auf. Sie hatte immer Angst, wir würden sie nicht lieb genug haben. Man konnte sie einfach nicht überzeugen. Ich hätte gern irgendwas unternommen, und in einem Traum ist es mir auch gelungen; sie war Dornröschen, und mein Kuß brach den Bann des Todes. Am meisten regt mich in meinen Träumen diese beschissene Idee mit der *Zweiten Chance* auf. Ich würde mit Kußhand mein eigenes Leben opfern, wenn es dadurch klappt. Ich weiß, daß erwartet wird, daß man sowas sagt, aber ich meine es so, wie ich es sage. Ohne Kleingedrucktes.

Was anderes, was ich gerade lerne, ist, daß jeder auf der ganzen Welt echt schreckliche Probleme hat. Eines Tages kam Dexters Mutter herüber, als wir gerade Gemonster machten. In Wirklichkeit ist sie gar nicht seine Mutter; sie ist seine Großmutter; das weiß jeder; seine richtige Mutter und sein richtiger Vater sind abgehauen; sie sind voneinander abgehauen; sie sind von Dexter abgehauen; sie sind von allem abgehauen. Das hätten meine Eltern auch in ihrer schlimmsten Zeit nie gebracht. Dexters Mutter ist in Wirklichkeit seine Oma, und manchmal, wenn ich das Gefühl habe, unsere Lage ist hoffnungslos, denke ich an Dexter und daran, was er durchmacht und was noch auf ihn zukommt. Niemand liebt ihn, niemand *liebt* ihn richtig. Seine Mutter weilt nur 4 Stunden pro Tag unter den Lebenden, seine Großmutter sowieso nicht, und sein Großvater ist auch nicht viel besser, außer daß er noch einigermaßen anschaffen gehen kann. Sie frißt Pillen und säuft und ist von morgens bis abends weggetreten, und er ist von abends bis morgens weggetreten. Dad sagt, sie sind Mitglieder bei den Monogamen Alkoholikern.

Deshalb lassen die Eltern in unserer Straße ihre Kinder nicht zu den Mitchells zum Spielen gehen. Edward hat sich da letztes Jahr den rechten Arm gebrochen, und einen Monat später hat sich Katy auf dem Hinterhof den linken Arm gebrochen. Manche sagen, das sei Zufall gewesen, aber Mr. Festinger, ihr Vater – Dad nennt ihn Erdbeben McGoon, weil er betont muskulös ist und mit Hanteln trainiert –, sagte: »Als alle beide diesen Gipsverband anhatten, sagte ich: ›Jetzt reicht's.‹« Dexter wird dann angeschnauzt, aber es war wirklich nicht seine Schuld. Er kann nur nicht zuhören. Vor dem Spiel bei der Schlachtbesprechung sagt man ihm etwas, und wenn ich zum Anstoß den Ball nach links abgebe, macht er etwas völlig anderes. Außerdem rennt er ständig blindlings in Sachen rein, wie z. B. unsere Hecke.

Jedenfalls kam Mrs. Mitchell herüber. Sie ging stocksteif und hielt sich an der Hecke fest, um nicht aus der Bahn geworfen zu werden. Zu Dad sagte sie: »Ich möchte Sie auf gut nachbarschaftliche Art warnen.« Dad hörte auf, Cäsar Asparagus zu sein, und sie gingen auf die Veranda. Ich hörte aber trotzdem alles, weil ich mich im blauen Planschbecken versteckte, welches uns im August albereimäßig gute Dienste leistet. Ich saß auf dem wie eine Schlange zusammengekringelten Schlauch. Mrs. Mitchell sprach über Norman, das Problem der ganzen Nachbarschaft. Norman ist ein geradezu rasantes Arschloch. Er wohnt genau gegenüber in einem breiten Haus – Dad sagt, wir wohnen im Rosa Hauer, und Norman & Co. (seine Eltern) wohnen im Grünen Backenzahn. Hinten auf Normans Jacke steht KILLER BY DAY, LOVER BY NIGHT. Als Dad ihn zum erstenmal traf, fragte er ihn, wie spät es ist ... Norman ist komplett im Arsch. Er ist etwa 30, und ein Weißer, nur hat er eine graue, hoffnungslose Haut, wie ein ausgebranntes Lagerfeuer. Er trägt einen Spazierstock, und die Kinder glauben, in dem Stock sei ein Schnappschwert eingebaut. Den ganzen Tag marschiert er um den Block, als wäre er auf Streife, und jeden Tag um neun, wenn alle Welt in die Schule geht, wäscht er seinen alten orangefarbenen '59er Thunderbird. Der ist seit Menschengedenken so geparkt, daß wir nur in unsere Einfahrt können, wenn wir in die Einfahrt von den Mitchells fahren, dann rückwärts in die Einfahrt vom Grünen Backenzahn und dann erst in unsere. Das geht natürlich bei Dad nie ohne mehrere Versuche und jede Menge »Verdammt!« und »Scheiße!« ab. Wenn Norman seinen orangefarbenen T-Bird wäscht, schmeißen manche Kinder mit Klumpen oder sogar Steinen nach ihm, und wenn er ihnen dann nachrennt, dann ist das ganz sicher kein Gemonster, er würde sie wahrscheinlich notzüchtigen. Aber bis auf zweimal hat Norman uns noch keinen Ärger gemacht. Das eine Ärgernis ist sein großer weißer Hund Cheyenne, der uns jeden Morgen in den Vorgarten kackt. Das andere Mal war, als er sich bös in den Fuß geschnitten hatte, und Dad fuhr ihn zum Krankenhaus. Norman scheint keinen übertrieben großen Bekanntenkreis zu haben, wenn er *uns* bitten mußte; wir waren eben erst eingezogen und noch völlig fremd in der Gegend. Sein dämlicher Fuß blutete vorn in unserem Dodge Swinger den ganzen Goldteppich voll. Wir kriegen den Fleck nicht raus, er ist waschecht, und wenn man ihn nicht geflissentlich übersieht, erinnert er einen an Norman.

Als ich mich da draußen im Dreck bei der Veranda versteckte, hörte ich, wie Mrs. Mitchell Dad Normans gesamte Lebensgeschichte erzählte. Dann ging sie nach Hause, um zu pennen. Dexter staubte bei uns noch eine Käsestulle ab und ging dann auch nach Hause. Er bat mich noch herein, ich leistete der Einladung Folge und erschrak, weil eine Leiche auf dem Sofa lag: sie. Dexter klopfte ihr heftig mit den Knöcheln an die Stirn und sagte: »Rate mal, wer da ist! Wir haben Besuch.« Sie wachte nicht auf, sie bewegte sich nur ein bißchen. Oben im ersten Stock ging plötzlich ein automatisches Tonbandgerät an, ich konnte hören, was es spielte, es spielte Dexters Gutenachtgeschichte. Ich weiß, wann es Zeit ist zu gehen, also ging ich.

In letzter Zeit habe ich ständig Angst. Ich habe die schlechte Angewohnheit, Geräusche zu hören, wie von jemandem, der klein ist und weit weg und verloren und einsam. Das ist natürlich Mom. Wir haben viele Fotos, und ich sehe sie mir oft an, die Schnappschüsse besserer Tage, von Dad geknipst, ich als Baby, Dylan als Baby, die Woche in Maine, und ganze Fotoromane mit uns als Eine Große Glückliche Familie. Und das Porträt von Moms Abschlußexamen, goldgerahmt. Ich glotze und glotze und denke mir Gespräche aus. Ich habe Visionen von ihren Rendez-vous' und von gemeinsamen Ausritten (die höchstwahrscheinlich nie stattfanden). Und dann zum Schluß, am späten Nachmittag, wenn man vom Fenster aus die Straße nicht erkennen konnte, weil der Schnee in dichten weißen Laken fiel, dann sagte Mom: »Ich muß wieder zu mir selbst finden.« Sie wußte, was allgemein los war, aber sie hatte keine Kraft. Kein Mensch kann mir erzählen, sie hätte es nicht von ganzem Herzen versucht; ich weiß nämlich, wie sehr sie sich anstrengte. In der Nacht, als sie starb, hat sie wahrscheinlich eingesehen, daß sie es nie schaffen wird. Sie konnte ihre Ängste nicht überwinden.

Ich versuche, mit meinen fertigzuwerden. Mit den alten und den neuen. Die neuen Ängste habe ich z. B., wenn ich oben im Rosa Hauer sitze und über die Straße sehe. Da sitzt Norman an seinem Fenster, denkt über alles nach und beobachtet Sachen, die nur er sehen kann. Er hat eine Pistole. Und ich versuche, Abstand zu halten. Dylan nennt Norman »Big Trouble«. Dylan hat eine Angst vor Hunden und vor Norman entwickelt. Alles, was ich über Normans antike Vorgeschichte weiß, ist, daß er früher mal ein Abziehbild an seinem orangefarbenen '59er T-Bird mit der Aufschrift ALLEZEIT APARTHEID hatte, er haßt nämlich Schwarze. Es setzte damals viele Beschwerden, ähnlich wie bei den Dobermännern. Es gab Leute, besonders Schwarze, die alles mögliche an sein Haus und auf die Betonstufen malten, und trotz Farbentferner kann man das immer noch sehen. Besonders dieses Zeichen, das Dad mir erklärt hat: ein Hakenkreuz, das bedeutet Nazis. Jetzt hat Norman ein Abziehbild, auf dem nur noch WALLACE steht, und das ist ja völlig nutzlos, weil sie Wallace abgeknallt haben, und er kann nicht mehr kandidieren. In unserer Gegend gibt es 99% MCGOVERN-Abziehbilder und je einen NIXON auf zwei Autos, die derselben Familie gehören, und Crazy Normans einen WALLACE. Daß er meine langen Haare nicht ausstehen kann, ist sowieso klar.

Meistens habe ich nachts Angst, wenn Dad im Studio ist. Ich sehe ihn mir an, wenn er in *Thriller* die Werbespots macht. So habe ich ihn zwar einerseits zu Hause, *in Farben, leuchtend, wie die Natur sie schafft*, aber ich lasse auch danach den Fernseher bis zum Mitternachtsfilm an, dann höre ich draußen den Dodge Swinger, knipse unseren neuen Zenith-Glotzo aus und hetze ins Bett. Einmal hat er mich dabei erwischt, aber es war nicht weiter tragisch. Der Babysitter, den er durch eine Vermittlung angeheuert hatte, Alice, war sowieso das Letzte, und jetzt sieht er sich nach was anderem um.

Dad ist wie Avis, er gibt sich mehr Mühe. Er nimmt fast nichts übermäßig übel und wird nie wütend. Viele Leute würden über Sachen wütend werden, über die Dad nie wütend wird. Z. B. hat er mir die Geschichte erzählt, wie er mal in einem mexikanischen Restaurant auf der Telegraph Avenue in Berkeley zum Mittagessen war. Als er gerade so richtig beim Essen war, merkte er, daß die Wasserkaraffe leer war, und ging in die Küche, um sie nachfüllen zu lassen, und als er an seinen Tisch zurückkam, saß da einer von diesen Sponti-Hippies und fraß den Rest von seinem Mittagessen. Dad war nicht die Spur sauer. Als er mir die ganze Geschichte erzählte, machte er den Hippie vor: »Finster, Mann, finster. Bei der Ssiehn fehlte mir der Durchblick. Hab ich in echt nicht gediggt, daß du mit Einpfeifen nicht fertig warst. Gibt mir original die Depris.« Es ist unmöglich, Dad wütend zu machen. Er hatte immer eine Theorie der Schiefen Ebene. Neulich machte er für uns ein Gemonster, und ein kleiner schwarzer Junge namens Ray linste über die Haube unseres goldenen Swinger und sagte zu Dad: »Monster, du bist ein Scheißkerl!« Dad grinste, sagte: *»Right on!«* und drehte sich um, um ein anderes Kind zu fressen.

Dylan geht an fünf Tagen in der Woche in den Kindergarten, die *Kinder Haus Nursery School*, und ich gehe in die *Piedmont Experimental School.* Ich arbeite da als Rasender Reporter für die *Piedmont Experimental School Tratschtante* (DIE PEST), und ich will eines Tages Journalist werden. Die Kinder sind ziemlich in Ordnung, aber ich habe bisher noch keine engeren Freundschaftsbeziehungen innerhalb meiner Altersgruppe entwickelt. Ich laufe mit jüngeren Kindern herum; die bewundern mich, oder sie stellen wenigstens keine Konkurrenz dar. Wenn man neu in der Stadt ist, muß man warten können und vorsichtig sein. Eins von den Mädchen glaubt allen Ernstes, Speed und Gras und Trips seien Sachen, die von den Ureinwohnern Alaskas gegessen werden. Möchte wissen, woher sie das hat. Für die PEST schreibe ich eine Abenteuerserie, die in Guacamole, Neu-Mexiko, spielt; im Moment geht es um den Aufstand der Taco-Fledermäuse, und Dad tippt den Text für mich auf seiner ROYAL ab. Dafür hat er mir den Bullitzer-Breis verliehen, einen Stern, aus Goldpapier ausgeschnitten, am blauen Bande um den Hals zu tragen. Dann hab ich noch eine Urkunde von den Vereinigten Töchtern der Motelbesitzer Amerikas.

Gestern spielten wir auf der Straße Fußball. Crazy Norman saß im Efeu auf seinem Privatgrundstück BETRETEN VERBOTEN und hatte seine Jacke KILLER BY DAY, LOVER BY NIGHT an und schmiß mit Steinen nach seinem Hund Cheyenne, der angebunden war. Dad regte sich auf, weil Dexter gesagt hatte, er hätte graue Haare und stürzte ins Haus, um in den Spiegel zu sehen. Als er wieder herauskam, sagte er, das sei alles erstunken und erlogen, »ein böswilliger Anwurf, der jeder durch Fakten abgesicherten Grundlage entbehrt«, und dann fand Dexter ein graues Haar, und ich mußte es ausrupfen und Dad zeigen. Er konnte nicht umhin, das Beweismaterial anzuerkennen. Das tat weh. Dylan darf noch nicht auf die Straße, und Dad hat ihm einmal ziemlich eine gescheuert, als er ihn erwischte. Deshalb versieht mein kleiner Bruder seinen Job als Schlachtenbummler vom Bürgersteig aus. Der einzige Anfeuerungsruf, den er beherrscht, ist »Alle Mann ran!« Außerdem sagt er noch »MEHR BROT!« Dexter wußte wie üblich nicht, was er treiben sollte, aber Dad läßt uns immer abwechselnd stürmen, also sagt Dexter während der Lagebesprechung: »Du flankst zu mir, dann flanke ich zu dir, und du stürmst über den linken Flügel, *-kay?*«, und das -KAY sagt er richtig abgebrüht und hämmert mit dem Finger auf seine hohle Hand ein, und dann spielt man ihm den Ball zu, und er rast blindwütig mit Schmackes in die Hecke. Er kann nicht geradlinig denken. In der Verteidigung sagt er zu mir: »Du deckst den Neger«, was ziemlich verfehlt ist, weil *beide* gegnerischen Stürmer schwarz sind. In einem Spiel ging Dad nach vorn, ich schoß einen gut plazierten Paß aus der Tiefe des Raumes nach vorn, der von Michael, der immer ein phantastisches Laufpensum absolviert, abgestaubt wurde. Dad versuchte zu klären und wurde gelegt. Mr. Festinger Erdbeben McGoon, der auf der anderen Straßenseite seinen Müll heraustrug, lachte Dad auf hinterhältige Weise aus und sagte: »Ausgetrickst, Superstar.« Ich kann ja manche Leute nicht leiden, aber Mr. Festinger kann ich fast so sehr nicht leiden wie Norman. Mr. Festinger hat ungleich lange Koteletten, also sozusagen Schweinskotelett auf der einen und Sülzkotelett auf der anderen Seite, und er sagt: »Gib mir fünf Karten wie immer, Tiger«, und versucht, der Ganz Große Verständnisvolle Erwachsene der 70er Jahre zu sein, macht aber trotzdem sein dämliches Body-Building, um Pokale zu gewinnen und schnauzt seinen ganz leicht zurückgebliebenen Sohn an, den guten alten Edward, und einmal habe ich gesehen, wie er ihm unheimlich eine gescheuert hat. Dad klebt Dylan und mir, wenn es hochkommt, vielleicht achtmal pro Jahr eine, aber er schlägt nie ins Gesicht. Mr. Festinger gehört zu den Leuten, die Norman vor Jahren mal mit einem Baumast angegriffen hat. Cheyenne kackt auch in Mr. Festingers Vorgarten mit großer Vorliebe; Cheyenne ist überhaupt der Kack-Champion der ganzen Gegend, und Mr. Festinger sagt, wenn das nicht pronto aufhört, bringt er den verdammten Köter mit Gift um. Aber vielleicht bringt Norman ihn noch früher um, wenn er immer mit Steinen nach ihm schmeißt; das linke Auge hat er schon geschafft. Sieht aus wie eine tote Murmel.

Auf jeden Fall rannte Dad freudig erregt herum und rief Sachen wie »Ausgezeichnetes Spiel, ausgezeichnetes Spiel« und »Vorwärts, Männer« und verwarnte Michael, weil er Superfly, den Großen Schwarzen Gangsterboß, spielte und »Oh Sheeyyyit« gesagt hatte wie bei schwarzen Stutzern üblich und zeigte Dexter wegen Textilbremse die rote Karte. Gegen Michael verhängte er wegen unsportlichen Verhaltens, schmutziger Redeweise und allgemein wegen Bad Furzbach einen Elfmeter vom Hydranten aus. Dann hatten wir alle Apfelsafthalbzeit auf der Veranda, und Dexter wollte wissen, wann das Monster wiederkommt, und Dad sagte, er ist zu erschöpft. Aber Dylan sagte immer wieder: »Ich will ein Monster, ich will ein Monster«, so daß sich Dad schließlich dem Volkswillen beugte, das metallische Leuchten am Himmel erblickte und sich in Markus das Tuberkel verwandelte. Er wankte wie ein Roboter und deklamierte »ein KIND will ich fressen, ein KIND, ein KIND«, und Katy kam durch den GEHEIMGANG herüber, der ein besseres Loch in der Hecke ist und verfolgte ihn. Dazu brüllte sie: »Friß doch einen ERWACHSENEN, EINEN ER-

WACHSENEN!«, und dann erschien Henry Abrams von unten an der Ecke auf seinem Einrad. Hinten auf dem Einrad, zwischen Sattel und Rad, war ein Schild angepappt, das ihm seine Eltern gemalt hatten, und darauf stand mit roter Farbe:

SCHON WIEDER EIN EINRAD
FÜR MCGOVERN

Das fand Dad ungeheuer gut, und er fuhr auch ein bißchen auf dem Einrad, weil er nämlich schon jahrelang Einrad fährt, schon bevor ich geboren war. Er war nämlich Clown im Clyde Beatty Circus gewesen. Ich kann auch einradfahren, weil Dad mir alles beigebracht hat, was er kann. Ich werde nie vergessen, wie wir im August im Rosa Hauer eingezogen sind, und Henry Abrams kam angeradelt, um vor den neuen Nachbarn anzugeben, und ich tat, als wäre ich maßlos beeindruckt und fragte ihn, ob ich auch mal darf, und er sagte nein, und ich sagte: »Ich wette 25 cents, daß ich mit dem Ding fahren kann, wenn ich 3 Versuche freihabe; so schwer sieht es auch wieder nicht aus«, und Henry lachte und sagte: »Her mit dem Geld«, und gab mir sein Einrad, und ich radelte der untergehenden Sonne entgegen, und seine Kinnlade fiel ihm krachend auf die Brust. Die 25 cents konnte er natürlich behalten, weil er ja meinen Werdegang nicht kennen konnte und nicht wußte, worauf er sich da einließ. Dad hat Stunden und Stunden damit verbracht, mir seine alten Zirkustricks zu zeigen, und ich kann radschlagen mit abschließendem Salto vorwärts und Laufsalto vorwärts. Ich kann solange auf den Händen gehen, wie es mir Spaß macht. Als der Clyde Beatty Circus mal nach Syracuse kam, ging Dad hin, um alte Freundschaften zu erneuern, und er gab Clyde Beatty jede Menge Gratis-Spots in KINDERKRAM auf Kanal 44, und da durfte er für eine Vorstellung wieder als Clown mitwirken, und Dad kündigte die Gala-Vorstellung im KINDERKRAM an und mußte Autogramme geben und alles, weil er ja eine Berühmtheit in der Gegend war, und ich spielte auch eine Rolle in der Show. Ich tat so, als fiele ich ihm beständig auf den Wecker, klaute ihm den Zylinder und so, und er jagte mich zusammen mit 2 anderen Clowns durch die ganze Manege. Ich hatte meine normalen Schulklamotten an, damit niemand Verdacht schöpft, und dann fing ich mit Radschlagen und Salto rückwärts und Bodenkippe an, und ein Einrad hab ich gestohlen, d. h. die ganze Schau habe ich ihm gestohlen, und Dad verfolgte mich auf einem über 2 Meter hohen Einrad mit Radkettenübersetzung, und als alles vorbei war, verbeugten wir uns Hand in Hand im Scheinwerferlicht, SYRACUSE LAG UNS ZU FÜSSEN, ein Vater und sein Sohn, und es war ganz einfach der Höhepunkt meines Scheißlebens. Ihr könnt euch nicht vorstellen, was für ein Gefühl das war, und ich kann mich auch kaum noch dran erinnern. Das waren die Jahre des Ruhms.

Ich will nur eins sagen: Ich werde dieses Gefühl nie vergessen, und ich kann ihm dafür nie genug danken. Als wir nach Hause fuhren, sagte Mom nichts, aber wir sahen beide, daß Dad Tränen in den Augen hatte. Das gute alte Gefühl war wieder da. Ich glaube, ich würde gern zum Zirkus gehen, aber Dad sagt, der Zirkus stirbt und hat keine Zukunft. Immerhin hatte ich dadurch ein ausgezeichnetes Training, das ich auf anderen Gebieten verwerten kann.

Inzwischen machte Dad Quatsch mit Henry Abrams' SCHON WIEDER EIN EINRAD FÜR MCGOVERN, aber Dexter fühlte sich vernachlässigt, brüllte »SCHON WIEDER EIN KARATE-KILLER FÜR NIXON!« und machte – »HA-YA!« – Ausfälle gegen Dad mit der Handkante und trat sogar mit seinen Cowboystiefeln nach ihm. Dad schnappte ihn bei einem Stiefel und hob ihn mit dem Kopf nach unten in die Luft und sagte ihm, er sei zu jung, um Nixon zu wählen und zu jung, um zu sterben, und Dexter lachte, so richtig dümmlich, und als Dad ihn losgelassen hatte, sagte er: »Ich hasse dich.« Er meinte das nicht so, er lachte weiter, aber Dad sagte: »Sag sowas nicht, Dexter«, und Dexter sagte es ganz laut noch einmal. Dad sagte: »Ich habe dir gesagt, du sollst sowas nicht sagen«, und da konnte Dexter nicht mehr zurück. Dad hatte sich schon umgedreht, und der gute alte Dylan hob den Finger und sagte zu Dad: »Ich hasse dich.« Er meinte es natürlich auch nicht so; er wiederholte nur, was er gehört hatte. Dad drehte sich zu Dexter um und sagte: »Sag das nie wieder, Dexter. Dylan hat noch Zeit genug, dieses Wort zu lernen, und ich möchte nicht, daß er es jetzt schon lernt.« Lastende Stille. Dexter schluckte und klapperte mit den Augendeckeln, und er wurde rot und wütend, und er schwang den Kopf nach hinten wie immer, wenn er richtig sauer ist, und er sagte »SCHON WIEDER EIN KARATE-KILLER FÜR NIXON«, und er lief los und trat Dad mit voller Wucht in die Eier.

Und da habe ich Dexter zu einer blutigen Nase verholfen. Ich wußte, das würde Ärger geben, aber ich konnte mich nicht beherrschen. Dexter lief weinend nach Hause, Dad saß auf der Veranda und versuchte, Luft zu kriegen, und dann taucht plötzlich Mrs. Mitchell aus ihrem Haus auf, sie zittert und versucht, sich an der Hecke festzuhalten, ihr Gesicht ist noch röter als sowieso schon, und sie sagt zu Dad: »Mein Sohn hat gesagt, Ihr Sohn hat ihm die Nase blutig geschlagen.«

Dad war über den Tritt in die Eier noch nicht ganz hinweggekommen. Er blieb sitzen. Er sagte: »Ich werde Jack zur Verantwortung ziehen.«

Ich sah mir die Frau an. Dylan sah ich mir auch an. Und Dylan hatte echt Angst, seine Augen waren ganz groß und rund, und dazu noch dieses Blau, das er geerbt hat. Mrs. Mitchell machte auf dem Absatz kehrt und begann, zu ihrer Müllkippe zurückzusteuern. Dann meldete sich Henry Abrams auf seinem SCHON WIEDER EIN EINRAD FÜR MCGOVERN, und er ist wirklich ein guter Kumpel, und er brüllte ihr nach: »Er hat's nur getan, weil Dexter dem Baby beigebracht hat, daß es ›Ich hasse dich‹ sagt, und Dexter hat Mr. Leary in die Klöten getreten.« Er fuhr auf der Stelle hin und her, mein alter Henry, und machte brillante Konversation, immer hin und her. Die arme Mrs. Mitchell bremste und blieb eine Minute lang wie eine Statue stehen. Und kehrte uns den Rücken zu. Dann ging sie wieder weiter, wie auf Rollen. Dann blieb sie wieder stehen und drehte sich um und trudelte bis vor unsere Gartentür. Sie sah Dad an und fragte: »Ist das wahr?«

Dad stand auf. Er sagte: »Dexter ist sehr temperamentvoll. Es ist meine Schuld. Ich habe mit den Kindern zu wild gespielt.«

Mrs. Mitchell fing vor sämtlichen Nachbarn an zu weinen. Dad brachte sie nach Hause. Sie weinte weiter, und alles hatte gar keinen Sinn. Wir anderen hingen so herum, und Dylan qualifizierte sich für den preisgekrönten Kommentar des Tages. Dylan sagte: »Frau weint.«

Gegenüber weinte niemand. Norman hatte alles unter Kontrolle.

Als sich die Lage ein wenig beruhigt hatte und wir zu Abend aßen, sagte Dad: »Ich fand es Klasse, wie du Dexter eine reingesemmelt hast, aber tu das nie wieder, *-kay?*«

»-kay«, sagte ich, sah auf meinen Teller, und dann musterte ich Dad verstohlen, und er grinste mich an.

Er wurde ernst. »Nie wieder. Klar?«

»Alles klar«, sagte ich stolz.

Etwas später am selben Abend klingelte es, und ich ging an die Tür, weil Dad gerade mit Dylan in der Badewanne beschäftigt war. Es war Dexters Vater, der in Wirklichkeit sein Großvater ist. Dad tut zwar so, als wäre er ein Monster, aber Mr. Mitchell ist – nach Einbruch der Dunkelheit – wirklich eins. Er ist in Ordnung, wenn er von der Arbeit nach Hause kommt, dann grüßt er sogar ganz zackig. Dexter sagt, sein Vater (Großvater) war im Krieg bei der Elite-Einheit der Flying Seabees, und sein linkes Handgelenk fehlt wegen einer Bombenverletzung, und er kann ein Flugzeug komplett auseinandernehmen und wieder zusammenbauen, wie nichts, ohne daß was übrigbleibt. Schön. Er kommt also nach Hause und nimmt seine Pillen und säuft seinen Schnaps, und dann verändert sich sein ganzes Gesicht. Ich habe das zweimal miterlebt; er sieht dann noch irrer aus als Norman, die Augen werden glasig, und er sieht aus wie aus Speiseeis. Er wackelt mit der Kinnlade und beißt sich auf die Lippen und fragt, ob Dad zu Hause ist. Ich hetzte nach oben, als wären sie hinter mir her. Ich übernahm Dylan (d. h. ich ließ ihn einfach allein; er spielte sowieso mit seinen Schiffen und mit der Plastikkröte), ich versteckte mich oben auf der Treppe und lauschte. Mr. Mitchell sagte: »Hat Dexter Sie in die Testikeln getreten?« Dad ging mit ihm auf die Veranda, und ich konnte nichts mehr hören. Dylan spritzte mich naß, mein Hemd war durchgeweicht, und ich hätte ihm gern eine geklebt, aber sowas kommt natürlich nicht in Betracht. Also habe ich ihm die Haare so gründlich abgetrocknet, daß er anfing zu flennen, und ich flüsterte: »Das Kissen, willst du das Kissen?«, und er weiß, was das heißt, also hielt er den

Mund. *Kissen* bedeutet, daß ich es ihm übers Gesicht stülpe und mich eine Minute drauflege, so daß er nicht atmen kann. Das bringt ihn echt aus der Fassung. Ich mache das, weil ich ihm keine kleben kann. Ich habe ihm einmal eine geklebt, da hat Dylan Dad die Fingerabdrücke gezeigt, und Dad meinte, so ginge das nicht, und deshalb verwende ich nun das Kissen.

Dad kam zurück, rauchte einen Joint, wir zogen Dylan Pyjama und Bademantel über, und dann stiegen wir in den Keller. Dylan sitzt immer mit seinem Schläger und seinem Ball auf dem Schemel beim Netz und sagt: »Alle Mann ran«, und Dad schlug mich im Pingpong 21:16. Dann spielten wir 10 Minuten lang das Taschenlampenspiel, und in der Waschküche packte mich wirklich das Grauen, weil ich in *Thriller* DAS DING gesehen hatte und jetzt glaubte, es wäre hinter mir her. Dylan ist noch zu jung, um sich bei so was zu gruseln, aber ich bin wie versteinert. Dad las dann noch für Dylan aus der *Sesamstraße* vor, und das war's dann auch schon wieder. Dad mußte ins Studio, und ich hörte, wie die Babysitterin, Mrs. Sampson, hereinkam. Sie unterhielt sich mit Dad, und ich kam runter und stellte mich vor. Sie war alt und schwarz, und ich merkte sofort, daß ich bei ihr nicht so lange aufbleiben konnte, um *Thriller* anzusehen. Ich beschloß, Dad am nächsten Tag zu fragen, ob wir den Fernseher ins zentrale Schlafzimmer schaffen können (dann würde ich mich nämlich anschleichen und die Show mit Kopfhörern ansehen, so daß sie nichts merkt).

Später ging ich hinunter, um die Lage zu peilen, und da schlief sie. Ich wanderte herum. Ich stieg aufs Dach und auf den Balkon, aber dann kriegte ich wieder Angst vor *Dem Ding*. Ich weckte Dylan und raste ins Bett zurück, aber Mrs. Sampson wachte nicht mal auf, also mußte ich ihm was zu trinken holen, aber das war ganz in Ordnung, weil ich nicht mehr solche Angst hatte. Er weinte und sagte: »Ich will zu Mommy«; das macht er hin und wieder immer noch. Ich sagte ihm, sie sei ausgegangen, und dann war ich einsam. Ich ging in mein Zimmer und spielte mit meiner Modellstadt aus Ton, aber eigentlich wollte ich mir *Thriller* ansehen, weil heute ein guter Film lief, *Frankenstein – Herrscher der Welt*, ein japanischer Film mit diesen dämlichen Imitationsmonstern, und ich dachte an Syracuse und KINDERKRAM; am Schluß sagte Dad immer: »Alles in *Oooord*nung, Jack?«; das war unser privates Signal. Das sagte er immer. Das war der Abschiedsspruch seiner Sendung.

Ich dachte noch ein bißchen an Mr. und Mrs. Mitchell und daran, wie ich Dexter eine reingefenstert hatte. Dann dachte ich an die Zeit, als Dad den Pingpongball suchte, den er in den Dreck geschmettert hatte, wo der Keller nicht gepflastert ist, und wie er sich die Banatzel gestoßen hat und eine Minute lang k.o. war. Er war stoned. Ich versuchte, ihn aufzuheben, und Dylan flennte wie üblich, und Dad war eine Wolke, sein Gesicht war ganz sanft, weil er sich gerade rasiert hatte. Ich war erleichtert, als er aufwachte und sich den Titel »Vater des Jahres« verlieh. Manchmal schneidet er sich nachts ein paar Haare vom Kopf, und einmal hat er sich die ganze Brust glattrasiert. An all das dachte ich, und darüber muß ich eingeschlafen sein. Als er nach Hause kam, wachte ich auf, weil er eine Frau dabei hatte. Ich konnte hören, wie sie unten sprachen, dann schob Mrs. Sampson mit ihrem Geld ab, und dann redeten und lachten sie und bumsten vielleicht auch. Ich versteckte mich auf dem oberen Treppenabsatz, und Dad sagte unten, die Garagen seien zu klein und deshalb würden die Autos auf der Straße abgestellt, und er sagte, die Häuser hier seien nicht einfach grün, sondern avocadofarben und türkis statt blau, wie im Fernsehen, wenn die

Farbkontrolle ausgedreht ist. Ich weiß nicht, warum er über die Farbe von Häusern spricht. Ich sah die Frau, als sie zum Pinkeln nach oben kam, sie war hübsch und groß, viel größer als Mom, und ich konnte ihr Parfum riechen, nachdem sie gespült hatte und wieder unten war. Ich verstehe echt nicht, warum Dad ihr was von Häuserfarben erzählt.

Ich hatte dann noch eine Schlägerei. Am nächsten Tag in der Schule in der Mittagspause – und das, nachdem Dad mir gesagt hatte, ich soll es lassen. Claude Layton, er ist 3 Jahre älter als ich, warf einen Apfel nach mir, und ich wollte ihm wie weiland Dexter die Nase einschlagen, aber Claude Layton ist ein stämmiger Mutterschänder, und ich rannte nach Hause. Während der Mittagspause, und das ist verboten. Als ich ins Haus kam, stand eine Vase mit drei Rosen auf dem Flur, an der Vase war mit Tesa ein Zettel befestigt, und auf dem Zettel stand »AUFWÄRTS« wie bei einem Aufzug mit einem Pfeil. Ich hörte Dad oben rufen: »So*fort*!«, ich ging also rauf, und er lag ohne Pyjama im Bett, und man konnte das Gras riechen, das er geraucht hatte. Er war sehr erstaunt, mich zu sehen. Er stand auf, zog sich seinen Bademantel an, und wir tranken Apfelsaft im Eßzimmer. Wir sprachen miteinander, und die Dame von gestern nacht erschien, und ich sagte, ich gehe jetzt wieder in die Schule. Sie war sogar noch größer, als mir im Dunkeln vorgekommen war. Sie trug Armreifen und hatte lange rote Haare.

Ich ging nicht in die Schule zurück. Ich wußte genau, was gespielt wurde, und außerdem war ich sauer. Ich ging zu Long's, las Comics, trank einen Milchshake mit Schokolade und wanderte einmal um den ganzen Lake Merritt herum. Vom Ententeich her schlich ich mich gratis auf den Fairyland-Rummelplatz, und ein kleiner Schwarzer bei der Raupe sagte: »Ich reiß dir den Arsch auf, daß du den Tag deiner Geburt verfluchst«, und ich hatte innerhalb von

24 Stunden genügend Schlägereien erlebt und verduftete wieder über den Zaun, wo ich rübergeklettert war, und wanderte noch ein paar Meilen. Keine Ahnung, wieso ich überhaupt in dieses Scheiß-Fairyland gegangen war. Ich holte Dylan in der *Kinder Haus Nursery School* ab und mußte mal wieder lügen. Ich sagte, Dad hat mich geschickt, und wir wohnen ganz in der Nähe, und das geht dann schon in Ordnung. Dylan hatte ein Bild von einer lila Schlange gemalt, das mit einem Gummiband zusammengerollt war. Das war um vier. Dad kommt nie vor fünf. Marcia, die Kindergärtnerin, die ständig samt ihren dicken Titten da ist, wußte nicht so recht, aber ich machte einen Krakel in die Anwesenheitsliste, damit man merkt, daß Dylan schon abgeholt worden ist, und ging mit ihm nach Hause. Dylan sagte immer wieder »Buckeltier, Buckeltier«, und ich wußte nicht, was er meint, bis er schließlich »Kamel« sagte. Als er auf dem Hügel komisch wurde, habe ich ihm eine geklebt, aber nur ganz leicht, damit man es nicht sieht, und da benahm er sich wieder. Wir spielten dann ein bißchen im Vorgarten, und Dexter kam herüber. Er hatte einen dikken Verband ums Handgelenk, wo er sich geschnitten hatte, wir sahen uns das an, und Dylan pinkelte in die Hecke. Er machte sich auf die Schuhe. Der goldene Dodge Swinger stand nicht in der Einfahrt. Ich ging ins Haus und rief: »Hallo, ihr Bande«, aber das einzig Bemerkenswerte war der Geruch von Gras. Jemand hatte die Vase mit den Rosen aufs Klavier gestellt.

Als Dad schließlich vorfuhr, war er deutlich verärgert und sagte, er will mit mir reden. Er war schon im *Kinder Haus* gewesen, und das bedeutet, daß er wußte, daß ich gelogen hatte. Katy kam auf ihren profimäßigen Rollschuhen vorbei, und Dad sagte, ob sie bitte mal ein paar Minuten lang auf Dylan aufpassen kann. Er ging mit mir ins Haus.

Ich sagte: »Ich höre.«

Ich konnte ihn nicht ansehen.

»Brauchst du Limonade, während wir uns unterhalten?«

»Nein, Sir.«

»Sir? Was soll das mit dem Sir?«

»Mr. Mitchell sagt, man sagt ›Sir‹.«

»Du nicht. Du brauchst auch nicht zu salutieren.«

»Tut mir leid.«

»Reg dich ab, Mann«, sagte er.

Ich stand da wie der böse Bub im Film, zermarterte mir das Hirn und sagte: »Ich hab ein Gemälde von Dylan mitgebracht. Hier.«

Er rollte die lila Schlange auf. Er sagte: »Nicht schlecht.«

Ich sagte: »Er ist erst 3.«

Dad sagte: »Ich werde es aufhängen, unten in meinem Grummelkontor, -kay?«

»-kay.«

Aufs Stichwort genau fing Dylan draußen an zu weinen, und Katy seufzte und war verbittert, weil Dylan in den GEHEIMGANG gefallen war und sich in der Hecke verheddert hatte, und ein Hosenbein hing an einer Wurzel fest. Dexter zeigte nochmal seine Verwundung, und Dad legte den fleischfarbenen Verband nochmal fachgerecht an, und Henry erschien auf seinem SCHON WIEDER EIN EINRAD FÜR MCGOVERN, aber Dad wollte bis morgen mal kein Monster sein.

Beim Essen fragte ich ihn: »Was genau ist los?«

Er dachte eine Minute nach und sagte dann: »Zunächst geht es mal um die unglaublichste Sache der Welt.«

»Das hast du mit Mom doch auch ein paarmal gemacht.«

»Wenn nicht *noch* öfter.«

»Und fängst du das mit dieser Frau hier in Oakland auch an?«

Er dachte lange nach und betrachtete seinen Hammelbraten mit Erbsen und Zwiebeln. Als er etwas sagen wollte, wußte ich, daß er verwirrt war, und ich hakte ein und sagte: »Das geht mich natürlich nichts an.«

Er sagte: »Doch doch, laß man«, und er wollte wieder etwas sagen, aber seine Zunge spielte nicht richtig mit.

Dylan rettete uns beide. Er saß in seinem Kinderstühlchen und sagte: »Daddy und Jack reden.« Er aß nicht, er murkelte nur so privat vor sich hin.

Ich ergriff sofort die Gelegenheit und sagte: »Du bist dumm.«

»Dylan sagte: »Du bist schlau.«

Ich sagte: »Ich bin nicht schlau. Du bist schlau.«

»Nein«, sagte er und zeigte mit dem Finger auf mich, »du bist schlau.«

»Nun«, sagte Dad, »ich für mein Teil bin großartig.«

Und das stimmt. Er nimmt uns überall mit hin. Z. den Vergnügungspark (wo ich den indischen Guru mittels eines gezielten Stoffballs ins Wasserfaß versenkte und einen Eber mit Pfeil und Bogen erlegte; es war kein echter Eber, sondern einer aus Holz; Dad nannte ihn Ebenezer, den Eben-und-Eben-Eber). Und in den Golden Gate Park, wo wir ein Freilicht-Drama genossen; es drehte sich um die saubere Prinzessin Cassamassima, und um ihre Widersacherin, die ebenso saubere Cockamamey, und daraus entstand das ganz besonders saubere Cassamassima-Cockamamey-Konglomerat, wovon Dylan kein Stück verstand, aber gelacht hat er, und geklatscht hat er auch. Wie immer. Dann ins *Playland* am Strand, kurz bevor sie den Laden dicht machten, und ich die Rutsche runter, und Dylan – zwischen Dads Beinen – hinterher, und ich blieb beim ROTOR stecken; ich habe mich nämlich an der Achse festgehalten, während Dad sich immer wieder abwerfen ließ; mit Absicht; würde ich sagen; er steht nicht so auf Wettbewerb. Dann wanderten wir zum EXPLORER bei Point Reyes, wo ich einen Rundgang von gut und gern 7,2 Meilen auf mich nahm, und Dylan machte auf Dads Schultern einen kleinen Pennematz; das reichte eine Meile lang; und auf dem Trimm-Dich-Pfad schien die Sonne in komischen Streifen und Flecken, und wir dachten, wir hören von irgendwo das Rauschen eines Quells, aber es war nur der Wind in den Baumkronen. Das sind Tage des Frohsinns, und Syracuse schien weit weg. Und es ist ja auch weit weg. Aber manchmal kommt alles wieder, wenn man es am wenigsten erwartet.

Die *Oakland A*'s, die gefürchteten *Amazin' A*'s, haben

[illegible]nnen, und während der sieben entscheiden-[illegible]Spiele waren wir an den Bildschirm gekittet; [illegible] Ober[illegible] sprangen ständig auf, und Dylan hatte Angst, Dad un[illegible] und dann war es vorbei, UND WIR WAREN SIEGER, und wir gingen nach draußen, und in der ganzen Nachbarschaft wurden Feuerwerkskörper losgelassen, und Dad stieg in seinen Dodge Swinger ein und drückte auf die Hupe, und ich schleppte meine Knackfrösche an, und Dylan brüllte: »Alle Mann ran!« Am nächsten Tag fuhren wir zur Siegesparade an den Lake Merritt, und ich ließ mir von Gene Tenace, Rollie Fingers und Bert Campaneris Autogramme geben; sie saßen in Schnauferl-Modellen; Einräder gab es auch, und Dylan streichelte Charlie O., das Maultier-Maskottchen. Ganz Oakland war auf den Beinen. Dad sagte: »Siehst du: wir sind die rechten kleinen Glücksbringer«, und ich sah ihn an, und er sah mich an, und daraufhin dachten wir beide daran, warum wir hier waren, und wir hielten den Mund, und wir beobachteten lediglich die schwarzen Mädchen in den Marschkapellen; und sie sind so endlos viel besser als weiße Mädchen, daß es noch nicht mal komisch ist. Als es vorüber war, rannte Dylan im Park herum und warf halbhohe Aufsetzer und schräg eingeschenkte Abpraller mit seinem Pingpongball, und Dad und ich saßen freudig erregt in der Gegend herum, da es uns gelungen war, den Oberligapokal zu erringen. Wir betrieben noch ein wenig Yoga und fuhren dann nach Hause.

An dem Abend ging Dad mit mir in Berkeley um 7 in die Abendvorstellung, weil wir uns *Yellow Submarine* nochmal ansehen wollten. Diesmal haben wir Dylan nicht mitgenommen, weil: das erstemal, als wir ihn mitgenommen haben, hatte er es nach zehn Minuten satt und wanderte den Mittelgang auf und ab und quatschte mit den Leuten, und das war nicht weiter tragisch, da es sich zumeist um Hippies handelte, aber wir mußten trotzdem mitten im

Film verschwinden (also: das war damals in Syracuse), und jetzt hat Dad in Oakland sowieso eine neue Babysitterin, und diese machte den Eindruck, als wüßte sie einigermaßen Bescheid; da kann sie noch so dämlich sein und ständig lachen; alles Unsicherheit. Der Film war fantastisch, und nach dem Film wollte ich einen Milch-Shake, und Dad sagte, okay, aber wir wollen erstmal checken, was mit Dylan läuft, und so rief er zu Hause an, und als er an den Tisch zurückkam, schüttelte er den Kopf und war aufgeregt. Er sagte zu mir: »Dylan geht es gut; er schläft. Aber diese Babysitterin. Weißt du, was sie gesagt hat?«

Ich sagte, heraus damit.

Dad sagte: »Ich habe sie gefragt, wie es Dylan geht, und da hat sie gelacht und gesagt: ›Och, der ist tot.‹«

»Tot?«

»Das hielt sie für einen Witz.« Da saß er, und bleich war er in dem kalten, weißen Licht. »Mach nie solche Witze. Du? Nie«, sagte er.

Ich sagte: »Das brauchst du mir nicht extra zu sagen.«

Er sagte: »Ich weiß.«

Den Abend hat es uns nicht verdorben, aber wir haben unsere Schokos stehenlassen.

Donnerstags abends hole ich Dylan immer im *Kinder Haus* ab, wenn es nicht regnet, bei Regen verfahren wir so, daß ich Mr. Archer anrufe, der ihn dann hier zu Hause absetzt. Vom *Kinder Haus* bis hierher sind es 1,3 Meilen. Und ob es regnet oder nicht, zwischen 4 und halb 5 rufe ich Dad im Studio an, damit alles glasklar ist.

Also an dem Donnerstag, nachdem wir in der Oberliga gewonnen hatten, rief ich Dad um 4 an und berichtete ihm, was in der Schule los war bla bla, und ich konnte ihn kaum verstehen, weil der Bautrupp des East Bay *M*unicipal *U*tilities *D*istrict, kurz East Bay MUD genannt, in unserer Straße neue Wasserleitungen verlegte, und die großen Maschinen machten einen unbeschreiblichen Krach vor unserem Haus. Dad schärfte mir ein, besonders vorsichtig zu sein und Dylan nicht in irgendwelche Löcher fallen und auf Bagger klettern zu lassen, wenn ich ihn nach Hause bringe, und ich sagte immer wieder »-kay, -kay«, und dann dachte ich, ich höre eine Sirene, und dann wußte ich es bestimmt, weil die Maschinen stehenblieben. Sogar Dad konnte es an seinem Ende der Strippe hören.

Draußen schrien die Männer, und dann sah ich, wie drei Feuerwehrleute am Fenster von unserem Wintergarten vorbeiliefen, und ich gab diese Information weiter. Dad kriegte es mit der Angst und sagte, ich soll mal nachsehen. Ich ging vorne raus auf den Bürgersteig; die Feuerwehrmänner mußten rennen; sie hatten ihren Wagen ganz unten auf der Straße abgestellt, weil man wegen der neuen Wasserleitungen nicht durchkommt, und alle Bagger standen still, und die Männer saßen oben in ihren Führerhäuschen, und die anderen Männer mit ihren Arbeitshelmen standen herum. Ein junger Typ, mit dem ich schon ein paarmal gesprochen hatte, mit einem blonden Pferdeschwanz, ein richtig starker Typ, so etwa 20 oder 21, war völlig verstört und versuchte, sich eine Zigarette anzustecken. Ich fragte ihn: »Wo brennt's denn?«

Er kriegte seine Zigarette an und sagte: »Nein, nein. Die Frau da drin. Kein Lebenszeichen.«

Da wußte ich, daß es Dexters Mutter mal wieder geschafft hatte, nur war es diesmal wohl Der Ganz Große Böse Trip. Dann sah ich Dexter mit seiner Brotbüchse, er ging im Kreis herum und wanderte mal hier- und mal dorthin. Ich sagte: »Dexter, ist deine Mom krank?« »Ich *weiß* es nicht ...«; er drehte sich um sich selbst und fiel beinah hin, er hatte glasige Augen, und er sagte: »Ich weiß nicht, sie kann sich nicht *bewegen.*«

Ein anderer Typ vom East Mud kam herüber und sprach mit dem Typ mit dem Pferdeschwanz, und ich konnte hören, was sie sagten. Ich tat so, als stünde ich nur so herum und kümmerte mich um meinen eigenen Kram, aber ich lauschte. Der junge Typ sagte: »Der Kleine kam nach Hause und hat sie gefunden. Dann kam er weinend wieder raus, und ich bin reingegangen. Puls war nicht. Dann hab ichs mit feuchten Tüchern versucht. Wenn man sie transportieren will und dabei irgendwas kaputt macht, kann sie einen verklagen.« Der andere Mann, der viel älter war, nickte. »Ich hab Mund-zu-Mund-Beatmung versucht. Mensch, da drin stehn quadratmeterweise Tablettenröhrchen und leere Schnapspullen.« Er schüttelte den Kopf von links nach rechts, und der andere Mann schüttelte seinen rauf und runter.

Ich konnte es mir vorstellen. Ich hätte gern gesehen, wie er sich über ihr Bett beugt und sie Mund zu Mund beatmet, und den Quadratmeter Pillen. Aber gleichzeitig hätte ich es auch wieder gar nicht gern gesehen.

Und dann fiel mir ein, daß Dad immer noch am Telefon wartet und sich fragt, ob unser Haus nun wohl abbrennt oder nicht; also lief ich hinein und sagte ihm, die Feuerwehr ist wegen Mrs. Mitchell gekommen, und sie hat keinen Puls.

Als ich wieder nach draußen ging, hatten die East-Bay-Mud-Leute die Arbeit immer noch nicht wieder aufgenommen, und Dexter suchte auf unserem Rasen herum, als hätte er einen Groschen verloren. Ich sagte ihm, er soll doch mit reinkommen und ein Glas Apfelsaft trinken, das hätte nämlich Dad auch gesagt, und er sagte »Okay«, und daraufhin gingen wir rein und tranken Apfelsaft aus einem von Dylans grünen Plastikbechern. Er nahm einen großen Schluck, dann trank ich einen, und dann wollte er nochmal. Er sagte: »Seid ihr arm?«

Ich sagte: »Nein, wir sind reich.« Das war gelogen, und ich sagte: »Nein, wir sind nicht reich, und wir sind nicht arm.«

Er sagte: »Ihr seid so in der Mitte.«

Ich sagte: »Linke Mitte.« Ich beobachtete ihn, wie er so hastig trank, und ich sagte: »Warum hast du gefragt, ob wir arm sind?«

»Weil«, sagte er und stellte den grünen Becher ins Spülbecken, »weil wenn ihr mehr Geld hättet, könntet ihr euch mehr Gläser leisten, und jeder könnte aus seinem eigenen Glas trinken.«

»Oh«, sagte ich, »wir haben eine ganze Menge, aber sie sind dreckig, und deshalb sind sie in der Geschirrspülmaschine.«

»Yeah«, sagte er, »meine Mom wäscht auch nie ab ...« Und da mußte er an seine Mom denken, und er sagte: »Ich muß jetzt los.«

Ich sagte: »Willst du Kartoffel-Chips?« Die sind sein Leibgericht.

Aus der Halle rief er: »Nö«, und lief nach draußen.

Ich ging ihm nach. Die Feuerwehrmänner kamen wieder aus dem Haus, und der 1. Feuerwehrmann – mit dieser schweren schwarzen Uniform, die verhindern soll, daß er ankokelt, sagte zu dem East-Bay-Mud-Typ: »Sie kommt durch, sie atmet.«

Drin hatte dann Mr. Festinger von gegenüber, der gute alte Erdbeberich McGoon, seinen großen Auftritt. Er sagte zu dem Feuerwehrmann: »Wir sind Nachbarn, und ihr Mann kommt um sechs nach Hause. Was soll ich ihm sagen?«

Eins war mir klar: Mr. Festinger wollte nicht hilfsbereit sein, Mr. Festinger wollte sich wichtig machen.

Der Feuerwehrmann sagte: »Sagen Sie ihm, sie ist ins Highland Hospital gebracht worden.«

Mr. Festinger sagte: »Wird sie durchkommen?«

Der Feuerwehrmann ging weg. Er sagte: »Sie steht unter ärztlicher Aufsicht.«

Es vergingen etwa drei Minuten, und dann fingen die großen Bagger wieder an zu buddeln, und Dexter sagte zu mir: »Kann ich jetzt die Kartoffel-Chips haben?« Ich nahm ihn mit rein, gab ihm die ganze Tüte, und als wir wieder draußen waren, kam der Highland-Hospital-Krankenwagen vom anderen Ende der Straße, denn so weit waren die East-Bay-Mud-Leute noch nicht vorgestoßen; den Weg muß ihnen die Feuerwehr gesteckt haben. Es war ein großer Ambulanz-Cadillac, hellblau, mit rotem Blinklicht auf dem Dach. Inzwischen waren mehrere Kinder aufgetaucht, die den Nachhauseweg vertrödelten – Schwarze, Weiße und Chinesen oder Japaner –, und die warteten, als die Krankenhausfritzen mit der Tragbahre ins Haus gingen, weil sie Mrs. Mitchell sehen wollten, wenn sie rausgetragen wird. Dexter hatte seine Chips-Tüte in der Einfahrt fallen lassen, ich hob sie auf und legte sie oben auf die Hecke, damit Hunde oder Kinder nicht dran konnten. Inzwischen waren auch Erwachsene herausgekommen und standen auf ihrer Veranda, und Frauen schlurften in ihren Hausschuhen langsam auf und ab und taten so, als sähen sie gar nicht hin, in Wirklichkeit fanden sie es aber natürlich kolossal bedeutend, daß in ihrer Gegend mal was passiert. Ich glotzte auch, bin ja kein Engel. Ich wußte ja, daß sie durchkommt und daß sie atmet, aber verschiedene Leute wußten es noch nicht. Die Mutter von Mr. Festinger, sie ist ganz alt und hat einen deutschen Akzent, fragte Dexter, was los ist, und er sagte: »Meine Mom muß ins Krankenhaus.« Mr. Festinger war verschwunden. Die Bagger hatten wieder aufgehört, die Männer kletterten herunter und stellten die GEFAHR-Schilder mit den roten Blinklichtern vor die Löcher, die sie teilweise schon wieder zugeschüttet hatten, und das bedeutet Feierabend. Der Bauarbeiter mit dem Pferdeschwanz ging zu den Kindern und den Hunden und sagte: »Nun verschwindet mal. Lauft um die Wette zur nächsten Straßenecke.« Ein anderer Typ mit einem buschigen Es-ist-erreicht-Schnurrbart, dessen eines Ende es aufgegeben hatte, sagte: »Versuch doch nicht, sie auf die Sanfte zu bequatschen; sag ihnen einfach, sie sollen nach Hause abhauen.« Das stimmte Den mit dem Pferdeschwanz traurig, denn er war ja schließlich Der, der reingegangen war und Mund zu Mund und alles, und daraufhin vertrug er keine Kritik.

Das dritte Mitglied des Hauses Festinger – seine Frau – erschien und sagte, Dexter kann zu ihr nach Hause kommen, und Dexter sagte nein, und so standen wir alle in der warmen Sonne, und die böse, böse Uhr verscheuchte meine lieben Gäste, d. h. ich entnahm meiner Armbanduhr, daß ich in ein paar Minuten zum *Kinder Haus* mußte, um Dylan abzuholen. Ein schwarzer Typ von East Bay Mud ging vorbei und sagte: »Sowas ist schlimm.«

Mrs. Festinger, nicht die alte Mrs. Festinger, sondern die jüngere Mrs. Festinger, seufzte und sagte: »Ja.«

Der schwarze Typ sagte: »Ich hab den Fahrer gebeten, zurückzustoßen, damit wir vorbei können, aber nix.«

Mrs. Festinger merkte, daß sie über zwei verschiedene Themen sprachen. Sie war wütend, das merkte man ihrem Gesicht an.

Der schwarze Typ sagte: »Bis Feierabend muß ich zu Hause sein.«

Dann sagte Mrs. Festinger: »Manche Leute *arbeiten* bis Feierabend.«

Der schwarze Typ sah sie an und murmelte »Scheiße« und ging zu seinem Wagen zurück. Mrs. Festinger folgte ihm und wollte seinen Namen wissen. Er stieg ein, es war ein blauer Pinto, kurbelte die Fenster hoch und saß nur so da. Mrs. Festinger kam zurück und sagte zu mir und Dexter: »Macht nichts. Morgen kommt er wieder, und ich werde den Bauführer verständigen.« Ihr Gesicht war flekkig, und sie zwinkerte heftig. Sie sagte: »So kann man doch nicht mit Kindern sprechen.«

Er hatte natürlich mit *ihr* gesprochen und nicht mit Kindern. Manche Menschen sind zum Kotzen.

Die Tragbahre wurde wieder leer aus dem Haus getragen und zusammengeklappt. Und dann kehrte *Mr.* Festinger von dorther zurück, wohin er auch immer verschwunden sein mochte, vielleicht hatte er einen gezischt, und nun mußte er wieder seine Nummer bringen. »Ihr Mann wird vor anderthalb Stunden nicht zurück sein. *Kümmert* sich denn jemand um sie?«

Der Fahrer sagte: »Wir haben den Mann angerufen, er ist auf dem Weg.«

Und dann sagte *Mrs.* Festinger, sie sind das perfekte Ehepaar, dann sagte sie: »Sollten Sie nicht vielleicht warten, bis er da ist?«

Der Fahrer sagte: »Noch bin ich nicht weg, liebe Dame.«

Für einen einzigen Tag hatte Mrs. Festinger genug gehässige Kommentare zu hören gekriegt, und sie forderte Dexter auf mitzukommen, was er auch tat, nachdem er sich die Tüte Chips von der Hecke geholt hatte.

Mr. Festinger driftete sozusagen die Straße auf und ab, er rauchte, zog den Bauch ein und runzelte die Stirn.

Ich ging ein Weilchen in den Wintergarten und sah mir einen von Dads *Playboys* an, und dann saß ich nur so da und hatte einen Nerventrip, und die Straße war wie ein Magnet, und ich ging wieder nach draußen. Ich setzte mich auf den Kantstein. Nach ein paar Minuten kam Mr. Mitchell in seinem verbeulten Plymouth an und suchte einen Parkplatz zwischen den vielen GEFAHR-Schildern und Autos und den Löchern. Er sah mich und sagte: »Die schießen sich langsam auf uns ein, was?«, und damit meinte er den East Bay Mud. Ich sagte: »Yes, Sir.« Sein Gesicht war genau zwischen Vorher und Nachher.

Er stieg aus, und inzwischen hatte der Krankenwagen vor dem orangefarbenen Thunderbird geparkt, wodurch ich plötzlich an Norman erinnert wurde, ich sah hoch, und da hockte er im Efeu bei den BETRETEN VERBOTEN-Schildern, Crazy Norman, wie er leibt und lebt, und er hatte wahrscheinlich alles gesehen, ohne daß wir was merkten. Wie ein Denkmal saß er da. Er lächelte. Dexter hatte sich mal geweigert, einen Fußball zu holen, der unter Normans T-Bird gerollt war, obwohl es ganz leicht war, und da habe ich ihn gefragt warum nicht, und er sagte: »Weil Norman und meine Familie Feinde sind; er ist zu uns rübergekommen und hat herumgeschnauzt und meine Mutter beschimpft.« Deshalb also, sagte ich mir, hat sie uns auf gut nachbarschaftliche Art gewarnt. Und jetzt saß Norman im Efeu und lächelte.

Mr. Mitchell sprach mit dem Krankenwagenfahrer. Dann war es vorbei. Mr. Mitchell ging in sein Haus, und der Krankenwagen stieß in Normans Einfahrt zurück und fuhr in die Richtung, wo der East Bay Mud noch nicht gebuddelt hatte. Ich sah Norman an, und er sah mich an, weil wir als einzige übriggeblieben waren. Ich hatte Angst, er könnte sich plötzlich in einen Werwolf verwandeln, aber ins Haus bin ich nicht zurückgegangen, denn das wäre ein Zeichen von Schwäche gewesen, also alberte ich in der Einfahrt herum, und dann stellte ich den Gartenschlauch an (was vollkommen lächerlich war, weil wir damals den nassesten Herbst seit 84 Jahren in der Bay Area hatten, so daß sogar ein Oberligaspiel ausfallen mußte). Ich tat so, als wäre ich mitten im Training und ging auf den Händen, was aber auch nicht das Wahre war, weil der East Bay Mud jede Menge Teer und Kies auf den Bürgersteig geschaufelt hatte, und das tat an den Handflächen weh. Dann tat ich so, als würde ich mit den Baggern spielen. Schließlich ging Norman weg, um Cheyenne zu foltern, so daß diese Runde voll an mich ging.

Für Dylan war ich spät dran, aber nicht zu spät, weil ich die Strecke in gut und gern 10 Minuten schaffe, wenn ich laufe. Ich beschloß zu warten, um meine Form zu testen. Auf dem Hinterhof regte sich das Dobermannrudel über irgendwas auf und spielte verrückt. Die Frau muß sie ausgeschimpft haben, oder vielleicht witterten sie Unrat in der Luft. Ich lag auf der Motorhaube des größten Baggers, und der Motor war noch warm. Die Sonne wärmte nicht mehr, sie ging ganz schnell unter, und ich beschloß, Dylan abzuholen. Ich bekreuzigte mich, wie es Katholiken beim Abendmahl tun, falls Norman mir immer noch nachspionierte, und stand auf. Dexter war Mrs. Festinger entkommen. Er stampfte mit seinen Cowboystiefeln aufs Pflaster, richtig zackig. Dann sah er mich. Er wußte nicht, wie er sich verhalten sollte. Die Worte verhedderten sich in seinem Mund, und dann sagte er: »Wann kommt das Monster raus?« Weiter konnte er in seiner Lage nicht denken.

Ich sagte, Dad ist donnerstags immer im Studio. Außerdem sagte ich, daß ich gerade Dylan vom *Kinder Haus* abholen wollte, und ob er vielleicht mitkommen will? Das macht ihm immer Spaß, besonders wenn Dad und ich mit dem goldenen Dodge Swinger fahren, weil er dann mit dem Sicherheitsgurt spielen kann, so daß der Warnsummer an- und ausgeht. Dexters Gesicht hellte sich auf, und er sagte: »Ich geh meine Mutter fragen«, und dann sah er sein Haus an und wollte etwas anderes sagen, und dann lief er am Zitronenbaum vorbei in unseren Hinterhof, und diese gottverdammten Dobermänner gingen wieder los und spielten verrückt.

Ich nahm also an, man könne Mrs. Mitchells Großen Bösen Trip als abgeschlossenen Fall betrachten. Aber nein. In dieser Nacht saß ich oben in Dads Schlafzimmer und sah ihm zu, wie er die Werbespots für *Thriller* machte. Ich hatte ihn im Eilverfahren dazu überredet, unseren neuen tragbaren Zenith Chromacolor dorthin zu schaffen; ich sagte, Mrs. Sampson liest ihren religiösen Kram gern unten, und das stimmt, und das Wohnzimmer ist das einzige Zimmer, in dem man gemütlich lesen kann, und das stimmt auch, und ich sagte, ich will die »Waltons« von 8 bis 9 ansehen, was auch stimmt. Ich verschwieg lediglich, daß ich *Thriller* sehen wollte, wenn Mrs. Sampson eingeschlafen war, und das konnte ich mit den Kopfhörern in aller Ruhe tun. Falls sie kontrollieren sollte, habe ich eine Attrappe in mein Bett gelegt, Kissen; sie kann sowieso nichts sehen, sie hat so schlechte Augen, daß sie nicht mal einen Führerschein kriegt. So saß ich also wie ein König in Dads Bett, und ich weiß nicht, ob draußen eine Sirene war oder nicht, aber genau in der Mitte von *Frankensteins Braut* (Dad gestaltete gerade die Pause in seinem Kostüm *Die Herzogin vom Titicacasee*) sah ich dies komische rote Flackerlicht an den Wänden und schiß mir fast ins Hemd vor Angst, weil ich dachte, ich werde verrückt. Ich brauchte etwa 30 Sekunden, bis ich wußte, daß ich nicht verrückt bin und daß das rote Licht an den Wänden wirklich existiert. Es spielte sich nicht in meinem Kopf ab. Es kam von draußen, von einem großen hellblauen Highland-Hospital-Krankenwagen, der vor dem Haus von Mitchells gehalten hatte, genau wie am Nachmittag, nur daß es jetzt Mitternacht war.

Ich knipste den Zenith aus, zog mir Latschen und Bademantel an, kroch nach unten, und da war sie, Mrs. Sampson, schwarz und schlafend. Ich schlich über den Hof, der immer noch naß war, und duckte mich mitten in den GEHEIMGANG, das bekannte Loch in der Hecke, und da konnte ich alles sehen. Einer von den Krankenhausfritzen rannte raus und sagte: »Ich brauche jetzt endlich diese Pumpe!«, schnappte sie sich und rannte wieder ins Haus. Ich hockte und wartete. Dann kamen sie heraus, und diesmal lag sie auf der Tragbahre, sie wurde in den Ambulanz-Cadillac geschoben, und sie fuhren los. An der Ecke Buena Vista Street stellten sie die Sirene an. Kurz darauf keucht Mr. Mitchell mit Regenmantel in seinen verbeulten crèmefarbenen Plymouth und rast ihnen mit quietschenden Reifen nach. Soviel zu dem. Zwei Große Böse Trips an einem Tag. Ich verließ mein Versteck im GEHEIMGANG und ging vorsichtig im Dunkeln hinüber.

In der offenen Tür stand Dexter in seinem Pyjama. Ich sagte zu ihm: »Was ist los?«

Er stand unter Schock. Er konnte nicht sprechen.

Ich sagte zu ihm: »Komm mit rüber zu uns. Wir kucken fern.«

Er drehte sich um und lief und rannte einen großen alten Stuhl um und lief weiter.

Ich ging auch hinein, ohne so recht zu wissen, was von mir erwartet wurde, und ich sah mich um und war in der Küche. Auf dem Küchentisch stand ein Glas Tee, ich roch daran, und es war kein Tee. Es war irgendein Schnaps. Ich ging nach oben, wo ich schon mal gewesen war, und sah mir das Zimmer seiner Mutter an, wo der East-Bay-Mud-Typ Mund zu Mund beatmet hatte, aber der Quadratmeter Pillen war abgeräumt. Es roch muffig, und die Laken und Decken waren über den Fußboden verstreut. Ich ging wieder runter in die Halle und rief: »Komm, Dexter. Wir gehen zu uns und kucken fern.« Und wieder kam keine Antwort.

Ich hätte wahrscheinlich etwas unternehmen sollen, aber ich tat nichts. Ich bin nicht der Typ, der mit einer zu Herzen gehenden Geschichte bei anderen Leuten klingelt, und die Geschichte ist noch nicht mal seine eigene. Dafür ist die Abteilung Festinger zuständig. Ich taxierte, Dexter ist in Sicherheit, und so verpißte ich mich denn nach Hause.

Und an diesem Punkt wurde mir mein Problem klar: Der gute alte Jacky-Bär war mit seinem gottverdammten Bademantel angetan, nicht mit Schlüsseln versehen und im Begriff herauszufinden, daß er die Tür hinter sich zugemacht hatte. Ich war, wie es in der alten Redensart heißt, ausgesperrt. Im Dünnschißbach. Stromaufwärts. Ohne Paddel. Beim Hund. Getilgt.

Ich hätte, natürlich, einfach klingeln können, woraufhin Mrs. Sampson erwacht wäre und mich eingelassen hätte, aber das hätte sie dann Dad gemeldet. Ich hätte alles erklären können, ich hatte aber keinen Bock. Also huschte ich an der Veranda entlang bis zu den Doppeltüren, und da konnte ich sie sehen, total weggetreten, und sie träumte von Jesus und seinen Leiden und lasset die Kindlein zu mir kommen, worunter sie sich eine astreine Gutenachtgeschichte vorstellt, und ich pirschte weiter, und die Büsche machten mich naß. Ich machte die Komplette Große Besichtigungstour um unser Haus herum, und alles war abgeschlossen. Aber ich sah, daß das Badezimmerklobalkontürfenster auf dem Oberdeck offen war, um den Geruch von einem kleinen Kackematz herauszulassen, und ich kombinierte, daß Dad vergessen hatte, das Ding zuzumachen. Ich ging die grauen Stufen hinauf und schwang mich mittels einer Hechtrolle hinüber zum Haus von den Mitchells, das ganz nah an unseres rangebaut ist, kaum einen Meter entfernt, und da haben sie Miniaturbalkons vor den Fenstern, auf denen maximal 2 Personen stehen können, bei 3 Personen wird's schon gemischt. Dann zog ich mich an einer von den

Stangen hoch, über die man Duschvorhänge spannen kann, wenn man sich ungestört nackt sonnen will, und vielleicht hatten sie das vor Jahren wirklich mal vorgehabt, und ich lauschte auf Dexter, der immer noch irgendwo da drin war. Der schwierige Teil begann, als ich an der Regenrinne hing, für die ich zu schwer war und die auch prompt abbrach, als ich noch dranhing. Ich stürzte ab, die Regenrinne krachte mir auf die Banatzel, und mir war klar, daß die gesamte Nachbarschaft den Krach hörte. Aber nein. Ich schüttelte mich und trat ein, denn die Tür zum Mitchellschen Sonnendeck war nicht abgeschlossen. Ich ging sogar wieder in *ihr* Zimmer, machte das Fenster auf, ging auf ihren Balkon und schätzte die Entfernung bis zu unserem Dach ab. Ich machte ihr Fenster von außen zu, ergriff mein Leben mit beiden Händen und sprang auf unser Dach. Ich überquerte es, ließ mich auf unseren Balkon hinunter, marschierte durchs Badezimmer ein und war zu Hause und in Freiheit.

Und naß. Ich zog mir einen anderen Pyjama an und warf den alten in den Schacht für schmutzige Wäsche, Torpedos klar, und kroch wieder in Dads Bett, um den Schluß von *Frankensteins Braut* zu sehen.

Ich wußte sofort Bescheid, als ich Dexter sah, wie er aus der Schule nach Hause kam. Ich saß auf dem Kantstein und dachte nach, und da erschien er mit seinem Henkelmann. Er sah aus wie ein Engelchen oder ein Mädchen. Sein Gesicht war sanft und rosig und süß, er wirkte verlegen, und er stampfte nicht mit den Stiefeln bam bam bam, sondern er schritt so vor sich hin, und zu mir sagte er: »Magst du mein neues Hemd?«

Es war in Ordnung, und ich sagte ja.

Er sagte, seine Mutter ist tot.

Da stand er, und ich sagte, es tut mir leid, das zu hören. Er weiß nicht, wie bei uns der Fall gelagert ist. Als er in der ersten Woche fragte, sagte ich, Mom ist als Sonderkorrespondentin in Europa.

Jetzt wollte ich ihm die Wahrheit sagen, ich ließ es aber. Ich sagte: »Gestern nacht hab ich dich zu uns zum Fernsehen eingeladen, du hast es aber, glaub ich, nicht gehört.« Wir sahen uns nicht an, aber wir wußten beide Bescheid. Vor ihrem Haus stand kein Auto, demnach war niemand zu Hause.

Michael, der schwarze Junge, der weiter unten in der Straße wohnt, kam herüber und sagte zu mir: »Hat Dexter dir von seiner Mom erzählt?«

Ich sagte ja und bot ihm vom guten alten Apfelsaft an. Michael sagte, er nimmt eine Schoko-Milch, wie üblich; Dad mixt ihm immer eine, und so standen wir in der Küche herum.

Dexter sagte, seine Mutter hat ihm dieses neue Hemd für seinen Geburtstag am 28. Oktober aufgehoben, und nun hat er es von seinem Vater jetzt schon gekriegt.

Michael sagte, in *Creature's Features* hat er schon oft Filme gesehen, in denen jemand über dem offenen Sarg eine Beschwörung spricht, woraufhin dann der Tote wieder zum Leben erweckt wird. Er machte ihm falsche Hoffnungen, und ich sagte: »Scheiße.« Mit falschen Hoffnungen weiß ich zur Genüge Bescheid.

Dexter sagte, seine Tante kommt aus Phoenix, die Schwester seines Vaters. Das bedeutet natürlich die Schwester seines Großvaters.

Ich hätte wirklich gern aus Michael die Scheiße herausgetreten, dieser ganze Quatsch mit den falschen Hoffnungen, auch wenn er nicht wußte, was er tat. Das wäre ihm eine Lehre gewesen, *nie* mit sowas anzufangen. Aber während ich noch so richtig schön sauer war und überlegte, ob ich ihm seine Schoko-Milch ins Gesicht schütten soll, um ihn zu überrumpeln und zu blenden, damit ich ihn umso leichter plattmachen kann, fuhr Dad mit dem Dodge Swinger vor, und wir gingen alle raus, um Dylan vom *Kinder Haus* abzuholen. Wie wir noch ums Auto herumstehen, fährt Mrs. Festinger, die Großmutter, in ihrem antiken Mercedes heran, steigt aus, stapelt sich die Einkaufstüten in die Arme, geht zu ihrem Haus und schreit: »Dexter, ist dein Vater zu Hause?«

Dexter sieht immer noch aus wie ein Engelchen. Er ruft ihr zu: »Nein, und meine Mutter auch nicht, weil sie nämlich gestern nacht gestorben ist.«

Mrs. Festinger hatte einen kleinen Anfall mit ihren Einkaufstüten. Sie sah Dad an, weil er der einzige anwesende Erwachsene war, und Dad sagte es ihr mit den Augen, und schließlich verschwand sie mit ihren Einkäufen in diesem Haus.

Michael beschloß, keine rechte Lust auf diese Fahrt zu haben, und ging nach Hause. Also fuhren Dad und Dexter und ich zum Kindergarten. Dex spielte wieder mit dem

Sicherheitsgurt und sagte: »Dann wird mein Vater wohl wieder heiraten müssen.«

Dad wußte, daß ich seine Blicke bemerkte, und er bemerkte meine Blicke. Wir sagten nichts. Dad sagte zu Dexter: »Wie geht es deinem Dad?« Dexter sagte: »Ihr könnt mich an der nächsten Ecke rauslassen«, und Dad kapierte, daß man besser nicht fragt. Dad rettete das Ganze dadurch, daß er Dexter bat, das Fenster hochzukurbeln, weil Dylan nicht gern soviel Zug hat, wenn er hinten sitzen muß, und auf diese Weise blieb Dexter während der ganzen Fahrt bei uns.

Als wir zurückkamen – Dad am Steuerrad, Dexter auf dem Beifahrersitz, ich und Dylan hinten –, standen mehrere Nachbarn von ganz weit unten, die ich erst ein- oder zweimal gesehen hatte, neben den GEFAHR-Schildern vom East Bay Mud, und eine Frau hatte einen Topf mit gelben Blumen dabei. Sie unterhielt sich mit Dad, während Dexter und ich Auto spielten. Aus dem Augenwinkel heraus taxierte ich, daß sie die Blumen an der Haustür abstellen wollte, auf dem WILLKOMMEN-Fußabstreifer, so daß man höchstwahrscheinlich im Dunkeln drüber stolpert und flach auf die Fresse klatscht, besonders Mr. Mitchell.

Und Mr. Festinger kam noch einmal auf einen Knicks vor den Vorhang, damit nur ja keiner sein Geld zurückverlangt. Während Dexter und Dylan Luftballons von der Veranda schmissen, fragte Mr. Festinger Erdbeben McGoon meinen Dad, ob »der Junge von nebenan« bei uns ist.

Er konnte ganz deutlich sehen, daß er bei uns war, und Dad regte dieser Junge-von-nebenan-Scheiß auf; wir *wissen*, wie Dexter heißt.

Mr. Festinger sagte: »In der Familie hat sich eine Tragödie abgespielt.«

Dad sagte: »Wir hörten davon.«

An diesem Punkt kam Dexter auf den Bürgersteig, und

Dylan fing an zu weinen, wahrscheinlich weil er immer sagt, alles ist »MEINS!«, und Dexter hatte seinen roten Luftballon.

Mr. Festinger sagte: »Sie ist gar nicht tot, wußten Sie das?«

Dad sagte: »Was?«

Mr. Festinger, Mr. Festinger mit seinen Schweine-Sülz-Koteletten, sagte: »Sie liegt auf der Intensivstation.«

So genau wußten wir es schließlich auch nicht. Vielleicht hatte Dexter die ganze Zeit übertrieben.

Mr. Festinger sagte zu ihm: »Los, Tiger. Bei uns wartet ein Abendessen auf dich.«

Dexter wollte nicht. Er rannte hinters Haus.

Mr. Festinger verschwand wieder in seinem eigenen Haus, um seinem ganz leicht zurückgebliebenen Sohn schnell noch ein paar zu scheuern.

Dad sah mich an. Er war eindeutig verwirrt. Wir alle hingen mehr oder weniger herum, und das kalte Entsetzen wehte uns an.

Und dann kam Mr. Mitchell nach Hause, und wir erfuhren, daß Mrs. Mitchell tatsächlich längst tot war. Es war schwierig für Dad zu fragen, und deshalb ließ er's bleiben, aber Mr. Mitchell, der genau zwischen seinen beiden Identitäten pendelte, sprach über die Beerdigungsfeierlichkeiten. Morgen sollten sie sein, und Dad war eingeladen.

Festinger mußte nicht ganz bei Groschen sein, oder falsch informiert. Oder etwas, was so beschissen ist, daß ich gar nicht dran denken will. Etwas später einigten wir, Dad und ich, uns darauf, daß er einer früheren Meldung aufgesessen ist und daß man ihm deswegen keinen Vorwurf machen kann. Ich mache ihm trotzdem einen.

Gegenüber saß Norman auf seinem Posten. Ich glaube, ich bin der einzige, dem das auffiel. Manchmal kann man, wenn man nicht ganz bei sich ist, mit der Seele fotografieren, und die Fotos entwickeln sich später von selbst.

Und deshalb kümmern wir uns noch intensiver um Dexter als sowieso schon. Was hätten wir sonst tun sollen, wo sein Vater doch, wie die Leute sagen, unter dem Einfluß schwerer Beruhigungsmittel stand, aber das war ja schon immer der Fall gewesen. Z. B. haben wir Dexter mitgenommen, als es regnete, um Dylan ein neues Dreirad zu kaufen. Es ist blau-weiß-rot. Dexter hat es ihm sofort abgeknöpft, und er, Dexter, fuhr damit zum Auto. Und damit kommen wir wieder zu einem Punkt, den ich nicht kapiere: Dylan freut sich immer maßlos, wenn er Dexter sieht, und ständig sagt er: »Will mit Dexter spielen«, dabei ist Dexter im Gegensatz zu mir noch nicht mal nett zu ihm. Manchmal habe ich das Gefühl, Dylan mag Dexter lieber als mich, so, wie er sich mit ihm anstellt. Mein *eigener* Bruder ist beknackt.

Dexter dröhnt überhaupt auf jeden ab. Dad hatte z. B. wieder eine Frau zum Abendessen da, sie ist Sekretärin und Empfangsdame beim Zweiten Programm – ich glaube, Dad treibt es im Augenblick mit jeder –, und Dexter kam rein und fragte, wann das Monster rauskommt, und Dad sagte, heute nicht, und daraufhin marschiert Dexter geradewegs auf die Frau zu, Peg nennt sie sich, und kneift sie in die Titte. Einfach so. Sie verschüttete ihren Martini auf die Couch, und Dad schickte Dexter nach Hause, aber er blieb noch eine ganze Zeit draußen stehen und trat gegen die Haustür. Einfach so in die Titte gekniffen, voll in die Brustwarze.

Man soll ihm ja verzeihen, weil seine Mutter gestorben ist. Und wenn überhaupt jemand auf dieser Welt versteht, was er durchmacht, dann bin ich das. Wenn man manchmal einsam ist, hält man sich an das Nächstliegende. Sogar der gute alte Dylan hat mehr Ahnung, als wir glauben. Da spielt er mit seinen Autos und sagt plötzlich aus heiterem Himmel: »Ich bin ein böser Junge.« Und Dad sagt: »Nein, du bist ein braver Junge.« Dylan sagt: »Nein, ich bin ein böser Junge, aber es tut mir leid.« Und wenn man erstmal in dieser seelischen Verfassung ist, kommt eins zum andern. Zum Beispiel im Zoo vom Knowland State Park: Dad knipste uns mit seiner Minolta, und Dylan ritt auf der Riesenschildkröte und bemachte sich mit dem Elefantenbaby, und plötzlich wurde er von einer Ziege niedergetrampelt. Die Ziege war völlig unschuldig. Es kommt nur eins zum andern.

Aber manchmal hat doch jemand schuld. Wir hatten einen üblen Krach, zur Abwechslung; Dad nahm mich beiseite und sagte: »Jacky-Bär, ich muß mal mit dir reden,«

Die Kacke fing eindeutig an zu dampfen, und ich zermarterte mir das Hirn, was ich ausgefressen hatte, wahrscheinlich hat er angefangen, seine Joints nachzuzählen und wußte, daß ich auch rauchte. Es war Abend, wir hatten Dylan ins Bett gebracht, und ich wußte, daß Dad etwas im Sinn hatte, weil er mich nicht ansah. Und dann tat er's doch, vor dem Kamin. Er sagte: »Wir machen schwere Zeiten durch, die Menschen sind verwirrt, und manchmal sagen sie Dinge, die sie nicht meinen.«

Ich tappte im Dunkeln.

»Jacky-Bär, du weißt, daß Mom und ich jede Menge Probleme miteinander hatten, echte Probleme, aber wir haben uns sehr geliebt, und sie hat dich und Dylan so sehr geliebt, wie ich euch liebe. Und mehr kann man nicht. Ist dir das soweit klar?«

Ich sagte ja und fragte mich, was er damit sagen wollte.

»Und es ist nie darum gegangen, wer schuld hatte. Keiner hatte *schuld*, daß Mom und ich unsere eigenen Wege gingen. Was uns auseinandergerissen hat, war der Umstand, daß wir unsere Kinder zu sehr liebten. -kay?«

»-kay«, sagte ich. Ich tappe immer noch im Dunkeln. Dad hatte nichts eingeworfen oder gesoffen, er war ganz einfach ernsthaft. Und ich saß da und hörte mir alles an.

»Ich sage das, weil ich nicht will, daß *du* die Orientierung verlierst und den Leuten erzählst, deine Mutter hätte dich nie geliebt.«

Fast hätte ich es gar nicht gehört, es war, als hätte ich es zum zweitenmal gehört, wie ein Echo in der Stille. »Das habe ich nie gesagt.«

»Jacky-Bär, deine Mutter hat dich *total* geliebt.« Er schwieg. »Und nun kommt Dexter und sagt mir, deine Mutter hat dich nie geliebt, und du sehnst dich nicht nach ihr.«

Darum ging es also. Dexter hat sie nicht mehr alle. Ich sagte: »Das habe ich nie gesagt, *nie*.«

Dad betrachtete seine Pantoffeln. Er war nicht überzeugt. Er nahm sich langsam eine Marlboro und steckte sie an. »Dexter muß etwas falsch verstanden haben. Aber jetzt ist ja alles klar, okay?«

Er sagte nicht *-kay*, wie wir es immer machen, er sagte Okay. Er glaubte tatsächlich Dexter, einem notorischen Lügner, der Leuten in die Klöten tritt und in die Titten kneift.

Ich sagte, und ich würde jede Summe zahlen, um es ungeschehen zu machen, aber ich sprach es aus: »Ich hasse dich.«

Dad ging ans Fenster. »Komm nicht morgen an und behaupte, du hättest *das* nicht gesagt.«

Ich ging in mein Zimmer; das war der letzte Strohhalm.

Deshalb habe ich aus Dexter die Scheiße herausgeprügelt, mit diesen meinen beiden Fäusten und unbewaffnet, obwohl es heutzutage leicht ist, ein Messer zu kriegen; an der

Crocker-Schule hat jedes Kind eins. Nach der Schule wartete ich auf Dexter und sagte: »Mit deinem Arsch wirst du mir büßen«, als wäre ich ein Großer Böser Neger, ich schlug ihn und ich kratzte ihn, ich trat ihn sogar mit dem Knie, allerdings nicht in die Eier, wie er das zu tun pflegt. Mr. Festinger kam raus und sagte mir, ich soll mich gefälligst mit jemandem prügeln, der so groß ist wie ich, und das ist äußerst merkwürdig, weil er mir nämlich in den Hintern getreten hat, und er ist dreimal so groß wie ich. Das hat 2 Tage lang wehgetan; er hat mich am Steißbein erwischt.

Später, als sich alle beruhigt hatten, erinnerte sich Dexter daran, daß ich gesagt hatte, man darf nicht ewig seiner Mutter nachtrauern, und daß ich versuche, es mir abzugewöhnen, und daß man sich am Riemen reißen muß. Das ist etwas völlig anderes, und auch wenn ich versuche, hart zu sein und die Sache leichtzunehmen, sehe ich *immer noch* nicht ein, wie er den Eindruck gewonnen haben will, daß ich sie nicht vermisse. Oder daß sie mich nicht geliebt hat; – das trifft höchstens auf seine Mutter (oder Großmutter) zu. Ich will nicht sagen, er ist unschuldig; Dexter ist wohl eher ein wenig jenseits von Gut und Böse. Aber ich bin eindeutig schuldig, weil ich ihn verdroschen habe, und damit ändert man nichts. Wie Dylan ganz richtig sagt: »Ich bin ein böser Junge, aber es tut mir leid.« Scheiß drauf, ich habe schon genug Sorgen. Es geht rapide bergab mit mir.

Aber so geht es wohl allen. Ich fühlte mich so einsam und abgekapselt, daß ich meinem besten Freund in Syracuse, Joe Romano, einen Brief geschrieben habe. Wir waren zusammen bei den Pfadfindern gewesen, Fähnlein Brandpfeil, wir haben im alten Tagesraum Angriffsfußball knieend gespielt, wir haben uns so richtig gegenseitig hochgeschaukelt und konnten unwahrscheinlich gut miteinander, und er hat mich mit Dad im Zirkus gesehen und gesagt, ich bin »ein irre starker Typ«, und auf seiner Mansarde habe ich meine erste Möse in einem Magazin gesehen, das seinem Vater gehörte, der als Kriegsgefangener in Vietnam war. Ich schrieb an Joe, einschließlich Infos über meine eigenen Sorgen, und auf den Umschlag schrieb ich in Druckschrift PERSÖNLICH: BITTE NICHT ÖFFNEN, damit seine Mutter den Brief nicht aufmacht, weil sie dagegen gewesen wäre. Eine Woche später rief Joe mich gegen 9 Uhr abends an – das bedeutet, daß es in Syracuse Mitternacht war –, und alles, was er sagen konnte, war: »Mann, ich bin total im Arsch.« Er ist völlig kaputt und nimmt Heroin – schießt sich original H, die gesamte Nummer mit der Nadel –, in seinem Alter, mit 13, mein bester Freund. Er redete ziemlich wirres Zeug zusammen, außer daß er dieses Ferngespräch auf Kosten von Mr. Hudson führt, einem preiswürdigen Arschloch von Algebra-Lehrer, aber um mir das zu erzählen, brauchte er allein schon drei Minuten, und ich mußte »Was?« »Was?« sagen, als wäre ich harthörig.

Also sind sowohl Erwachsene als auch Kinder beim Hund. Sogar Dad, der mit mir jeden Morgen die Comics im *Chronicle* verfolgt, bringt es inzwischen schon manchmal nicht mehr, weil er soviel husten muß, daß er nicht lesen kann. Zweimal hat er sich schon Blut in die hohle Hand gehustet, und Dylan sagt dann: »Daddy hat Husten, Daddy tut weh.« Vielen herzlichen Dank. Und Dad bemacht sich mit diesen Frauen, die er trifft, und vielleicht ist er einsam und vielleicht ist er geil und vielleicht meint er, er muß uns eine Ersatzmutter besorgen, aber wenn sie dann unten Gras rauchen, und wenn ich höre, wie er verrücktes Zeug verzapft (»Plötzlich, auf der Straße, in dieser Eiseskälte, bin ich in einer Kneipe ohne Fußboden und ein Vietnam-Veteran, meine Augen sind der Dschungel, ich kann nicht mehr atmen, wo ist das Amerika meiner Träume, hier und jetzt, auf dieser dunklen Straße?«), dies *verrückte* Zeug, davor habe ich Angst, davon wird mir schlecht, und manchmal hauen diese Bay-Area-Frauen ab, weil sie es auch nicht ertragen können. Wie denn auch? Einmal hat er's bei mir versucht, aber ich habe ihm gesagt, er kann es gleich lassen, und mir klopfte das Herz bis zum Hals: »Hör mit diesem Scheiß auf; ich kann es nicht hören«, und er sah sehr verängstigt und einsam aus, aber es hatte auch sein Gutes, denn er hat damit aufgehört. Bei *mir* hat er damit aufgehört, aber er treibt es sogar noch am Telefon; neulich habe ich wie üblich vom obersten Treppenabsatz zugehört; dann sagt ihm wahrscheinlich die Frau, er soll das Ganze überschlafen, und er sagt, das ist ja gerade das Dumme, er kann nicht schlafen, und so geht das noch endlos weiter, bis er sich endlich beruhigt und sagt: »Gut, ich bin ein *Shmuck*«, und ich beginne, diese Meinung zu teilen, obwohl es natürlich höllisch wehtut, so etwas über den eigenen Vater zu sagen, besonders, wenn es sich um Dad handelt.

Aber jeder hat dies Leiden, es ist wie eine Epidemie. Dexter zum Beispiel. Ich habe zufällig in seinem Zimmer etwa sechs von Dylans Spielsachen gefunden, sogar den psychedelischen grünen Ball, der tagsüber nur grau aussieht, aber nachts wird er ganz gespenstisch und monstergrün, weil

Radium drin ist wie bei manchen Armbanduhren. Überall haben wir gesucht, und dann hat ihn Dexter; und noch dazu Autos und Lastwagen. Ich habe ihn nicht verraten, ich war Dexter gegenüber schon beschissen genug, ich habe den Kram nur zurückgebracht und sorgfältig unter Betten und Sofas versteckt, und Dad war außer sich vor Wonne, als er die Sachen beim Staubsaugen fand. Ich konnte Dexter nicht verpetzen, er ist so eine arme Sau. Selbst nachdem ich ihm den Arsch versohlt hatte, bot er mir 10 cents an, wenn ich mit ihm spiele. Eins tue ich: ich passe auf, was ich sage. Er hat so seine Theorien; wenn er den Atem lange genug anhält, daß er ohnmächtig wird, und wenn er dann wieder aufwacht, war alles nur ein böser Traum, und sie ist wieder lebendig, aber es gelingt ihm nie lange genug, und er wird nie ohnmächtig. Ich habe sowas auch schon gemacht; ich habe im Mitternachtswind auf dem Dach gestanden und wollte mein Leben für ihr Leben eintauschen. Außerdem habe ich Dexter im Verdacht, daß er sich in die Hand geschnitten hat, weil er dachte, Blut kann sie aus dem Reich der Toten zurückbringen. Er protzt immer mit seinen Wunden. Außerdem schmiedet er Pläne, Norman umzubringen, weil er sie beschimpft hat. Scheiße. Wir wohnen in einer netten Gegend.

Man weiß nie, was als nächstes passiert. Eines Nachts schien es schon fast so, als würde jetzt alles besser, und ich saß unten im Keller bei Dad in seinem Grummelkontor, und wir sprachen über unser Projekt: ein Walhall des Horrors in *Bogeyloosa (Louseyanna)*, mit großzügigen Stipendien für unverschuldet in Not geratene Monster, und dann kommt krach! bumm! peng! Dylan kopfüber auf seinem blau-weiß-roten Dreirad die Treppe runter, und wie ein Geschoß flog er über die Lenkstange, und wir mußten mit ihm zum Krankenhaus rasen, und da nähten sie sein Kinn mit fünf Stichen. Dad sagte: »Ich hab schon nicht mehr geglaubt, daß ich ihn lebend aufsammeln kann.« Er dachte, er hätte sich den Schädel gebrochen. Himmel, wir liefen herum wie die Wahnsinnigen, Dad brüllte, und Dylan schrie und blutete, und mir war, als könnte ich jederzeit ohnmächtig werden.

Das bleibt natürlich nicht ohne Wirkung auf Dad, und letzte Woche hat er sein verrücktes Zeug sogar im Fernsehen abgesondert, damit es auch ja die ganze Welt merkt. Eine der Figuren, die er für die *Thriller*-Werbespots mimt, ist *Der Hippie, der aus 20 000 Faden Tiefe kam.* Das war letzte Woche dran, nur daß es diesmal echt war, und ich merkte, daß er wirklich stoned war und nicht nur so tat, weil nämlich seine Augen halb geschlossen waren, und er sprach auch unheimlich langsam. Er sagte das Zeug, das er immer sagt, und womit er auch im realen Leben die Leute nervös macht; und das müsse wohl an seinem schlechten Atem liegen oder an seiner persönlichen Ausstrahlung, und wenn er an einem bezaubernden Abend ein Zimmer voller Leute betritt, bilden alle protektive Gruppen, weil im Wald, da sind die Räuber, Scheiße von *der* Güte. So spricht er tatsächlich, und das ist nicht *Der Hippie, der aus 20 000 Faden Tiefe kam* oder Cäsar Asparagus, das ist Originalton Dad. Der Film an dem Abend hieß *Die Invasion der Leichenräuber,* einer meiner Lieblingsstreifen, und dann muß Dad ausgerechnet vor dem Anpfiff der East Bay Dodge Boys sein großes Maul aufreißen und sagen: »Ich will dich nicht bedrücken, Bruder, aber checke mal, was dieser Film dir sagen will. In diesem Film geht es um den Kommunismus, die Rote Gefahr, kapiert?« Ich richtete mich im Bett auf, ich hatte die Kopfhörer übergestülpt, unten poofte die alte, schwarze Mrs. Sampson vor sich hin, und ich hatte Schiß, denn Kommunismus und Rote Gefahr sind etwas, worüber ich nur zu gut Bescheid weiß. Opa Glickes, der Vater von Mom, stand deswegen mal vor langer Zeit in Hollywood auf der Schwarzen Liste. Er war Drehbuchautor gewesen, und seitdem ist er verbittert. *Die Invasion der Leichenräuber* ist ein Gruselfilm über Wesen aus dem Weltraum, die in einer kalifornischen Stadt, Santa Rita, landen, und sie sind Blütenknospen, die nachts zu Menschen heranwachsen, und dann nehmen sie langsam den Platz der richtigen Menschen ein, und nur die jeweils von den Betreffenden geliebten Personen bemerken den Unterschied. Zum Beispiel weiß ein kleiner Junge zu Anfang, daß sein Onkel nicht sein Onkel ist, und er kann es nicht erklären, er *weiß* es nur. Der Onkel ist eine von den Knospen. Das Einzige, wofür sich die Knospen interessieren, ist Überleben, und sie sind kein Stück zärtlich; wenn auf der Straße ein Hund überfahren wird, dann ist ihnen das so wurscht wie nur möglich. Sie haben keine menschlichen Gefühle. Sie wollen sich nur fortpflanzen und die Welt erobern und uns nacheinander alle, wie wir da sind, ersetzen. Ein schöner Film. Und Dad sagt in seinem Kostüm als *Der Hippie, der aus 20 000 Faden Tiefe kam*: »Kuckt doch mal, wann dieser Streifen gedreht wurde –: 1956. Kennt ihr die 50er Jahre noch? Nehmt das mal ernst und tut nicht so, als wollte ich euch nur an die Knospe fassen.« Er kicherte, und ich spielte an der Farbkontrolle herum, so daß es aussah wie ein LSD-Trip, ich war voll daneben. Er machte weiter: »Geht mal alle Punkte durch: Es geht hier um gottlose Wesen, die unsere Gemeinden infiltrieren und Zellen bilden, kapiert? –: *Zellen*, und dein eigener Nachbar könnte dazu gehören, und in Privathaushalten treffen sie sich und diskutieren, wie sie die ganze Welt erobern wollen, und zum Schluß werdet ihr sehen, daß sie ihre Revolution heimlich exportieren; kurz: Amerika sollte lieber aufwachen und den Inneren Feind erkennen, Den Inneren Feind, und ihn ausmerzen. Jetzt wißt ihr, was läuft, und wenn ihr nicht darüber nachdenken wollt, dann denkt bitteschön nicht darüber nach, lehnt euch zurück und viel Spaß.« Dad verschwand in psychedelischen Farben, und *Die Invasion* fing wieder an, in schwarz-weiß.

Ich konnte mir das nicht weiter ansehen, ich war zu aufgeregt. Als Dad und Mom sich kennenlernten und sich ineinander verliebten, da geschah das nicht zuletzt, weil ihre jeweiligen Eltern Kommunisten waren, irische und jüdische, obwohl ihnen niemand nachweisen konnte, daß sie tatsächlich Mitglieder waren. Sowas erkennt man nämlich an den Parteibüchern. Ich habe echt nicht verstanden, warum Dad sich in *Thriller* darüber auslassen mußte. Wir haben jede Menge einschlägige Erfahrungen; Dad wurde z. B. beim Peace Corps nicht genommen, und einmal kam dieser FBI-Mann ins Haus, mit Notizbuch und allem. Damals sagten Mom und Dad, sie würden diese Sache gemeinsam durchstehen. Aber das ist prähistorisch, und ich weiß gar nicht mal, ob ich es noch wüßte, wenn es nicht zur Familiengeschichte gehörte. Es ist ein schlechter Traum. Aber es kommt immer wieder hoch. Sogar hier, als dieser Idiot in Sacramento in allen Supermärkten Zyankali-Kapseln in die Salatgewürz-Gläser mischte, weil er angeblich gegen den Krieg in Vietnam war, und Dad sagte mir, das war eine Fälschung und ein Komplott der Rechten, um die *Bewegung* zu diskreditieren. Ich wußte noch alles. Damals in Syracuse hat er mir von seinem Vater erzählt, und von dem kleinen Bügel-Laden, und um 5 mußte er aufstehen und den ganzen Tag schuften, bis er nur noch umfallen konnte, was er dann auch tat, als ich in Mom schwanger war, da hat sein altes irisches Herz schließlich nachgegeben, und deshalb habe ich ihn nicht mehr kennengelernt. Ich weiß nur eins: man läßt die Arbeiter nicht im Stich. Würde ich nie tun. Aber ich werde etwas vorsichtiger sein als Dad. Manchmal habe ich das Gefühl, er legt es drauf an. So war es bei Mom, so war es bei Opa Glickes, es liegt in der Familie. Damit muß ich nun fertig werden. Vielleicht hätte ich Dexter ohne meine kommunistische Vergangenheit nie zusammengeschlagen. Dad sagt, *uns sträubt sich das Gefieder*. Bei mir ist das der Fall. Wie bei einem Stachelschwein. Ich wittere Gefahr, und meine Stacheln richten sich auf, reiner Reflex. FASS MICH NICHT AN, DU SACK. Reichlich merkwürdige Reaktion für jemanden, der auf den Händen geht und Einrad fährt.

Aber es gibt Dinge, gegen die man sich nicht schützen kann, sowas passiert einfach. So, wie Dylan z. B. kopfüber mit dem blau-weiß-roten Dreirad die Treppe runtergefahren ist. Er hat sich dann noch so einen Klippschülerstreich geleistet, als ich das Kommando hatte. Ich habe ihm Badewasser eingelassen, weil ich ihn baden sollte, und mein kleiner Bruder machte im Badezimmer herum, während ich ihm ein frisches Handtuch aus dem Wäscheschrank holte, und da schloß er die gottverdammte Badezimmertür von innen ab. Da stand ich nun im Zwielicht und sagte ihm, er soll seinen Arsch lüften und gefälligst die Tür aufmachen, andernfalls er sich Große Schwierigkeiten einhandelt (das Kissen), und er versuchte es, aber dann sagte er nur: »*Schaffe* es nicht«, in seiner unnachahmlichen Art. Das heißt: Die Badewanne läuft über, das Wasser rinnt durch den Fußboden ins Wohnzimmer, alles ist meine Schuld. Ich versuchte, die Tür einzurennen, aber das gelang mir nicht, denn das Haus stammt aus dem Jahre 1921, und damals hielten die Menschen ihr solides Handwerk noch in hohen Ehren. Ich hechtete nach unten, um einen Schraubenzieher zu holen, weil ich mir dachte, vielleicht kann ich das Schloß entfernen, aber Schraubenzieher wurden nicht geführt, und ich fand lediglich einen Hammer auf dem Regal hinter dem Pingpongtisch, und ich dachte, vielleicht kann ich das Ding runterkloppen, was ich auch versuchte, ich habe aber nur den Türknauf verbeult. Dylan flennte schon wieder, ich hörte, wie das Wasser lief, aber dann ging in meinem Kopf die Glühbirne an, und mir fiel ein, daß Dad immer das Fenster über dem Waschbecken offenläßt, wegen der Belüftung, damit es nicht stinkt, wenn man seine schwere Bürde losgeworden ist, und ich rannte runter und auf die Veranda und kletterte das Dings hoch, wo man eine Markise aufhängen kann, wie beim Haus von den Mitchells, – ich glaube, alle Häuser in Oakland haben so eine Vorrichtung –, und ich schaffte es bis aufs Dach. Dann ging es über das offene Fenster, und das war nicht zum Hochklappen, sondern zum Aufklappen (!), und bis auf den Hinterhof war es immerhin dreieinhalb Stockwerke tief, mir wurde ein bißchen schlecht, als ich hinunterblickte; soviel Platz und Äste, und 3 Drähte vom E-Werk, ein falscher Tritt, und ich wäre elektrokutiert gewesen, aber mit Schwung und einem Gebet stieß ich mich ab und erreichte den oberen Teil des Fensters, und dieses Fenster ist, wenn ich es jetzt bedenke, alt und hätte abbrechen können, und ich hätte mich zu Tode gestürzt, oder ich wäre mein Leben lang ein Krüppel geblieben, aber ich kam übers Waschbecken hinein und stellte das Wasser ab, bevor es gerade eben überlief. Dylan stand dabei, als ginge ihn das Ganze nichts an, und ich hätte ihm gern den Kopf unter Wasser gehalten, um ihm zu zeigen, wo es lang geht, aber ich habe es gelassen. Wir sollten ein Schild vor dem Haus haben, LEBENSGEFAHR BISSIGES KIND.

Nach dem Bad habe ich ihn aber doch bestraft. Ich trocknete ihn sorgfältig ab und tat so, als wollte ich mit ihm im Garten spielen. Dadurch regten sich die Dobermänner einen Hof weiter maßlos auf, und ich rannte weg und ließ Dylan ganz allein zurück; ich habe ihn sogar an den Zaun geschubst, und die Dobermänner konnten ihm voll ins Gesicht bellen und heulen und zähnefletschen. Ich habe mich hinter den Bäumen unter der Veranda versteckt, damit ich ihn retten kann, falls ein Dobermann tatsächlich entkommen sollte. Ich hätte dem Dobermann in die Fresse getreten und Dylan weggeschleppt. Ich wollte ihn ja nicht verletzen, sondern nur erschrecken. Ich beobachtete, wie er sich das Herz aus dem Leibe plärrte (hähähä), und schließlich ging ich hin und nahm ihn in die Arme. Er hatte sich die Hose vollgepißt. Oben zog ich ihm eine neue an und tröstete ihn. Es dauerte eine ganze Weile, bis er sich beruhigt hatte.

Das alles zeigt, daß ich genauso ein Super-Arschloch bin wie jeder andere, wenn nicht noch mehr. Dylan hatte die Tür ja nicht mit Absicht abgeschlossen. Aber ich tollschocke ihn, und ich verdresche Dexter, und ich sage »ich hasse dich« zu meinem eigenen Vater. Es ist ziemlich entmutigend. Dad hat mal zu mir gesagt: »Es ist gar nicht leicht, ein Arschloch zu sein.«

Ich habe zwei Sachen noch nicht erklärt. Einmal meinen Namen, oder besser Spitznamen, Jack-der-Bär. Dad heißt natürlich *John,* und ich heiße offiziell John Jr., aber »Jack the Bear« ist eine Jazzplatte von Duke Ellington. Dad sagt, sie ist ein »Klassiker«, und er hat die Original-Schellackplatte und ein Tonband für seine Sammlung. Ich hab das Lied schon oft gehört, und es ist ziemlich schön, muß ich zugeben, und wenn ich es mir jetzt wieder anhöre, fallen mir all die verdammten Gutenachtgeschichten ein, die Dad mir aus der »Saga in Fortsetzungen« von Jack, dem Bären, erzählt hat. Er ist so eine Art Legende. Und irgendwie ein Versager, weil ein berühmter Ausspruch, den die Leute über ihn machten, folgendermaßen lautet:

Jack-der-Bär, Jack-der-Bär
Hat alles versucht,
Doch es klappt nicht mehr.

Er strampelt sich ab und tritt dabei auf der Stelle. Das Gefühl kenne ich, besonders seit neuestem. Die Musik ist jedenfalls gut, und wenn wir es uns anhören, legen wir uns zurück, machen die Augen zu und lächeln. Daß er lächelt, weiß ich, weil ich immer ein Auge wieder aufmache, um das zu überprüfen.

Die andere Sache, die ich noch nicht erklärt habe, ist mein Geschlechtsleben. Das liegt wahrscheinlich daran, daß es da nicht viel zu erklären gibt. Ich war bisher noch nicht mal entfernt soweit, daß ich es mit einem Mädchen getrieben habe, aber ich habe eine ziemlich genaue Vorstellung, wie ich dabei vorgehen würde. Das Stärkste, was ich bis jetzt geschafft habe, war, daß ich letztes Frühjahr Diane

Green zu einer Samstags-Matinee ins State Theatre mitgenommen habe, und da habe ich meinen Arm um sie gelegt und ihr auf den Mund geküßt, aber als ich auch noch die Zunge reinstecken wollte, ist sie aufgestanden und hat sich einen Platz weiter gesetzt, so sauer war sie. Da habe ich mein Selbstvertrauen eingebüßt. Um der Wahrheit zum Siege zu verhelfen: Ich habe mich angestellt wie ein verwöhntes Kleinkind. Ich habe das Kino verlassen, so daß sie entweder allein mit dem Bus nach Hause fahren oder ihre Eltern anrufen mußte. Kein Wunder, daß sie nie wieder mit mir gesprochen hat.

Hier in Kalifornien sind mir die Kinder – physisch! – weit voraus, besonders die schwarzen, die ja sehr frühreif sind. Wirklich erstaunlich. Michaels ältere Schwester Sondra ist erst 15, aber darauf würde man nie kommen, so entwickelt ist sie. Sie hat einen enormen roten Afro. Mann, in der Frisur kannst du Ostereier mit Zuckerguß verstecken, ohne sie jemals wiederzufinden. Sie war Mitglied bei der schwarzen Marschkapelle auf der Siegesparade für die *Amazin' As*, und da tat sie so, als ob sie Dad und Dylan und mich nicht auf dem Bürgersteig bemerkt, wegen dieser Rassengeschichte. Dylan wurde ganz aufgeregt und rief: »Da ist Sondra, da ist Sondra« und zeigte auf sie, aber sie linste nur ganz kurz herüber und blickte dann wieder starr geradeaus, vor lauter Stolz. Ich habe gehört, sie hatten da so ein Benefiz-Projekt im Keller veranstaltet, als ihre Eltern übers Wochenende weg waren, und dabei hat Sondra ihre Klamotten an lauter Jungens versteigert. Das heißt, sie konnten die Kleider natürlich nicht behalten, sie kriegten nur zu sehen, wie sie sich das Zeug auszog. Für einen dämlichen Schuh würde ich keine 5 cents springen lassen, aber ich weiß sehr wohl, für welches Kleidungsstück ich zahlen würde, und ich stelle mir immer wieder gern vor, wie ein paar von unseren Jungs bei Sondras Leuten im Keller sitzen, falls Weiße da zugelassen sind, was wahrscheinlich nicht der Fall ist, und dann kriege ich ein herrlich flaues Gefühl in der Magengrube, besonders wenn ich mir einen von Dads *Playboys* ansehe, die er immer herumliegen läßt. Manchmal, wenn ich allein in meinem Zimmer bin, tue ich so, als wäre ich Sondra, völlig lächerlich, ich weiß, aber so ein Scheiß macht mir Spaß, und zum Schluß tanze ich nackt im Zimmer herum, und die Menge rast vor Begeisterung.

Manchmal kommt Sondra zum Babysitten auf Gelegenheitsjob-Basis herüber, wenn Mrs. Sampson verhindert ist, und dann mache ich mich meist so dünne wie möglich, weil ich ihr ewiges »Was glotztn immer so« nicht anhören kann.

Ich wollte schon mal unbedingt ein Mädchen zum Abendessen mitbringen, damit das Mädchen meinen Dad kennenlernen kann, aber ich wußte nicht genau, welches Mädchen. Auf der Penne bin ich etwa mittelbeliebt, aber das Mädchen, auf das ich so richtig scharf war, Anita Hendricks, hat einen festen, der schon in die High School geht und autofahren kann. Laureen Watson ist ausgesprochen mollig, und darauf stehe ich; ich habe sie gefragt, und sie sagte, sie überlegt es sich. Also setzte ich mich für eine Woche auf die Warteliste, weil ich sie nicht drängen wollte, aber es hat dann wohl an diesem blöden Fehler gelegen, den ich beging, indem ich auf dem Einrad bei der Schule vorfuhr, wodurch womöglich der – leider nur zu berechtigte – Eindruck entstand, ich wollte angeben, und jemand hat mir die Luft aus dem Reifen gelassen, und ich mußte das Einrad bis zur nächsten Tankstelle schieben.

Schließlich fand ich mich mit meinem Los ab: ich werde wohl bis zu meinen College-Tagen kein Rendezvous mehr haben, wenn überhaupt jemals. Ich hatte Visionen von einem Samstagabend im Jahre 1979: Jeder in Amerika ist auf Freiersfüßen unterwegs, nur Jack-der-Bär sitzt zu Hause und liest Dylan aus der Sesamstraße vor. So, wie sich die Dinge entwickeln, kann man sogar davon ausgehen, daß Dylan noch vor mir ein Rendezvous haben wird. Dabei würde er sicher ungeheuer kameradschaftlich vorgehen; er tänzelt zur Haustür hinaus, und ich vergieße still ein Tränchen. Wenn es erstmal angefangen hat, gelingt mir scheints gar nichts mehr. Ich war am Rande eines Nervenzusammenbruchs. Scheiße, ich hätte mich schon mit einem guten Wort und einem freundlichen Lächeln begnügt.

Und das bekam ich dann auch, denn nie ist es so finster wie kurz vor der Dämmerung, und zwar von Karen Morris, genannt die Bohnenstange, welche einen ganzen Kopf größer ist als ich und bei der PEST mitarbeitet. Sie mochte mein Gedicht in der Ecke für den Freund der Poesie im Zentrum auf der 1. Seite. Sie sagte, das Gedicht zeigt ungekünstelte Sensibilität. Da habe ich, nur so, ohne nachzudenken, gesagt, hast du Lust, nächsten Freitag um 6 zum Abendessen zu uns zu kommen, und sie sagte, ohne nachzudenken, klar. In der Mittagspause bin ich 3 Straßen weiter in eine Telefonklause gegangen, habe Dad angerufen und ihm gesagt, was passiert war und ob es -kay ist?, und er sagte, natürlich ist das -kay, und vielleicht sollte er auch jemanden einladen, damit Karen nicht von 3 Männern umzingelt ist. Ich dachte kurz nach und wünschte, Mom könnte auf diese Welt zurückkatapultiert werden.

Aber ich beendete den Flug meiner Gedanken und überlegte, was ich anziehe und ob Dad mich fährt. Ich verwarf diese Möglichkeit mit aller Entschiedenheit, obwohl Karen gesagt hatte, sie wohnt im Cedar Way, und das ist über eine Meile vom Rosa Hauer entfernt.

Als der Große Tag gekommen war, an dem ich sie heimführen wollte, sah es nach Regen aus, und das nasseste Jahr seit 84 Jahren in der Bay Area war schon wieder ungültig, und wir hatten nunmehr das nasseste Jahr seit 1849. Wenn wir, wie Dad immer sagt, die rechten kleinen Glücksbringer sind, dann sind wir aber auch die rechten kleinen Regenmacher. Ich hatte meine Levi's Hüftschmeichler an und meine Stiefel und mein Blumenhemd und drunter ein limonenfarbenes T-Shirt. Dad meinte, ich soll einen Pullover anziehen, aber das hätte farblich nicht hingehauen, und so nahm ich denn einen Klarsichtschirm aus Plastik mit, den man nicht mehr zuklappen konnte.

Karen hat ihre Länge vom Vater geerbt; dieser bot mir ein Glas V-8 an, welches ich mit zitternden Händen entgegennahm. Karens Mutter ist ausgesprochener Durchschnitt, und ich war erstaunt, wie wenig ich über sie erstaunt war. Ich zitterte teilweise deswegen, weil ich Angst hatte, sie würden mich über meine *Familie* ausfragen, und im Geiste hatte ich bereits jede Bemerkung abgeschmettert, aber sie fragten nur, wie es in der Schule vorangeht. Ich gab ein paar blitzgescheite Erklärungen ab und tat, als wäre mir alles wurscht. Karen kam in einem grün-gelben Kleid herunter, welches gut zu meinem Blumenhemd paßte, und sie muß sich zehntausendmal gekämmt haben, denn ihre Haare waren wie fließende Seide. Genau die Art Haare, auf die ich stehe. Sie trug kleine goldene Ohrringe, die Dexter sicher gern geklaut hätte, und die tanzten und klimperten an ihren Ohrläppchen herum. Ein kleiner Bruder oder eine kleine Schwester im Pyjama beobachtete uns durchs Treppengeländer, und dann verschwanden wir. Bis zur nächsten Ecke fiel mir überhaupt nichts ein, und ich hatte feuchte Achselhöhlen, aber sie löste das Problem und sprach über die PEST, und das Thema beschäftigte uns noch drei Ecken weiter. Dann fing es an zu nieseln, und ich hißte den Klarsichtschirm aus Plastik, und wir verbrachten fesselnde Minuten ganz nah Seite an Seite miteinander, und ich sah zu ihrem Gesicht hoch und bemerkte, daß sie auch ein bißchen schwitzte. Als das Nieseln aufhörte, gingen wir weiter unter dem Schirm, denn das war ein guter Vorwand.

Als wir schließlich zu Hause waren, war *Ms.* Peg Edinger vom Zweiten Programm bereits erschienen, und sie und Dad und Dylan saßen am Klavier wie eine Familie. Wir gingen ganz gelassen an die Dinge heran, und Peggy, die sehr gut aussieht, hängte Karens Pullover in der Garderobe auf. Wir machten uns miteinander bekannt, und während Dad und Peg einen Martini nahmen, tranken Karen und Dylan und ich Safeway-Limonade. Karen erzählte ihnen von der PEST und pries meine Gedichte und Geschichten, was mir natürlich auf geradezu idiotische Weise behagte. Darüberhinaus scheint Karen das einzige Kind in der gesamten Bay Area zu sein, das noch nie meinen Dad in *Thriller* gesehen hat, aber sie versprach, es sich in Zukunft anzusehen, denn nunmehr habe sie ja ein sehr persönliches Interesse gefaßt. Um die gespannte Atmosphäre ein wenig zu mildern, knipsten wir die Lichter aus und taten so, als spielten wir das Taschenlampenspiel für Dylan, in Wirklichkeit spielten wir es natürlich unseretwegen, und ich versteckte mich mit Karen im Gästezimmer, und ich quetschte ihr die Hand, und sie quetschte zurück; fast hätte ich sie geküßt, aber wer kommt rein? –: Dylan. »Wo ist Karen? Wo ist Karen?«

Es gab Gulasch, Dads große Spezialität des Hauses, und Karen und ich durften sogar Rotwein mit Wasser trinken. Karen sagte, sie hat in ihrem Leben schon Unmengen von Wein getrunken, weil die junge Generation immer Wein trinkt, wenn sie Gras raucht, eine Bemerkung, die Peggy Edinger völlig umhaute. Das Abendessen war ein voller Erfolg. Mit Kerzen, und Peggy hat den Salat gewendet. Als Nachtisch gab es Sorbet, was Dylan immer Sorbert nennt.

Dad und Peg zogen Dylan seine Schlafsachen an, während Karen und ich den Kram in die Geschirrspülmaschine packten, dann kam Dylan auf ein Küßchen nach unten und ging ohne einen Mucks ins Bett und hatte nur noch 2 Bestellungen, Babar, sein Lieblingselefant, und ferner ein grünes Auto. Wir vier spielten dann 66 und Pingpong, ungemischtes Doppel, die Männer gegen die Frauen, eine klare Sache. Dad hielt sich verglichen mit mir ein bißchen zurück, wofür ich dankbar war, er hat nämlich das Talent, die harten Kanten abzuschleifen. Das möchte ich für meinen Sohn auch später mal können. Der ganze Abend ging wie im Fluge vorüber, und plötzlich war es 11, Zeit zum Aufbruch, und Karen bedankte sich für die schönen Stunden und gab Pfötchen wie eine anmutige Erwachsene. Dad war ebenfalls über mein Benehmen entzückt, das sah ich an seinen Augen und an seinem Gesamtverhalten. Er amüsierte sich darüber, daß ich so schnell heranwuchs. Sie wollten uns fahren, weil es regnete, aber wir sagten, wir gehen gern im Regen spazieren, und diese Nacht ist dazu wie geschaffen. Also zog Karen sich Peggys Regenmantel an, der ihr sogar paßte, und ich zog mir meinen Regenmantel an, wir hißten den guten alten Plastikschirm und brachen auf.

»Das hab ich ernst gemeint«, sagte sie, als wir einen Tümpel umschifften, den der East Bay Mud nicht zugeschüttet hatte. Sie sagte: »Es war wirklich ein schöner Abend.«

»Ich hoffe, es war nicht der letzte«, sagte ich wie ein Charakterdarsteller im Fernsehen.

Sie wurde nachdenklich. Ihr Vater sollte nach San José versetzt werden, und mir sank das Herz in die Hose. Sie sagte, es ist für ihn die Gelegenheit seines Lebens, und da will sie ihm nicht im Wege stehen, auch wenn das den Verlust vieler alter Freunde bedeutet.

»Und neuer Freunde«, sagte ich, und sie blieb unter der Straßenlaterne stehen und wir küßten uns, und ihr Mund war offen, überhaupt nicht wie bei der guten alten Diane Green in Syracuse, und daher steckte ich meine Zunge hinein wie ein Profi. Es war ein bißchen ungünstig bei ihrer Länge, weil sie sich bücken mußte, aber wir brachten es auf etwa eine volle halbe Minute, und dann sah sie mich an und nahm meine Hand, und wir wandelten Hand in Hand. Ich hatte wieder dieses flaue Gefühl in der Magengrube, und das war großartig, denn all dies passierte wirklich. Das spielte sich nicht nur in meiner Phantasie ab, und diese Erinnerung kann mir niemand nehmen.

Wir sangen im Regen zusammen »You are my sunshine«; Singen ist ja noch viel schärfer als Reden, kein Vergleich. Es ist einsame Spitze, im Regen zusammen mit jemandem zu singen, den man mag. In Oakland befanden wir uns im Siebten Himmel. Wenn ich noch etwas wachse, und ich rechne stündlich damit, wären wir das vollkommene Paar, wenn ihr Vater nicht nach San José müßte.

Als wir ihr Haus am Cedar Way erreicht hatten, waren alle Lichter an, das heißt, ihre Leute waren noch wach, und wir konnten nicht allein sein. Wenn der Regen nicht gewesen wäre, es goß inzwischen in Strömen, hätten wir noch ein bißchen draußen rummachen können. Sie sagte: »Komm doch mit rein.«

Ich sagte, je nun, ich will mit ihr allein sein. Sie wußte sofort, was ich meine, und bedachte diesen Punkt ausführlich, dann sagte sie, wir können uns ins Auto ihres Vaters setzen, es steht zwei Häuser weiter, weil das Auto ihrer Mutter in der Einfahrt steht, und sie hatten die Garage zum Spielzimmer umgebaut. Ich sagte -kay, und wir gingen an den nassen Autos vorbei, und es war nicht abgeschlossen, und wir stiegen ein, ich saß hinter dem Steuerrad, und der offene Klarsichtschirm saß auf dem Bürgersteig. Karen zog Peggy Edingers Regenmantel aus, und wir seufzten, es ist ja so gemütlich und eng in einem Auto, und sie sagte: »Möchtest du mich nicht küssen?«, und ich antwortete durch Taten und hängte meine alte Zunge wieder voll rein. Wir küßten uns etwa fünf Minuten lang ohne Unterbrechung und atmeten durch die Nase auf die Wange des Partners, und ich war so glücklich, daß ich dachte, mir bricht das Herz. Dann machte sie diese erstaunliche Sache, sie nahm meine Hand und legte sie sich auf die Titte. Ich tat, als würde ich sie im Sturm erobern und drückte an ihr herum und hielt sie fest, die allererste Titte meines Lebens, und dann entdeckte ich die andere, und sie sagte: »Mehr.« Daraufhin flippte ich so aus, daß ich ihr unters Grünbedruckte fuhr, und der BH war zu eng, ich fummelte und brachte alles in heillose Unordnung, und sie sagte, warte mal.

So saß ich da, den einen Arm malerisch übers Lenkrad drapiert, ganz die fleischgewordene Langhaarige Zuversicht, und sie zog sich zack zack den BH aus, nachdem sie hinten den Reißverschluß von ihrem Kleid aufgemacht hatte. Sie ließ es runter bis zur Hüfte, und ich konnte alles sehen, alle beide. Ich sagte: *»Oh, wow.«*

Sie lächelte, Karen Morris, die Bohnenstange. Ihre Titten waren nicht mal so übel, wenn auch noch nicht komplett entwickelt.

Ich rückte mit dem Gesicht rüber und küßte ihr voll auf die linke Brustwarze. Ich wußte gar nicht, wo ich mich befand, so fantastisch war es. Sie legte die Hand auf mein Haar und sagte, es ist schön. Mit ihrer anderen Hand faßte sie mich da unten an, eine weitere echte Überraschung, und ich bin ein bißchen schüchtern, weil ich noch nicht über etwas Pfirsichflaum hinausgediehen bin, aber ich sagte mir: bloß jetzt nicht die erste große Chance verpatzen. Ich machte also meinen Hosenstall auf und ließ Das Monster herausspringen. Sie nahm es in die Hand und zog daran, und knurrte ganz merkwürdig, und ich sagte ihr nicht, daß es wehtat. Sie zerrte, und ich lutschte eine Brustwarze nach der anderen, im Auto im Regen, und wer weiß, was noch alles passiert wäre, wenn kein Auto gekommen wäre; wir gerieten in absolute Panik und knöpften uns zu und kauerten uns auf den Fußboden. Die Scheinwerfer ließen auf Polizei schließen. Jede Wette, das waren Bullen, und als das Auto vorbeigefahren war, sagte sie: »Wir müssen vorsichtiger sein.«

Im Geiste stimmte ich heftig zu, und ich kriegte mein altes Monster nicht wieder zurück, bis es sich beruhigt hatte und vom Platz humpelte, doch Gott ist mein Zeuge: ich hab's versucht.

Günstig finde ich, daß wir nicht übermäßig schuldbewußt waren. Wir stiegen aus und schlossen einen Pakt für Sonntagnachmittag. Sie sagte, sie will mich wirklich wiedersehen, weil ich nämlich ganz süß sei. Wieder fuhr sie mir mit der Hand durch die goldenen Locken und posierte, als hätte sie der Kameramann ganz scharf im Sucher. Ich sagte, ich freue mich schon darauf. Sie ist so verdammt groß. Ich hielt Peg Edingers Regenmantel.

Wir gingen hinein, und ich sagte *Nahmt* zu ihren Leuten, die keinen blassen Schimmer davon hatten, wie es um uns stand; Karen zwinkerte mir zu, als sie Gute Nacht sagte. Völlig bescheuert, die Frau.

Ich flog mit Schirm und Regenmantel nach Hause und war so glücklich wie noch nie in meinem Leben. Sex ist ein Abenteuer. In einer Woche würden wir wahrscheinlich schon original bumsen, daß die Schwarte kracht. Wir würden uns dumm und dämlich bumsen. Bumsen, bumsen, nur noch bumsen. Unser Schutzengel oben im Himmel würde hernieder blicken und sagen: »*Wow,* was sind diese jungen Leute doch für Bumser.« Und vielleicht stellen wir sogar was ganz Perverses an.

Ich regte mich wieder ab, als ich in die Nähe des Rosa Hauers kam. Ich schnüffelte an mir, um verräterische Spuren zu entdecken. Ich pinkelte in die Hecke von den Mitchells und betrachtete den mir gehörenden Pimmel, an dem nunmehr ein Original-Mädchen gefummelt und gezerrt hatte. Ich sagte zu ihm: »Na, mein Kleiner, viel zu tun gehabt heute, was.« Ich wußte: ich war ein anderer geworden. Ich platzte vor Selbstvertrauen, mit meinem eigenen Pimmel in meiner eigenen Hose.

Norman dagegen fehlt jedes Selbstvertrauen. Er war schon ein paarmal zu uns gekommen, um sich Geld zu borgen, und Dad hat ihm immer welches gegeben. Einen Tag nach meinem Erlebnis mit Karen Morris kam er völlig irre und mit wüsten Augen an und kaute Kaugummi. Er quatschte und quatschte. Dad versuchte, ihn zu beruhigen. Es war da ein kleinerer Unfall passiert, der irgendwas mit der Garagentür vom Grünen Backenzahn zu tun hatte, und ein paar Schindeln fehlten, und Norman sah sich immer wieder um und sagte: »Seht euch die Tür an.«

Er war äußerst merkwürdig. Er sagte, er hat keine Freunde.

Dad sagte: »*Einen* Freund haben Sie«, und legte ihm die Hand auf die Schulter.

Norman zuckte zurück, wobei er gleichzeitig nach vorn sprang, und sagte: »Sie haben mich angefaßt, Sie sind handgreiflich geworden.«

Dad sagte: »-kay, werden Sie doch auch handgreiflich«, und er hielt ihm seine Hand hin.

Norman brauchte eine geschlagene Minute, bis er das begriffen hatte, und dann gaben sie sich die Hand. Er sagte: »Geben Sie mir fünf Dollar, und ich gehe nach Hause.«

An diesem Punkt machte Dad einen kleinen Fehler, er sagte: »Aber ich will mich doch nicht von Ihnen freikaufen.«

Das war deswegen ein Fehler, weil Norman sofort wieder seine Nummer abzog und den Kopf schüttelte, als ob Dad etwas Verletzendes gesagt hätte.

Ich wußte, daß Dad nur helfen wollte. Ich wußte aber auch, daß er mehrere Bloody Marys getrunken hatte, und auf Wodka ist er nie gut. Er sagte: »Norman, haben Sie ein Drogenproblem?«

Norman, in seinen blöden Cowboystiefeln, schüttelte nur angeekelt den Kopf.

Ich hätte ihm sagen können, er soll dem Mann nur mal in die Augen sehen, wenn er es nicht weiß; dann hätte er sehen können, daß der alte graue Norman mit Drogen kein Problem hat. Aber Dad war in voller Fahrt. Er spielte Gruppentherapie und sprach mit Norman in einer Weise, in der man mit Norman besser nicht spricht.

Norman schmorte vor sich hin. Er stand in der Diele neben dem Wintergarten und kuckte mal hier-, mal dorthin, und Dylan rammte ihn aus Versehen mit seinem Dreirad. Da sagte Norman, teilweise im Scherz: »Ich werde dich auspeitschen und schlagen«, ganz leise. Ich habe es gehört, Dad nicht. Dad lebte in einer anderen Welt. Er fühlte sich verpflichtet, wieder mal etwas Spektakuläres zu begehen.

Ich dachte ganz intensiv: »Norman Hau Ab, Norman Geh Nach Hause.«

Außerdem kochte die Gebundene Manhandler-Rindfleischsuppe von der Firma Campbell über, und ich mußte sie persönlich retten, während Dad locker übern Hocker und sorgenfrei in der Diele schwebte. Norman sagte: »Ich danke Ihnen, von Arier zu Arier.«

Dad blickte finster und sagte: »Was soll das heißen?«

Norman sagte: »Das wissen Sie doch.« Er betrachtete unsere Familie und war leicht angewidert: Dylan auf seinem Dreirad, ich flippe zwecks Suppenrettung durch die Gegend, und Dad wälzt sich in der Galaxis. Norman hatte sozusagen unsere Nummer. Er sagte: »Ich danke Ihnen. Ich werde es nicht verprassen.« Er hielt den Fünfdollarschein hoch, als ob Dad an ihm riechen soll.

Dad sagte, und ich traute meinen Ohren kaum: »Aber jederzeit.«

Als die Tür zu war und Dad sich wieder seiner Bloody Mary zuwandte, sagte ich: »Das hast du verpatzt.«

Er sah mich lächelnd an und ging Dylan auf seinem Dreirad aus dem Weg.

»*Hörst* du mich nicht?« sagte ich.

»Jacky-Bär, was ist los?«

Ich wollte losrennen, dann blieb ich stehen und lehnte mich an die Wand. Ich sagte: »Ich finde, du solltest ihn nicht auch noch dazu ermuntern.«

»Na na«, Dad wankte herum wie auf schlecht geschmierten Rollschuhen, »du mußt mir immerhin zugestehn –«

Ich schnitt ihm das Wort ab, ich sagte: *»Nein!«*

Er war verstört und verletzt.

Die Suppe wurde kalt.

Er griff nach mir.

Ich sagte nochmal *»Nein!«* Ich kniff gefährlich die Augen zu.

Diesmal hatte er kapiert. Er sackte zurück und sagte: »Stimmt«, und er ging in die Küche und stieg auf Bier um, Pabst Blue Ribbon. Er glaubte mir nicht und fühlte sich ganz großartig, weil Norman ihn in Zeiten der Not aufgesucht hatte. Er war froh und munter und dachte, ich verstehe ihn nicht, und er holte die Suppenteller und rief: »Die Suppe ist serviert, meine Herren.«

Ich ließ die Sache auf sich beruhen, aber am nächsten Tag stellte sich heraus, daß ich recht gehabt hatte. Norman versuchte, mir die Augen auszuquetschen, wie Trauben in der Kelter, flatsch, wodurch ich insgesamt der 3. Mensch bin, den Norman in der letzten Zeit angegriffen hat. Dexter und ich spielten Fußball auf der Straße, und jemand hatte den Tankdeckel von unserem Dodge Swinger gestohlen. Dad benahm sich tadellos und verdächtigte niemanden, aber er wußte, daß es Dexter oder Norman oder Edward oder sonstjemand, der aus der Schule gekommen war, gewesen sein mußte, und er schrieb einen Dollar Belohnung aus und sicherte vertrauliche Behandlung zu, wenn jemand den Deckel findet. Es fand ihn aber natürlich niemand. Also, jedenfalls saß Norman an dem Abend in seinem Efeu, und wir müssen für ihn jetzt wirklich eine neue Rasse erfinden; er ist nicht weiß, und er ist nicht schwarz und schon gar nicht asiatisch, er ist, wie ich bereits ausführte, GRAU. Er hat die Farbe von einem Fisch, der letzten Monat gestorben ist, ganz trübselig und verwaschen, und ich würde mich nicht wundern, wenn er Hautkrebs hätte. Er strotzt vor Ungesundheit. Da sitzt er nun grau im grünen Efeu mit Stockdegen und Cheyenne, welcher angebunden ist und einäugig. Ich ging hinaus. Ich hatte Karen Morris angerufen, aber sie war nicht zu Hause, so daß ich bei ihrer Mutter eine Nachricht und unsere Telefonnummer hinterließ. Ihre Mutter sagte, Karen hat beim Frühstück gesagt, was für ein zauberhafter Abend es war, und ich war auf nichts Böses gefaßt, denn meine Laune war prächtig. Aber Norman deutete Dexter gegenüber mit einem vielsagenden Blick an, was für entsetzliche Strafen es nach sich zieht, wenn man seinen orangefarbenen T-Bird mit dem Fußball trifft, und er kam runter und stellte sich in die Einfahrt, als wäre er hier der Aufpasser, und als Dexter den T-Bird mit dem Fußball traf, sagte er ihm, er soll mal herkommen. Dexter gehorchte, er sah aus wie verhext. Er ist Normans Sklave und leistet totalen Gehorsam.

Dann sah Norman mich an, 30 Jahre alt, erwachsen, mit seinen schwarzen Augen im grauen Gesicht. Er sagte, ich kucke ihn zu oft an, und mir fiel Sondra mit dem roten Afro ein; wahrscheinlich sehe ich mir die Leute wirklich zu intensiv an, weil sie mich hypnotisieren, wenn ich über sie nachdenke. Norman fragte mich, ob ich meine Augen behalten will.

Ich sagte: »Das ist eine blöde Frage.«

Und er warf mich auf den Kies, und seine Daumen gingen mir in die Augen, bis ich nur noch rote Sterne und Spiralen und Explosionen sah. Dexter lachte und amüsierte sich königlich. Norman hatte die Knie auf meinen Schultern und die Daumen in meinen Augenhöhlen. Ich glaubte wirklich, jetzt bleibe ich mein Leben lang blind und kann nie wieder Titten oder Dylan oder Dad oder die Welt zu sehen kriegen, aber ich habe ihm mit Wumm in den Arm gebissen und konnte mich befreien; immerhin kratzte mir der lange Fingernagel seines kleinen Fingers übers Gesicht, und ich blutete.

Außerdem weinte ich. Ich sagte: »Du willst mir wohl Angst machen.«

Norman lachte lautlos.

Ich imitierte einen Schwarzen, und Norman haßt das, und ich sagte: »Nie wieder! Kapiert, Mutterschänder? Nie wieder.« Ich konnte immer noch nicht wieder richtig sehen.

Norman lächelte sein ekelhaftes Diktatorenlächeln. Er hatte ein As im Ärmel. Als ich letzte Woche mit meinen weißen Levi's draußen stand, kam Cheyenne mit seinem einen Murmelauge – das andere steht auch schon auf der Abschußliste – und hielt mich fälschlich für eine Birke und pißte mir ans Bein, und ich habe nichts gemerkt, weil ich angestrengt etwas beobachtete, was sich weiter unten auf der Straße abspielte, bis ich dann den Dampf sah und den Geruch bemerkte. Das war mal wieder ein Hochgenuß für Norman, da kriegte er sich überhaupt nicht wieder ein. Cheyenne kackt nicht nur in unseren Vorgarten, nein, sein kleines Geschäft verrichtet er auch noch auf mir persönlich.

Und nun greift Norman mich mit diesen rasiermesserscharfen Daumen und Fingernägeln an.

Ich kreischte vor Überraschung, und das war so laut, daß Mr. Festinger, der aus seinem Job gefeuert worden ist und jetzt zu Hause mit seinen Hanteln herumhängt, wie ein

Panzer aus der Tür spritzte. Er beendete die Sache. Ich saß fassungslos auf dem frischen Teer vom East Bay Mud und sagte mir, wenn Karen Morris mich jetzt sehen könnte; gestern abend noch der Große Deckhengst, und jetzt benehme ich mich wie ein Kind. Dexter war völlig ausgeflippt. Wir waren zu Silhouetten erstarrt. Mr. Festinger, der wohl gerade eine neue Laufbahn als Herausspritzer und Friedensstifter einschlägt, sagte zu Norman: »Bei Gott, lassen Sie Ihre Hände, wo sie sind, und Ihren Hund an der Leine.« Er bebte vor Wut. »Gottverdammerter Zombie«, sagte er.

Wir gingen alle nach Hause. Ich hatte die Kopfschmerzen meines Lebens, in meinem Gehirn klopfte und klopfte und klopfte es, so daß ich Phantasien von Atomen und Molekülen in Gelb hatte. Für *Thriller* sollte man mal einen Dokumentarfilm über Norman drehen.

Ich lag im Bett und las *Playboy* und dachte an die Bohnenstange. Mir wurde ganz heiß und bang, und da wanderte ich durchs Haus wie ein Goldschürfer oder Spion.

In meinem Walhall der Beschissensten Persönlichkeiten nimmt Mr. Festinger einen Ehrenplatz ein. Mal war er für mich, mal war er gegen mich; einmal hat er Norman von mir getrennt, einmal hat er mich von Dexter getrennt, den Tritt gegen das Steißbein gar nicht zu erwähnen, aber er spinnt. Sein ganz leicht zurückgebliebener Sohn Edward hat die Angewohnheit, sich an Sams- und Sonntagen just in dem Augenblick gegen unsere Klingel zu lehnen, wenn wir gerade Dylan für den Mittagsschlaf verpackt haben. Ferner pflegt Edward folgendes zu tun: Er hält einen Ballon ganz oben auf der Veranda übers Geländer und sagt Dylan, er soll ihn fangen, und das würde ein gebrochenes Bein bedeuten, und dann sagt Edward: »Hab ja nur Spaß gemacht.« Also erklärt Dad ihm in einfachen Worten, er soll bitte nicht klingeln, weil Dylan davon aufwacht, und später kann er wiederkommen. Aber Edward veranstaltet ein Sit-in, und Dad trägt ihn weg und macht die Tür zu, und Edward klingelt, und Dad geht hinaus und sagt: »Wirklich, du mußt jetzt nach Hause gehen, tut mir leid«, und Edward wirft ihm seinen Fußball voll ins Gesicht. Dads *Gefieder sträubt sich*, und er sagt: »Wenn du diesen Fußball zurückhaben willst, kann dein Vater ihn abholen«, und inzwischen hat sich Dexter dazugesellt, hört diesen Spruch und sagt: »Edward, jetzt geht's dir drrrrrreckig.« Dad knallt die Tür zu und setzt sich 5 Minuten lang auf die Couch, rollt den Fußball in den Händen, und ich weiß, jetzt tut es ihm leid, weil Edward ganz leicht zurückgeblieben ist und seine Frustrationen nur überwinden kann, indem er zurückschlägt. Also geht Dad schließlich hinaus und hinterlegt den Fußball weithin sichtbar auf dem Parkstreifen, und wir hören, wie Dexter und Edward weiter unten auf der Straße spielen. Etwa eine halbe Stunde später hören wir, wie Dexter seinen Vater ruft, er soll rauskommen und Fangen mit ihm spielen, und wir vergessen die Angelegenheit bis 1/2 5, Dylan schläft noch, Edward kommt und lehnt sich wieder gegen die Klingel. Dad macht wütend und traurig auf, und Edward sagt, sein Vater hat gesagt, er soll zum Abendessen reinkommen, und jetzt will er seinen Fußball. Dad sagt, er hat ihn rausgetragen und auf den Parkstreifen gelegt. Edward regt sich auf und fängt an zu flennen, und sein gesamtes, ganz leicht zurückgebliebenes Breigesicht ist mit hysterischen Flecken übersät. Da erblickt Dad Dexter, der oben im Baum Wache schiebt und verhört ihn, und der sagt, er hat den Ball nie im Leben gesehen. Dad sagt, wir haben aber doch gehört, wie er seinen Vater rausgerufen hat, damit sie Fangen spielen können, und Dexter sagt, das war sein eigener Ball. Weit oben in seinem Baum sagt er: »Ich hab gesehen, daß Sie den Fußball von Edward bei sich reingetragen haben.« Nunmehr glaubt keiner keinem mehr. Vielleicht hat die Person, die den Tankdeckel von unserem Dodge Swinger gestohlen hat, auch den Fußball geklaut; schließlich ist beides so ziemlich an derselben Stelle verschwunden, nämlich drüben beim Kantstein. Eine laute Diskussion erhebt sich, und Mr. Festinger erscheint in blauer Arbeitskluft, geht ganz nah an Dad ran und streckt seine Hand aus, damit Dad freudig in dieselbe einschlägt, und er flüstert: »Lassen Sie die Sache mit dem Fußball auf sich beruhen. Ich habe ihn. Ich will diesem jungen Herrn beibringen, daß er seine Spielsachen aufräumt, und jetzt soll er erstmal 48 Stunden schmoren.« Dad sagt, der junge Herr wird dann aber annehmen, daß er, Dad, den Ball hat. Mr. Festinger: »Ich werde ihm versichern, daß Sie ihn nicht haben.« Dad denkt sich, daß Dexter ihn außerdem noch für einen Lügner halten wird, und er sieht mich an, und dann blickt er noch einmal in die Runde, und so endet der lachhafte Fall mit dem Verschwundenen Fußball. Das Spiel, das wir hier meistens spielen, heißt Keiner Wird Gewinnen.

Das nächste Beispiel fand statt, nachdem Mr. Festinger seinen Edward abgeholt hatte. Die Dame, die angereist ist, um Mr. Mitchell beim Aufräumen zu helfen, kam langsam zu uns herüber. Sie trug einen großen Karton mit Babynahrung. Sie sagte, Dexter soll nach Hause kommen und abwaschen, und dann gab sie Dad den Karton und sagte, vielleicht kann unser Jüngster das gebrauchen. Dad sagte, dankeschön, obwohl Dylan diesen Kack schon seit mindestens einem Jahr nicht mehr ißt. Die Frau stand herum und sagte, in Oakland gefällt es ihr absolut nicht, und ihre Schwägerin war keine sonderliche Hausfrau, weil die Unordnung unvorstellbar war, und Dexter ist so ungebärdig, was Dad und ich ja alles bereits wußten. Sie sagte, daß Mr. und Mrs. Mitchell – »Tom« und »Etta« – einander so nahegestanden hätten, wie das bei zwei Menschen überhaupt nur möglich ist, und nun weiß er nicht, wo es lang geht. Sie war eine sehr traurige Frau mit trüben blauen Augen und weißen Haaren. Sie versuchte, ihre Oberlippe ruhig zu halten, aber es gelang ihr nicht, und da ging sie wieder weg. Ich wartete und sagte, die Babynahrung muß ein ehrwürdiges Alter erreicht haben, nämlich Dexter ist sieben, und Dad sagte, das Zeug ist nicht für Dexter gewesen, sondern für Mrs. Mitchell, die Schwierigkeiten mit fester Nahrung hatte. Ich sagte: »Was machen wir damit?«, und er sagte, wir können es für Halloween aufbewahren, falls uns die Bonbons ausgehen. Darüber lächelten wir.

Halloween war nächsten Dienstag, und es sollte eine größere Sache werden, weil Dylan zum erstenmal ein Kostüm tragen sollte und ich zum erstenmal keins. Das fehlt noch, daß ich als Kaninchen verkleidet bei Karen Morris erscheine und sage: *»Trick or treat.«* Also konzentrierten wir uns darauf, es für Dylan so spannend wie möglich zu machen; er konnte sich ein Asbest-Kostüm aussuchen, es war ein Clown, und wir höhlten einen Kürbis aus und stellten eine Kerze hinein und hängten Skelette und Hexen aus Papier auf, und Dad zog sich natürlich auch ein Kostüm an, weil er sowas immer sehr genießt, und er brauchte erst um 10 für die Halloween-Sonderausgabe von *Thriller* im Studio zu erscheinen, und so legte er halt sein Make-up etwas früher auf. Wir führten Dylan abwechselnd die Straße rauf und runter, und er ging von Tür zu Tür, um Süßigkeiten zu schnorren, und das machte ihm großen Spaß; wir untersuchten dann die Bonbons nach Gift und Rasierklingen und gemahlenem Glas und behielten nur das Zeug, das individuell eingewickelt war. Der einzige *trick* oder Streich, der uns gespielt wurde, war, als ich auf Wache war, während Dad Dylan badete. Es klingelte und ich ging mit einem Teller Bonbons hin, und vor der Tür brannte es, ein Pakken Zeitungspapier, lichterloh. Ich rief: »FEUER, DAD, FEUER!«, und er stürzte die Treppe runter wie eine Fledermaus und rannte hinaus und trampelte die Flammen aus, wie man das so macht, nur wußten wir nicht, daß es sich dabei um eine Geschenkpackung Scheiße handelte, die in Brand gesteckt worden war; jemand hatte mehrere große Kackwürste fein eingewickelt, und Dad war auf den Köder reingefallen, und jetzt hatte er Scheiße an den Pantoffeln. Wir hörten, wie Kinder sich in irgendeinem Versteck beölten.

Wir wurden von etwa 60 Kindern aller Rassen und Kostüme besucht. Gleich zu Anfang kam ein Typ, etwa 2 Meter lang mit langen Haaren und ausgeflippten Augen. Er klingelte und sagte: »*Trick or treat,* gibt's noch Hühnchen?« Das war aber nur ein Hippie. Dexter hatte gesagt, er geht als Nazigeneral mit einer Luger-Pistole, und das fand Dad nicht so komisch, aber dann kam er nur als Teufel mit einem Dreizack aus Plastik, und im Hintergrund stand sein Vater im Regenmantel unter dem Einfluß starker Beruhigungsmittel und rauchte. Kurz danach kam ein besonders interessanter Besucher, und ich flippte komplett aus: es war Norman höchstpersönlich, er hatte einen Uncle-Sam-Anzug an und sagte, er ergreift diese Gelegenheit, um Spenden für Elder McIntyre zu sammeln, einen ehemaligen Gesetzeshüter, der sich nunmehr ins Staatsparlament wählen lassen wollte. Er hielt eine kleine Ansprache, die er auswendig gelernt hatte, Guter Alter Norman, und er versuchte, Dad ein Taschenbuch über die Kommunistische Gefahr anzudrehen. Ich weiß ja, wie Dad zu *so*was steht, und Dad sagte: »Nein, vielen Dank, Norman.« Norman veranstaltete mit Dad einen kleinen Wettbewerb im Anstarren, und dann machte er auf dem Absatz kehrt und verschwand in seinem blauen Mantel und den rot-weißen Hosen und dem Zylinder. Dad sagte, er hätte ihm einen Arschtritt als *treat* geben sollen. Außerdem kamen noch 4 Kinder von der Taubstummenschule, und die hatten *»Trick or Treat«* auf kleine Karten geschrieben, und darunter den Namen der Schule.

Als Dylan im Bett war, wollte ich Karen Morris anrufen, um ihr ein fröhliches Halloween zu wünschen, aber ihre Mutter sagte, sie ist auf einer Party, was ich ganz großartig fand. Da hätte ich genausogut heute abend noch ein paar Süßigkeiten abstauben können. Ich brütete vor mich hin und vermöbelte im Geiste den Kerl, dem sie gerade ihre Titten zeigt, denn jetzt war ich davon überzeugt, daß sie ihre Titten überall herumzeigt, das Dutzend zu 5 cents. In ein paar Jahren ist sie wahrscheinlich im *Playboy* Bohnenstange des Monats.

Aber die wahre Bedeutung dieses Halloween-Festes und der ganzen furchtbaren Dinge, die dann noch passierten, zeichnete sich erst am nächsten Morgen ab. Dad war am

Boden zerstört, weil die Halloween-Sonderausgabe von *Thriller* die ganze Nacht dauert, und Dylan war noch von seinen Julklapp-Aktivitäten her erschöpft, so daß ich als einziger aufstand und Frühstück machte. Ich ging vor die Tür, um den *Chronicle* zu holen, und da lag Cheyenne neben der Hecke, wo er für gewöhnlich hinkackt. Erst dachte ich, er schläft und brüllte ihn an, er soll gefälligst aus unserem Hof verschwinden, aber der Hund bewegte sich nicht. Er lag genau neben dem hinteren Kotflügel von unserem Dodge Swinger, und zur Abwechslung schien sogar die Sonne. Ich hob den *Chronicle* auf und gab Cheyenne einen freundlichen Klaps auf den Hintern, und Cheyenne rührte sich nicht. Dann sah ich ganz genau hin und hob seinen Kopf, und der Kopf fiel wieder runter, plopp, und da wußte ich, daß Cheyenne tot ist. Ich konnte nicht sehen, daß er überfahren oder irgendwie verletzt war, es waren nämlich kein Blut und keine Reifenspuren auf seinem Fell, nur im Maul hatte er etwas Ekelhaftes, Schleimiges, wie schwarze Kotze, und das eine blinde Auge war so häßlich und hoffnungslos und in einer anderen Welt, wie ein Hundeauge nur sein kann.

Ich geriet in Panik, weil ich wußte, daß Norman uns dafür verantwortlich machen wird und furchtbare Rache nimmt, was er dann auch tat, um es milde auszudrücken. Ich überlegte, ob ich den Hund in einen anderen Hof zerren soll, und wenn ich noch einmal vor dieser Entscheidung stünde, würde ich es ohne nachzudenken sofort tun, weil dann die ganze Sache wohl nicht passiert wäre. Aber an jenem Morgen sah ich, was Cheyenne für ein großer Hund war, und ich dachte, ich mache alles dreckig, oder der Kadaver macht alles dreckig, während ich ihn herumzerre, und wenn jemand herauskommt, um seinen *Chronicle* zu holen, wie sollte ich alles erklären? Ich ging ins Haus und goß mir einen tüchtigen Jim Beam ein und setzte mich an den Kaminabzug im Wohnzimmer. Es war zwar kein kalter Tag, aber mir war plötzlich schrecklich kalt. Da saß ich nun eine geschlagene Stunde lang und versuchte, mir etwas einfallen zu lassen, wobei ich ein bißchen besoffen wurde. Dann rief Dylan oben im vorderen Schlafzimmer. Ich ging hoch, sagte ihm, er soll still sein, weil Dad noch schläft und ließ die Jalousie hoch und sah aus dem Fenster. Es war schon fast 9, und Norman war draußen, er hatte Cheyenne gefunden, und er stand aufrecht vor unserem Haus, kehrte dem Haus den Rücken zu, als wäre er aus Holz geschnitzt und eine Statue auf unserem Vorgartenrasen. Ich zog die Jalousie so schnell wie möglich wieder runter.

Der Tierarzt sagte Gift. Cheyenne hatte einen Klumpen Fleisch gefressen, an dem sich tödliches Gift befand. Ich dachte natürlich sofort an Mr. Festinger, der laut gesagt – sogar gebrüllt – hatte, er bringt diesen Hund um. Er stritt das natürlich ab, Dad ins Gesicht. Ich weiß mit absoluter Sicherheit, daß Dad es nicht gewesen ist, erstens weil er sowas einfach nicht macht, und zweitens, weil er auf unserer Veranda zu Norman gesagt hat: »Wissen Sie, ich vergifte keine Hunde.« Auf jeden Fall ist Cheyenne auf unserem Hof zusammengeklappt, egal, wo er das Gift gefressen hat, und daraufhin beschließt Norman in seinem kranken Hirn, daß wir ihn vergiftet haben. Er hatte sogar mich in Verdacht, weil ich ein Motiv hatte –, weil doch Cheyenne mir mal im Regen an meine weiße Hose gepißt hat. Dabei weiß ich nicht mal, wie Gift aussieht, außer daß es einen Totenkopf mit gekreuzten Knochen auf der Flasche hat. Norman sagte, und er sagte das nicht so sehr zu Dad oder zu mir, sondern zum gesamten Haus, zum Rosa Hauer: »Dafür werdet ihr mir büßen.« Das machte uns Angst, und wir hatten ein unbehagliches Gefühl, und Dad ging hinüber, um mit Normans alten Eltern zu reden, die im Ruhestand leben, und ich glaube, sie glaubten Dad einigermaßen, aber das sind ebenfalls gespenstische Menschen, und man kriegt sie nie zu sehen, außer wenn sie nachts hinter ihren Fenstern vorbeistreichen.

Die Geschichte machte in der Nachbarschaft die Runde, und wir waren top-verdächtig, weil wir neu sind, und alle anderen hatten sich schon vor Jahren mit Cheyennes Kakkerei abgefunden. Norman ist zu allem fähig, und ich war überzeugt, daß er mindestens unserem Dodge Swinger mit dem Hammer zu Leibe rückt. Eins tat er: er zeigte uns an, und am Donnerstagmorgen kam tatsächlich ein Kriminalbeamter in Zivil. Er war ziemlich apologetisch, weil die Polizei ihm gesagt hatte, daß Norman schon wiederholt aufgefallen ist; sie wissen, was sie von ihm zu halten haben. Dad erklärte alles sehr sorgfältig, und es war klar, daß ihm der Mann seine Geschichte glaubte. Ich wollte schon sagen, daß Mr. Festinger mal damit gedroht hat, aber das wäre fies gewesen, und ich hatte ja auch keinen Beweis. Ich sagte aber, daß Cheyenne halb blind war, weil Norman ihm eigenhändig ein Auge zerschmettert hat, weil er immer mit Steinen nach ihm warf. Dylan fügte dem eine wichtige Zeugenaussage zu, er sagte: »Norman ganz verrückt.«

Die Situation beruhigte sich dann für ein paar Tage, und weil wir beschlossen hatten, daß Norman nur quatschen kann, ahnte ich nicht, wie schlimm es wirklich war. Dann sah ich zufällig im Wintergarten aus dem Fenster, während Dad ein Nickerchen machte und Dylan mit Michael und Dexter und Edward vor dem Haus von Mitchells spielte. Mr. Mitchell hat da immer einen prähistorischen Aluminium-Wohnwagen stehen, genau hinter seinem verbeulten Plymouth, und da sitzen immer viele Kinder hinten drauf, weil man da halt fein sitzen kann, und man hat eine Fußstütze, und man kann 5 gerade sein lassen und sich entspannen. Dylan weiß, daß er nie und nimmer auf die Straße darf, und er hat auch Angst vor *Big Trouble*, oder daß er von Dad eine gescheuert kriegt oder von mir die Kissenbehandlung, und er saß hinten auf dem Wohnwagen; das ist zwar technisch gesehen auf der Straße, aber seine Füße berührten ja die Straße nicht. Ich sah Norman drüben im Efeu sitzen, und die Kinder spielten »Bitte sehr, bitte sehr, schick mir mal das Arschloch her« usw., und Norman blickte die Straße hinunter und sagte: »Schickt mir mal den Dylan her«, und Dylan hatte keine Lust, also schleppte Dexter ihn weg und versuchte, ihn genau auf die Straße zu schubsen, und gerade in dem Augenblick kam ein braunes Oldsmobile den Hügel runter gerast, und der Fahrer konnte keinen Schimmer haben, daß hinter dem Wohnwagen Kinder spielten, besonders mit der Nachmittagssonne in den Augen, und Dylan wäre mausetot gewesen, sein Brägen wäre übers Pflaster und in den Gully geflossen, wenn er nicht – ungeschickt läßt grüßen – genau da hingeknallt wäre, wo Dexter ihn geschubst hatte. Ich raste aus dem Haus wie ein Geschoß und hob ihn auf und pflückte den Teer vom East Bay Mud von seinen Klamotten und nahm ihn mit ins Haus, wobei er unausgesetzt schrie: »Will mit Dexter spielen«, was ja wohl zeigt, wie sehr er die Lage im Griff hatte, und dann weckte ich Dad. Vielleicht bilde ich mir alles nur ein, und deswegen sagte ich Dad nichts von dem Vorfall. Aber ich glaube, das war von Norman geplant. Zuzutrauen wäre es ihm. Er hatte das mit dem Oldsmobile perfekt ge*time*t, und vielleicht stand Dexter sogar unter seinem Befehl, weil Dexter immerhin geschubst hat, und das genau im richtigen Augenblick.

Nichts klappte mehr. In der Schule war Karen Morris zwar ganz freundlich, aber es beschlich mich das Gefühl, ich würde diese alten Titten nie wiedersehen. Sie sagte, sie ist zu jung, um sich an einen Menschen zu binden. Ich höre förmlich, wie ihre Mutter ihr das gesagt hat. Auf ihrer Stube, Mutter zu Tochter. Bad Kotzbach. Ich saß am Donnerstag während der Mittagspause im Redaktionszimmer der PEST, und spielte den armen, einsamen, kleinen Burschen, und sie kam rein und sah mich da so verloren sitzen und fragte, was mich bedrückt. Ich sagte: »Du weißt schon.« Sie sagte: »Wirklich?« Und ich lächelte mein beschissenes kleines Lächeln, das von Welten der Weisheit zu künden scheint. Sie sagte: »Armes Baby«, die gute alte Karen Bohnenstange Morris, und tätschelte mir den Kopf. Ich langte hoch und schnappte mir eine Titte, und sie ließ meine Hand dort, wo sie war, und sie unternahm nichts auch nur entfernt Drastisches. Sie tat etwas wesentlich Schlimmeres, sie sagte nämlich: »Du bist ja ganz schön in Fahrt.« Wie kann man nur sowas Beschissenes zu jemandem sagen, der um das liebe Leben kämpft. Naja, von nichts kommt nichts, wie Dad zu sagen pflegt. Es tut weh, wenn man jemanden mehr liebt als er einen, und außerdem macht es einen wütend. Man ist gleichzeitig einsam und sauer, und daher gelingen einem die einfachsten Dinge nicht mehr. Ich dachte, das würde einen erstklassigen PEST-Leitartikel abgeben, die Namen müßte man ändern, aber es wüßte ja doch jeder Bescheid, und ich wollte ihren Ruf nicht durch den Schmutz ziehen, obwohl das alle ständig tun. Ich weiß nicht einmal, ob sie noch Jungfrau ist, sehr wahrscheinlich; aber wer weiß, was alles in Oakland passiert, obwohl ich schon seit drei Monaten im Herzen dieser Stadt weile. Es gibt immer wieder Überraschungen. Es gibt da Dinge, die mir auch nicht entfernt klarwerden. Manche Kinder bumsen wahrscheinlich auf dem Nachhauseweg im Park, oder, würde mich auch nicht wundern, schon während der Mittagspause. Sogar Dylan kriegt schon einen hoch, ich hab's gesehen, ein stämmiger kleiner Ständer, und wenn er aus Versehen an sich rumspielt, schon steht er ihm, und wenn meine Phantasie mit mir durchgeht, stelle ich mir vor, wie er im *Kinder Haus* im Mittagsschlafraum eine dreijährige Negerin knallt, rechtzeitig bevor das Zeigt-her-Eure-Füßchen beginnt. Ich bin krank. Wenn irgendein verantwortungsbewußter Erwachsener wüßte, woran ich denke, würde man mich teeren und federn und auf einer Insel aussetzen, wo ich mein Leben beschließen könnte, ohne normale Menschen zu infizieren. Ich sehe mich schon da draußen, wie ich dumpf den Sonnenuntergang angrunze.

Wenn man erstmal so weit ist, kommt man da von alleine nicht wieder raus. Deshalb habe ich nach Karens Titte gegriffen. Im Elend sehnt man sich nach Gesellschaft, und deswegen lächelte ich sogar, als ich erfuhr, daß Sondra verhaftet worden war, weil sie bei einem Billigheimer geklaut hatte. Ich hatte Visionen von Polizei mit flackernden Rotlichtern, und sie führen sie mit Handschellen ab, und sie hält sich ein Schulheft vors Gesicht, und man sieht den karrottenroten Afro um das Heft herum wie einen Heiligenschein; dabei habe ich das von einem kleinen Schwarzen erfahren, den ich noch nicht mal kenne. Er spielte mit Michael Fußball, und ich war der Vorstehhund, das heißt im Augenblick meiner Schwäche mußte ich unter Autos kriechen und den Ball apportieren. Aber die gute alte superhippe Sondra war im Jugendkahn. Ich hätte, wenn ich gewußt hätte wie, hingehen können und eine Kaution zahlen, so daß sie mir später ihre Kleider aus Dankbarkeit zum

Einkaufspreis überläßt. Ich glaube, ich übertreibe alles ein bißchen. Gestohlene Tankdeckel oder Kackwürste in Zeitungspapier kann man schlecht übertreiben; da übertreibt man dann lieber Sachen, die einen nichts angehen. Es fällt mir nicht im Traum ein, an den vergifteten Cheyenne auch nur zu denken; viel lieber sitze ich samstags auf dem Trottoir und warte auf unseren chinesischen Hippie-Briefträger mit dem Pferdeschwanz, welcher zu mir sagt: »Hart bleiben, eines Tages kommt es«, und dabei klopft er auf seine Posttasche. Ich erwarte überhaupt keine Post, aber er glaubt wahrscheinlich, ich sitze da, weil ich einen Gutschein für einen Freundschaftsring in Form einer Mondrakete an die verdammten Scheiße-mit-Reis-Krispies eingeschickt habe.

Sogar Dad und ich leben uns auseinander. Ich weiß nicht, wie es passiert ist, aber wir haben uns in letzter Zeit nicht mehr soviel zu sagen. Ich vertraue ihm einfach nicht mehr so wie früher. Es ist nicht seine Schuld, er hat keinen Fehler gemacht; es ist nur irgendwie anders. Ich könnte allerdings keinen einzigen konkreten Fall nennen. Aber die Zeit vergeht tausendmal so schnell wie gewöhnlich; alles auf der Welt ist so *hell*, wie wenn man Gras geraucht hat. Dad fühlt das auch. Er ist blaß und verkniffen. Wenn er ein Nickerchen macht, knirscht er mit den Zähnen. Ich habe drei Kreuze über ihm geschlagen, um die bösen Geister zu vertreiben, da hat er sich ein bißchen beruhigt, aber irgendwas ist an ihm dran, wie eine Infektion.

Mom wäre da sehr hilfreich, wenn sie nur noch bei uns wäre. Ich habe wieder damit angefangen, über sie nachzubrüten, ich träume von ihr und betrachte stundenlang ihre Fotos. Sie haben sich sehr geliebt, trotz allem. Und mich und Dylan auch, und zwar komplett; Dylan war ein Verkehrsunfall, aber das werde ich ihm *nie* verraten. Beide waren ihr gegenseitiger wunder Punkt. Er sagte, als sie schon getrennt lebten, Dinge wie »Wir haben eine tödliche Schwä-

che für die tödliche Schwäche des anderen.« Das sagt ja wohl alles. Aber Jesus H. Christus, was hatten sie für Kräche! Und dann stürmten sie aus dem Haus und sagten: »Du bist einfach unmöglich!«, oder »Das lasse ich mir nicht mehr bieten«, oder »Ich kann dich keine Minute länger ertragen.« Grimmig, grimmig. Ich weiß noch, wie ich mir vorstellte, daß ich mich für einen von beiden entscheiden muß, und das gab mir echt den Rest. Beide Möglichkeiten wären verkehrt gewesen. Ich will hier jetzt nicht fair sein oder sowas, wie dieser Quatschkopf in der PEST, der im *SportReport* schrieb, »Beide Mannschaften bewiesen Weltklasseformat«, und das war eindeutig falsch, auch nicht entfernt bewiesen beide Mannschaften Weltklasseformat. Das liegt mir nicht, das entspricht nicht meinem Naturell. Das ist jetzt alles sowieso gelaufen, und manchmal ertappe ich mich dabei, daß mir einfällt, wie ich wieder mal grausam zu ihr war. Ich kann wirklich ein boshafter kleiner Bastard sein. Als ich 9 wurde, hatte sie zu meinem Geburtstag eine Surprise-Party arrangiert, und ich kam mittags singend nach Hause, und alle Knaben saßen schon am Tisch, und mir war es peinlich, daß man mich beim Singen ertappt hatte, und Mom war so stolz und froh gewesen. Ich rannte flennend nach oben, und als sie heraufkam, um mich zu trösten, schrie ich sie wütend an und brüllte unglaubliches Zeug. So ein Sohn war ich.
Und ich weiß noch, wenn ich krank war, hat sie sich um mich gekümmert und *mein Bubele* zu mir gesagt. Neulich ist mir ohne jeden Anlaß eingefallen, wie wir nach Maine fuhren, und vorher hat sie meine Sachen zusammengefaltet und in meinen Koffer gepackt. Ich weiß nicht, warum mir das eingefallen ist. Ich hatte nur diese Vision, daß sie mir wieder den Koffer packt und wir fahren wieder nach Maine. Und dann fiel mir Dad nach dem Unfall ein, wie er ihre Kleider zusammenfaltet, und die paar Sachen, von denen er sich nicht trennen konnte, und die Sachen, die er Oma

und Opa Glickes gegeben hat, zum Beispiel den schönen Schal aus der Schweiz. Lieber Herr Jesus, manchmal schreibe ich ihr einen Brief, völlig sinnlos, aber immerhin. Sowas Ähnliches wie Rechenschaftsberichte. Warum hatte sie bloß diese Angst, nicht geliebt zu werden? Selbst wenn Dad und ich schreckliche Dinge sagten oder taten, mußte sie doch das Leuchten in unseren Augen gesehen haben. Das muß sie doch gesehen haben. Aber wir wußten ja nie, was für Schmerzen sie hatte. Gegen Ende hat sie mich nachts in die Arme genommen – Dad war weg, in seiner neuen Wohnung –, und sie hat gesagt: »Ach Jacky, du weißt es wahrscheinlich nicht mehr, aber eines Tages, du warst erst 7 oder 8, da kamst du nach Hause gepoltert und sagtest: ›Mensch, Mom, macht es dir auch soviel Spaß, am Leben zu sein?‹«

Ich weiß nicht mehr, daß ich das gesagt habe, aber ich werde nie vergessen, wie sie mir gesagt hat, daß ich das gesagt habe. Dann hat sie noch gesagt: »Jacky, ich wünsche mir so, daß du das immer sagen kannst.«

Ich auch, Mom. Ich wünschte, ich könnte.

An jenem Donnerstag hatte ich wieder Schicht, und ich holte Dylan um 17 Uhr beim *Kinder Haus* ab, und seine Hose troff, als wir endlich zu Hause ankamen. Ich finde, die verantwortlichen Stellen sollten ein bißchen umsichtiger sein, bevor sie Dylan mit mir auf die Welt loslassen. Wegwerfwindeln zog ich überhaupt nicht in Betracht, das habe ich ein einziges Mal in einer absoluten Notlage gemacht; ich schnappte mir also nur eine frische Unterhose und eine neue Hose. Sicherheitsnadeln sind nicht mein Trip. Da brauche ich ihn nur mal aus Versehen zu stechen, und schon stirbt er mir unter den Händen weg, Blutvergiftung oder Blutverlust. Aber während ich ihn in seinem Zimmer umzog, bemerkte ich einen Schatten auf der Jalousie, ich ließ also die Jalousie hoch, um mir zu beweisen, daß es sich mal wieder um ein Produkt meiner wie immer regen Phantasie handelte, das war es aber nicht, sondern es war Norman. Er stand auf dem Dach von den Mitchells, einen kleinen Sprung weit entfernt. Er lächelte, dies bekannte Diktatorenlächeln, weil ich ihn auf frischer Tat ertappt hatte. Aber da fiel mir die Szene aus dem Film *Das Ding* ein, wo der tapfere Typ die Tür aufstößt, um zu beweisen, daß gar nichts los ist, da in dem Treibhaus, und da *ist* es dann, wie Norman. Er ist auf dem Ich-werde-euch-verderben-Trip, weil er den Fehler macht zu glauben, daß jeder in unserem Haus den armen alten Cheyenne vergiftet hat. Als hätte man ihn nicht von alleine sterben lassen können, wenn dereinst sein Stündchen geschlagen hat, ist doch die Mühe gar nicht wert. Nicht genug damit, daß er auf einem Auge blind war, nein: in einem Bein hatte er auch noch Arthritis. Ich frage mich sogar, wie er das Bein heben konnte, um mich anzupinkeln. Dieser Hund hatte nichts, wofür sich zu leben lohnte. Aber Norman war so nah, und das ging so schnell, wie er sich von einem Schatten auf der Jalousie in sich selbst in Farbe (grau) verwandelte, daß ich durchaus nervös wurde. Ich hätte natürlich die Bullen anrufen sollen. Ich hätte ihn wegen Hausfriedensbruchs anzeigen können. Aber ich ließ es. Ich nahm Dylan mit runter ins Wohnzimmer, und wir spielten mit seinen Kasperpuppen, und das war gar nicht mal so schlimm, aber vorwiegend doch sehr langweilig; es gehört nun mal leider zu meinen Pflichten, und ich hätte lieber mit Kasperpuppen an Karen Morris' Titten herumgespielt, und dann wollte er TORWART spielen, er hat das im Fernsehen mitgekriegt, ich muß sagen: »Schuß!«, dann nickt er, er ist ja so süß, da steht er dann und grinst dümmlich, auf die Weise schafft er höchstens mal ein Eigentor, und dann fängt er plötzlich an zu lachen und fällt auf den Bauch und flenzt sich 30 Zentimeter weit über den Wohnzimmerfußboden. Das trieben wir mehrmals, und ich langweilte mich aber schon *heftig*, und ich blätterte im neuen *Playboy* und war nur von dem einen Wunsch beseelt, er könnte endlich verschwinden, damit ich Mich Um Meinen Eigenen Kram Kümmern (M.U.M.E.K.K.) kann, und draußen klingelte Dexter.

Ich schoß auf ihn zu und sagte: »*Groovy*, du paßt ein paar Minuten lang auf Dylan auf und läßt ihn nicht auf die Straße, -kay?« Dafür versprach ich ihm 10 cents. Dexter sagte -kay. Die Sache war also geregelt, und ich ging in Dads Zentrales Schlafzimmer, um meinem kleinen Prinzen zu huldigen und an Sondra mit ihren Handschellen zu denken und sonst gar nichts. Nur eine oder zwei Minuten! Aber ich habe meine brüderlichen Pflichten vernachlässigt; ich interessierte mich mehr für Thema Nr. 1. Dann spielte ich noch Sondra, eine Top-Kombination. Ich tanzte nackt herum, als es klingelte.

Ich rief »Augenblick!«, und versuchte, mein Monster zu beruhigen. Schließlich paßte es wieder in meine Jockey-Unterhose und ich ging nach unten, um allfällige Neuigkeiten entgegenzunehmen. Ich war wieder aufgeregt und beunruhigt. Die Tapete war merkwürdig, als wäre sie ganz neu, und auf dem grün-goldenen Muster sah ich eigenartige Formen. Die Wand war echt schön. Das Bild, das beim Treppenabsatz hängt, sah irgendwie gekrümmt aus, und ich nahm einige Messungen vor, um mich über diesen Punkt zu beruhigen. Ich klopfte mit dem Zeigefinger dagegen. Ich gewann mein Selbstvertrauen zurück, ich weiß nicht warum, wahrscheinlich weil ich so gefühlvoll bin.

Es war wieder Dexter. Er sagte: »Dylan ist weg.«

Ich war immer noch der Robuste Robert meiner Träume. Ich fragte: »Was willst du damit sagen?«

»Er ist *weg.*«

Ich stolzierte hinaus und sagte ungeheuer beiläufig: »Na, weit kann er nicht gekommen sein«, aber ich machte mir Sorgen, weil er nirgends in Sicht war.

Ich sah Dexter an, und Dexter war ein ganz neuer Mensch. Ich kenne ihn, wenn er nur ein *Junge* ist, und ich erinnerte mich an jenen Nachmittag, als er ein *Engel* war, ganz wunderschön und sanft, aber jetzt war er einfach unheimlich. Ich sagte: »Wo ist er?«

Dexter sagte: »Eben war er noch da«, und er zeigte auf die Straße.

»Dexter«, sagte ich, »Dylan geht nicht auf die Straße.«

Dexter hatte große, irrsinnige Augen, als würde er gerade in den Arsch gefickt, und er sagte: »Da habe ich ihn zum letztenmal gesehen.«

»Komm, mein Junge«, sagte ich, »dies ist ernst. Blödel nicht rum.«

Er sagte: »*Tu* ich doch gar nicht.«

Ich starrte ihn an. Ich machte mir Sorgen. Ich sagte:

»Hör mal zu. Mein Bruder fällt unter meine Verantwortlichkeit. Wo zum Geier steckt er?«

Dexter konnte nicht sprechen.

Ich sagte ganz leise zu ihm: »Soll ich dir eine scheuern, oder willst du's mir sagen?«

Er zog sich zu seinem lila Hula-Hoop-Reifen zurück, den Dad vor den Wolkenbrüchen gerettet und gegen den Wohnwagen von Mitchells gelehnt hatte; hoffnungslos verbogen. Ich sagte, und dabei ballte ich die Fäuste vor dem Körper, damit er mich besser versteht: »Dexter, ich habe dich und dein Mauern satt, rede endlich.«

Er bekam es mit der Angst und flüsterte: »Norman.«

Ich sagte: »Was soll das heißen?«

»Norman.«

Ich glaubte keinen Ton, weil ich deutlich Normans alten orangefarbenen T-Bird sehen konnte, er parkte da wie immer, und Norman konnte Dylan nicht zu Fuß abgeschleppt haben, weil er hinkt und weil Dylan sich gewehrt hätte. Ich hätte sie eingeholt, bevor sie auch nur 50 Meter zurückgelegt hätten. »Raus mit der Sprache, Dexter, und zwar *sofort*«, sagte ich, und ich war 110% Monster.

Er versuchte wegzulaufen, aber ich habe ihn eingefangen, das war nicht weiter schwierig, und ich setzte ihm meine Kniee auf die Schultern und hielt ihn fest, und ich fragte ihn, ob er sterben will. Ich sagte: »REDE!«

Dexter weinte vor Schmerzen.

»Norman«, sagte er. »Er hat ihn im Auto mitgenommen.«

»Normans Auto steht hier«, sagte ich. »Ich bin doch nicht blind. Außerdem hat diese Karre nicht mal einen Motor.«

»Ein anderes Auto«, sagte Dexter, »ein weißes.«

Ich sah mich nach irgendeinem weißen Auto um, lächerlich, denn wenn es existierte, wäre es nicht mehr hier.

»Laß mich los«, sagte Dexter.

»-kay«, sagte ich. »Ich laß dich los, wenn du schwörst, daß du nicht wegrennst.«

»Ich schwöre«, sagte er, und ich ließ ihn los, und er rannte weg.

Ich hetzte hinter ihm her, aber er ist ein flinker kleiner Bastard, und er knallte mir seine Haustür vor der Nase zu, und ich trat dagegen und klingelte Sturm, Methode Dexter, und ich brüllte, er soll mich reinlassen. Keine Antwort.

Ich ging wieder zu uns und schrie, Dylan hör auf, dich zu verstecken, denn in letzter Zeit tut er das manchmal und treibt Dad und mich zur Verzweiflung; wir schreien uns die Lunge aus dem Hals, bis er ruft: »Hab mich versteckt.«

Aber das war nicht der Fall, nicht am Donnerstag um 17:45h, als ich der verantwortliche *Shmuck* war, der Wache hatte. Ich schrie nach meinem Bruder. Dann ging ich wieder zu den Mitchells und brüllte weiter und trat gegen die Tür und klingelte. Dann setzte ich mich hin, um zu warten, was ich dann auch 15 Minuten lang tat. Ich hoffte, Norman hat ihn nur auf eine kleine Vergnügungsfahrt mitgenommen, um ihm Angst zu machen, und danach bringt er ihn zurück. Ich ging sogar zur nächsten Straßenecke, falls Norman ihn da rausgelassen hatte, was durchaus möglich gewesen wäre, und ich brüllte an der Straßenecke. Da war eine Dame in ihrem Hof, sie machte Gartenarbeit, und ich versuchte, einigermaßen gelassen zu wirken. Ich rief: »Dylan, nach Hause kommen, Abendessen.« Und ich fragte sie, ob sie einen kleinen Jungen gesehen hat, der mir ein bißchen ähnlich sieht und 3 Jahre alt ist.

Sie sagte, Hallo, junger Mann, wie heißt du denn? Sie war taub oder zurückgeblieben. Sie machte sich wieder an ihre Gartenarbeit, und ich kuckte und kuckte und kuckte überall nach und murmelte Zaubersprüche, damit er auf magische Weise wieder erscheint, aber plötzlich war unsere Straße die traurigste und leerste Straße der ganzen Welt, wie nach einem Atombombenangriff. Alles war noch da, die Autos und alles, aber alle Menschen hatten in ihren Betten den Strahlentod gefunden.

Inzwischen war mir zum Kotzen zumute, und ich ging in den Wintergarten, um im Studio anzurufen. Sie sagten, Dad ist zum Essen gegangen und ob ich eine Nachricht hinterlassen will. Ich wußte: das bedeutet, daß er in fünf bis zehn Minuten zu Hause ist, aber er kam nicht. Ich behielt die Uhr im Auge, und immer, wenn draußen ein Auto vorbeifuhr, rannte ich raus, um zu sehen, ob es Norman oder Dad ist. Endlich beschloß ich, die Nummer »0«, das Amt, anzurufen, was Dad mir für Notfälle geraten hatte. Dies war zweifellos ein solcher, also rief ich an. Ich sagte dem Fräulein, ich will mit der Polizei sprechen, und sie fragte, wo wir wohnen, und ich sagte es ihr, und sie sagte, wo ist denn das?, und ich sagte ihr, in der Nähe vom Lake Merritt, und da hat sie mich durchgestellt.

Als sich der Bulle meldete, sagte ich: »Ich kann meinen kleinen Bruder nicht finden, und der Junge von nebenan sagt, der Mann von gegenüber hat ihn mit dem Auto weggefahren. Und da brauche ich Hilfe.«

Der Bulle wollte mit meiner Mutter oder meinem Vater sprechen, aber ich erklärte ihm, daß ich ganz allein zu Hause bin, und er notierte sich die Adresse und sagte, er schickt sofort einen Wagen vorbei. Ich ging nach draußen, um zu warten, und Dexter sah mich und rannte zurück ins Haus. Bevor die Bullen kamen, erschien Dexters Vater mit seinem alten Plymouth, und er fragte mich, wie gehts. Ich berichtete ihm, daß ich glaubte, daß Norman meinen Bruder gekidnappt hat und daß Dexter es gesehen hat, aber er will nicht rauskommen.

Das war zwar gepetzt, ich hatte aber keine andere Wahl. Die Entführung ging vor. Mr. Mitchell ging hinein und zog dann Dexter am Arm hinter sich her. Mr. Mitchell haute ihm kräftig auf den Hintern, und Dexter weinte. Mr. Mitchell sagte: »Raus mit der Sprache, oder du beziehst Dresche.«

Dexter verlor die Fassung, und er sagte: »Norman war's, ich hab's gesehen, er hat Dylan *da* ins Auto gezerrt.« Und er zeigte auf die Straße.

»Wo hat Norman das Auto her? Was für ein Auto?« sagte Mr. Mitchell.

»Ich *weiß* es nicht«, sagte Dexter und flennte.

Ich sagte: »Dylan würde nie in Normans Auto einsteigen.«

Dexter sagte: »Norman hat ihn ins Auto *geworfen* und die Tür abgesperrt, ich hab's gesehen, ich hab's gesehen.« Er wurde hysterisch. Und sein Vater, Mr. Mitchell, machte Anstalten zu kentern.

Dann kamen die Bullen, zwar ohne rotes Licht, aber ganz schön schnell, und Mr. Mitchell erzählte ihnen die ganze Geschichte. Einer war dick, und der andere hatte weiße Haare. Sie hörten sich an, was Mr. Mitchell sagte, als glaubten sie ihm nicht so ganz, weil er auf dem Heimweg ein kleines Päuschen gemacht hatte und aus dem Hals nach Schnaps stank. Aber er deutete auf mich und unser Haus, und er zeigte auf Normans Haus, und er sagte Dinge wie »Dieser irrsinnige Bastard gehört hinter Gitter«, und er sagte ihnen, wie Norman Leuten gegenüber tätlich wird.

Ich lebte wie im Traum, oder wie im Albtraum. Es schien doppelt soviel Zwischenraum zwischen Menschen und Dingen zu geben wie sonst. Jemand hatte die Bombe ausgeklinkt.

Der weißhaarige Bulle fragte mich, wo Dad ist, und ich sagte, er ist auf dem Nachhauseweg und muß jetzt jede Minute aufkreuzen, ich sagte, im Studio habe ich schon angerufen. Mr. Mitchell hielt Dexter so fest, daß er weinte, er berührte kaum noch den Boden, weil er am Arm halb hochgezogen wurde.

Die Polizisten gingen zu Normans Haus hinüber, aber es war niemand da. Der dicke Polizist kam schnell wieder die Stufen herunter und sah seinen weißhaarigen Partner an, und dann faßte ich mir ein Herz und berichtete von Cheyenne. Das könnte ein Motiv sein. Er wollte sich an uns rächen, obwohl ich nicht verstehe, warum er sich dazu Dylan ausgesucht hat und nicht Dad oder mich oder sonstjemand Gleichstarken. Mr. Mitchell sagte nochmal, Norman gehört in eine Anstalt, wo er auch schon mal war. Ich habe Mr. Mitchell noch nie so aufgeregt erlebt, noch nicht mal, als seine Frau starb. Er sagte zu Dexter, er soll reingehen und den Mund halten, was Dexter auch tat, aber er beobachtete alles vom Vorderfenster aus.

Als er verhört wurde, wußte Dexter nicht, was für ein Auto es gewesen war, oder ob es alt oder neu war, und er hatte keinen Schimmer von der Autonummer; alles Sachen, die ich sofort bemerkt hätte, wenn ich nicht an mir herumgespielt hätte, und Sondra, und ihr roter Afro, und meine Phantasie.

Ein Bulle sprach über Funk mit dem Revier, wie im Fernsehen, und ich stand daneben auf unserer leeren Straße, und der Wind wehte. Der andere Bulle wurde in bewährter Weise von Mr. Mitchell informiert. Und ich fragte mich, wo Dad blieb.

Endlich erschien er, im goldenen Dodge Swinger, und er parkte in der Einfahrt hinter den Bullen. Wir erzählten ihm sofort alles, die Bullen und Mr. Mitchell und ich mit den Augen, und dann machte ich den guten alten Körperkontakt, weil ich ihn einfach halten mußte. Inzwischen war ich völlig im Arsch und jederzeit bereit, ohnmächtig zu werden. Dad auch, als er alles gehört hatte, und er stützte sich auf das Auto, und er hatte immer noch sein Fernsehkostüm an und etwas Schminke am Hals, wo er nicht aufgepaßt hatte. Er klappte über dem Autodach zusammen, und dann umarmte er mich, er beugte sich vor, bis zum Boden, er ertrug es nicht länger. Er war blind.

Ich stellte mir vor, wie Norman einfach mit Dylan die Straße entlanggehoppelt kommt, vielleicht sogar mit einer Eistüte oder so, und wir gehen nach Hause und vergessen das Ganze. Aber das passiert nie. Diese Gedanken gehören in eine Traumwelt. Mir war kalt, der Wind war stärker geworden, und wenn schon, und während sie miteinander sprachen, ging ich nach oben, um mir einen Pullover anzuziehen. Ich redete mir ein, das Ganze ist nur ein Albtraum aus eigener Produktion. Im Badezimmer betete ich vor dem Spiegel zu Mom. Ich ging in Dylans Zimmer, und hier war jetzt auch soviel Zwischenraum zwischen den Dingen wie überall, es war ein Grusel- oder ein Science-Fiction-Film. Aber es passierte wirklich, und ich machte ihm sein Bett, ich nahm seinen Holzaffen heraus und ein paar Autos und schüttelte das Kissen auf. Ich verpaßte Casper, dem Freundlichen Gespenst, Dylans Punching-Bag, einen trockenen rechten K.o.-Haken. Als er zurückdotzte, umarmte ich ihn und sprach ein Gebet, obwohl ich nicht an Gott oder ein Leben nach dem Tode glaube. Dann semmelte ich Casper noch eine rein und huschte durch die Räume, durch die Diele, die Treppe hinunter, die Küche und das Eßzimmer und den Wintergarten und das Wohnzimmer, und ich sah, wie draußen die Männer miteinander sprachen, und als dann Dad mit den Bullen hereinkam, schoß ich nach oben, als wäre ich der Schuldige, und wollte mein Gesicht nicht zeigen. Und das stimmt ja auch. Ich habe zugelassen, daß Norman Dylan klaut. Ich habe nicht aufgepaßt, als es um Leben und Tod ging. Ich versteckte mich im Badezimmer und betrachtete das Fenster, aus dem ich mich einst todesmutig gestürzt hatte, als Dylan die Tür zugeschlossen hatte, während das Wasser lief. Und die Dobermänner hatte ich auf ihn scharf gemacht, während ich alles aus sicherer Entfernung beobachtete.

Im Geiste sah ich, wie Dad in den Keller kommt, in dem ich an einem Strick um den Hals über dem Pingpongtisch baumele, und Dad sagt: »Oh *NEIN*!« Langsam wandert er um meine Leiche herum und umarmt meine Schuhe, und dann muß mich irgend jemand anderer abschneiden.

Gegen 8 Uhr abends beschlossen wir, daß Dylan tatsächlich gekidnappt ist, und jeder glaubte Dexters Version. Es war amtlich. Armer Dexter, er war der einzige Augenzeuge, und sie hatten nur seine Aussage. Es kam jetzt viel Polizei zu uns, und Dad hatte sich umgezogen: seine blauen Levi's Jeans und ein braunes Levi's Hemd. Er kochte eine Kanne Kaffee und bot jedem was an. Auf der Straße wanderten die Leute vorbei – wie damals, als Mrs. Mitchell gestorben war; sie wollten etwas sehen. Ich beobachtete sie aus Dylans Fenster, während ich Casper vermöbelte. Dad dachte wohl, daß ich versagt habe. Einmal mußte ich pinkeln, und Dad mußte auch pinkeln, und wir trafen uns vor der Tür, an der Dad das Schild DO YOUR OWN THING angebracht hatte, und ich sah ihn an, und er sah mich an, und wir hatten beide solche Angst und waren verstört, und er sagte: »Mach schon.« Mehr brauchte er nicht zu sagen, und ich beeilte mich, ich spülte nicht mal nach; das machen wir manchmal, um zwei Fliegen mit einer Klappe zu schlagen, und dann lauschte ich seiner Sturmflut, und dann zog er ab, und ich stand immer noch da, und er sah mich an, bevor er hinunterging.

Dylan war nun schon 4 volle Stunden verschwunden.

Ich ging in sein Zimmer und setzte mich aufs Bett. Ich dachte daran, wie Dad mich angesehen hat.

Ich wünschte mir, ich könnte ungeschehen machen, wie oft

ich Dylan mit dem Kissen behandelt habe. Ich saß auf seiner Wolldecke und leistete ein Gelübde, damit er plötzlich in einem weißen Auto zurückkommt, oder in einer Schnauferlparade wie die *Amazin' A's*, als sie den Pokal gewonnen hatten, die rechten kleinen Glücksbringer sind wir, jawohl. Es war jetzt ganz dunkel, Schlafenszeit für Dylan, und ich saß in seinem Zimmer, wie ich es noch nie getan hatte, und sein Bett war leer. Ich lauschte den Stimmen im Erdgeschoß. Wenn ich diesen Norman jemals mit bloßen Händen erwische, sagte ich mir. Und das ist gelogen. Ich weiß, daß ich gegen ihn keine Chance hätte. Dylan ist wahrscheinlich schon tot, alles wegen dem blöden Cheyenne, den wir noch nicht mal vergiftet haben. Es beruht alles auf einem verdammten Scheiß-Irrtum. Ich hielt wie Dexter den Atem an und hoffte, daß ich ohnmächtig werde, aber ich schaffte es auch nicht. Man kann seine Lieben nicht von den Toten zurückholen, egal wie sehr man sich anstrengt. Ich weiß.

Ich ging ein paarmal hinunter. Sie sprachen darüber, daß Dad in *Thriller* einen Aufruf durchgeben soll und blätterten im Familienalbum, um ein Foto von Dylan zu finden, das man verwenden kann. Schließlich erwischten sie Normans Eltern, aber das hörte ich nicht, weil sie drüben in ihrem Haus waren. Ich wäre beinahe hinüber gegangen und hätte mich unter einem offenen Fenster versteckt, um zu lauschen, ich ließ es dann aber. Norman hat ihnen das Leben schon schwer genug gemacht, und ich glaube, daß sie von diesem Streich noch gar keine Ahnung hatten. Aber ich hörte, wie Dad sich mit den Bullen unterhielt, und es stellt sich heraus, daß Norman vor zwei Jahren einen Zahn angebufft hat, entsetzliche Vorstellung, und das Baby wurde zur Adoption freigegeben, und Normans Eltern haben sie noch nie gesehen, noch nicht mal, als sie ihnen geschrieben hat, sie braucht Geld, und jetzt wohnt sie in einer Hütte im Wald in der Nähe von Muir Woods. Die Polizei überprüfte das, und oben nahm ich den Hörer ab und hörte zu. Norman war bei ihr gewesen. Dylan lebte noch.

Ich hielt den Atem an.

Dylan lebte, die Frau hatte ihn gesehen. Sie meinte, es war ein Ford, ein weißer – wie Dexter gesagt hatte –, und jetzt fuhren sie hin, um die Frau zu vernehmen. Bullen arbeiten schnell, das muß man ihnen lassen. Mit meiner regen Phantasie war ich schon zufrieden, wenn ich wußte, daß Dylan nicht grausam verstümmelt auf dem Männerklo eines Autokinos verblutet.

Ich ging in sein Zimmer zurück und berührte alles ganz leicht mit den Handflächen, nicht mit den Fingern, und ich flüsterte: »Es wird alles wieder gut, Dylan.« Darüber hinaus schwor ich, ihn nie wieder mit dem Kissen zu behandeln.

Dad wußte, daß Mrs. Sampson für diese Nacht nicht in Betracht kam, und er bat Peggy Edinger, sie möchte vorbeikommen, während er die Fernsehdurchsage macht. Sie war schwer in Ordnung und sagte nicht, ich soll ins Bett gehen oder so, und um 11 sahen wir uns zusammen Dad auf dem Bildschirm an, er war sehr blaß, und die Kamera zoomte ganz nah an ihn ran, und er sagte, Norman soll Dylan laufen lassen, lassen Sie ihn einfach laufen, und die Sache ist ausgestanden. Dad hatte sich nicht die Haare gewaschen, er muß das jeden Tag machen, sonst sieht es schlecht aus. Dad war, wie er im Fernsehen noch nie gewesen war, er war nervös und versprach sich dauernd. Und dann zeigten sie das Foto von Dylan, das Foto, das Dad im Erdgeschoß geknipst hatte, als Dylan auf dem Fußboden mit seinen Autos spielte, und Dad hatte gesagt: »Kuck mal her, Dylan«, und Dylan kuckte, und seine Augen strahlten und er grinste. Ich erinnere mich noch genau an diesen Abend.

Peggy seufzte, und wir knipsten den Fernseher aus und

saßen noch im Zentralschlafzimmer zusammen. Ich dachte, wenn wir bloß Dylan zurückkriegen, und dann kann Dad Peggy heiraten, und die Welt wäre wieder schön. Aber wir würden Dylan nie zurückkriegen, und mir fiel ein, wie Mom und Dad sich gestritten haben, und das wollte ich nicht nochmal mitmachen. Er wußte, wie unsicher sie war und versuchte, es nicht zu bemerken, aber sie hatte eine Art zu sticheln – nur ihm gegenüber, bei mir nicht –, und dann ging er an die Decke, und sie sagte: »Nicht, John, bitte nicht«, und er sagte: »Selber«, und ich konnte die Schimpfwörter hören, die sie sich an den Kopf warfen, und dann bekam sie Oberwasser und setzte ihm in gekonnter Weise zu, und dann haute er ab, und sie haben sich ständig nur wehgetan, jeden Tag. Und dann wurde sie »untreu«, und das war das Ende. Das halte ich nicht noch einmal jede Nacht aus.

Peggy sagte: »Hat er hier irgendwo Zigaretten?«

Ich sagte ja und lief hinunter ins Grummelkontor und holte welche und rannte wieder die Treppe hoch, und ich muß mich wohl zu schnell bewegt haben, diese vielen Treppen, nämlich plötzlich wurde mir sehr schwindlig, und ich dachte, ich werde ohnmächtig, und dann wurde mir schlecht, und ich übergab mich und kotzte mir in hohem Bogen direkt in die Hände. Gottseidank hatte ich die Packung Marlboro bereits fallen gelassen. Ich ging ins Badezimmer und machte daselbe nochmal, diesmal proper in die Kloschüssel.

Peggy hörte, wie ich saubermachte, und sie kam an die Tür, ohne hereinzuschauen, und sie sagte: »Ruf mich, wenn du irgendwas brauchst!«

Ich sagte -kay und hielt meine Hände, alle beide, unter kaltes Wasser. Aus irgendeinem Grunde war es gut für meinen Magen, daß mir kaltes Wasser über die Hände läuft.

Im Traum sah ich Joe Romano, meinen alten Kumpel in Syracuse, und ein wildes Durcheinander von schwachsinnigen Szenen aus der Volksschule, aber eins war klar: Dylan war irgendwo da draußen, wahrscheinlich raste er in einem weißen Ford über die Autobahn, oder er war in einem Motel. Norman beherrschte alle möglichen perversen Spielchen – mit Beilen und Rasiermessern. In diesem Augenblick konnte Dylans Kopf schon rollen. Ich weiß, daß Norman mit uns einen reinen Haß-Trip am Laufen hat. Deshalb muß man sich Sorgen machen, denn reiner Haß ist zu allem fähig.

Um 6 Uhr früh ging ich nach unten, und Dad saß allein im Wintergarten am Telefon. Er war einsam und erschöpft, und er hatte diese Hofnarrenpantoffeln an, die er schon seit Jahren trägt. Draußen war ein trauriges, graues Licht, ganz düster. Er sah mir ins Gesicht und sagte: »Noch nichts.«

Ich war noch nicht ganz wach. Ich sagte: »Oh.« Ich setzte mich ohne Bademantel auf die eiskalten Stufen.

Er saß auf seinem grünen Korbstuhl und rieb sich die Nase. Er sagte zu mir: »Ist es schon sechs?«

Das hat er gefragt, weil er keine Armbanduhr mehr tragen kann. Wir wissen nicht, wie das passiert ist; die Uhr, die er jahrelang getragen hat, verursacht plötzlich Blasen an seinem Handgelenk. Er ist allergisch geworden. Oder, wie er vor ein paar Wochen sagte: »Ich kann die Zeit nicht vertragen.« Dabei lächelte er, ohne zu lächeln. Er wollte sich ein neues Armband besorgen, aber das hat auch nichts genützt.

Ich ging in die Küche, um auf die Uhr zu sehen. Es war 6:09h. Ich kam zurück und sagte es ihm.

Er hatte den Hörer in der Hand. »Die sind Frühaufsteher.«

Ich wußte sofort, daß er Oma und Opa Glickes meint. Die einzigen Leute, die er so nennt. Frühaufsteher.

»Vielleicht steht es in den Zeitungen von L.A.«, sagte er zu mir, »und ich möchte nicht, daß deine Großeltern aus der Zeitung davon erfahren.« Er seufzte. »Vielleicht warte ich bis sieben.«

Ich beobachtete ihn. Er war völlig am Ende. Dylan ist sein Sohn. Er machte mir keine Vorwürfe, außer mit den Augen; vielleicht bilde ich mir das auch nur ein, aber in diesem grauen Licht sah ich, wie sehr er litt. Er kam mir plötzlich vor wie ein alter Mann, der nichts mehr vom Leben erwartet.

Wir frühstückten ein bißchen, und wir sahen uns die 1. Seite vom *Chronicle* an; sie hatten dasselbe Foto wie im Fernsehen. Dad sprang irgendwie vom Tisch weg, ich dachte, gleich fällt er hin, und ich rief: »DADDY!« Und so habe ich Dad schon seit Jahren nicht mehr genannt: »Daddy«.

Er sagte: »Schon gut. Ist schon wieder gut.«

Ich ging zu ihm hin und legte die Arme um ihn.

Er sagte: »Nur die Ruhe, nur die Ruhe«, und klopfte mir auf den Rücken.

Ach Gott.

Wir stellten unsere Corn-Flakes-Teller in den Geschirrspüler, standen dumpf herum, und er goß sich einen Brandy ein. Fast hätte ich gesagt: »Sei vorsichtig mit dem Zeug«, aber das wäre grausam gewesen, und so sagte ich: »Gibst du mir einen Schluck ab?«

Er sah mich an, und dann gab er mir das Glas, und seine Hände zitterten wie wahnsinnig.

Ich trank einen Schluck. Es brannte, und ich schüttelte mich. Ich sagte: »Danke.«

Er trank das Glas aus.

»Nun«, sagte er, »weitermachen.« Und er ging zurück in den Wintergarten und wählte am Telefon und wartete.

Ich konnte nicht mehr, ich bin wohl ein Feigling, weil ich es nicht hören wollte, und ich verduftete, weiß auch nicht mehr wohin, welches Stockwerk, ich verkroch mich nur in eine Ecke, und dann war es vorbei. Er hatte es meinen Großeltern gesagt. Das muß ihn wirklich hart angekommen sein. Ich weiß ja noch, wie er anrufen mußte, als Mom gestorben war, ihr einziges Kind. Was für ein Horrortrip, ihnen schon wieder mit so einem Anruf das Herz zu brechen. Und sie waren nie auf seiner Seite gewesen, damit fängt's ja schon mal an.

Er sagte: »Sie wollen herkommen.«

Ich sah ihn an.

Er sagte: »Was meinst du?«

Ich sagte: »Ich weiß nicht. Mein erstes Gefühl ist: nein.«

»Mein erstes auch«, sagte er.

»Ich meine«, sagte ich, »sie sind nicht – ich meine, sie können ja auch nichts –.«

Er sagte: »Sie könnten sich um dich kümmern.«

Ich schüttelte den Kopf.

Er sagte: »Ich habe ihnen gesagt, ich rufe sofort an, wenn wir etwas erfahren haben. Ich habe ihnen gesagt, sie sollen warten.«

»Gut«, sagte ich. Ich sah ihn an wie ein Gespenst. Aus irgendeinem Grund sagte ich: »Ich glaube, du hast dich richtig verhalten.«

Er sagte: »Es gibt immer ein erstes Mal im Leben.« Er seufzte. Er sagte: »Bist du müde?«

»Jawoll.«

»Wir wollen es versuchen«, und wir gingen nach oben ins Zentralschlafzimmer und legten uns zu zweit in sein Bett. Er schlief ein wie ausgeknipst. Und dann döste ich ein, und eine gute Stunde rief uns niemand an.

Ich hätte in die Schule gehen können, weil es sonst nichts für mich zu tun gab, aber Dad erfaßt intuitiv sehr schnell Zusammenhänge, was mich betrifft, und wir diskutierten 30 Sekunden lang, und er sagte, bleib zu Hause. Es war Freitag. Dylan wurde jetzt schon seit 15 Stunden vermißt. Die *Oakland Tribune* brachte ein Foto von Norman, das sie von Normans Eltern bekommen haben muß, denn es sah ihm auch nicht entfernt ähnlich, als wäre es vor Jahren anläßlich seines Volksschulabschlusses aufgenommen worden.

Ein Grund, weshalb ich nicht zur Schule wollte und weggerannt wäre, wenn ich doch gemußt hätte: ich wollte nicht mit den anderen Kindern reden. Was hätte ich denn tun sollen? Einen Artikel für die PEST schreiben? »Ein spektakulärer Entführungsfall scheint sich in der East Bay abzuzeichnen . . .« Danke nein.

Mr. Festinger erkannte seine Chance und kam herüber, um ins Fernsehen zu kommen, denn inzwischen waren die Kamerateams da. Ich ließ meine Kanonen stecken und wußte, daß er es war, der Cheyenne vergiftet hat; und warum beim Geier hat Norman dann nicht Edward gestohlen? Ich sagte aber nichts. Ich stand nur dabei und sah mir an, wie Erdbeben McGoon vor den Kameras posierte und Anteilnahme heuchelte. Dad wurde ebenfalls interviewt, und er gab nochmal seine Erklärung ab und dankte den zuständigen Stellen für die gute Zusammenarbeit und daß sie alles tun, was in ihrer Macht steht. Sie fragten sogar mich, ob ich was sagen will, und ein Typ hielt mir ein Mikrofon vor die Nase, und ich wandte mich an Norman, bitte bringe meinen Bruder zurück, er hat dir nichts getan; im hellen Tageslicht hatten sie riesige Jupiterlampen aufgebaut. Der Kameramann war so ein Hippie-Typ, und er erinnerte mich ein bißchen an den Typ vom East Bay Mud, der Mrs. Mitchell Mund zu Mund beatmet hatte, deswegen hielt ich mich an ihn. Wir mochten uns, und er ließ mich durch seine Kamera kucken, während wir herumstanden.

Die ganze Straße war voll mit Polizeiautos und Ü-Wagen. Ich war drin, alle anderen waren draußen, und das Telefon klingelte. Ich dachte, ich rufe erstmal Dad, aber ich bin dann selbst drangegangen, und eine Frauenstimme sagte: »Wir haben Ihren Kleinen gefunden, er ist in einem Haus in der Rose Street 636 in Berkeley, haben Sie das? Rose Street 636 in Berkeley.«

Ich sagte, warten Sie einen Augenblick, dann war die Leitung tot. Ich sprang auf und lief hinaus und brüllte wie am Spieß: »Sie haben ihn gefunden, er ist in der Rose Street 636 in Berkeley, es geht ihm gut«, und Dad und die Bullen und die Fernsehfritzen drehten durch, und die Bullen riefen über Sprechfunk bei der Revierwache an, und ich warf mich Dad in die Arme und wiederholte das Gespräch, und wenn auch alles meine Schuld gewesen war, konnte ich doch jetzt die gute Nachricht überbringen. Ich pißte mir in die Hosen vor Glück.

Doch all meine Hoffnungen zerfielen zu Staub. In der Rose Street 636 in Berkeley wohnte nur ein alter Mann, der sich beschwert hatte, weil die Kinder in der Gegend an Halloween Müll in seinen Vorgarten gekippt hatten, und die Stimme am Telefon war wahrscheinlich keine Frauenstimme, sondern ein Mädchen, oder ein Junge, der noch keinen Stimmbruch gehabt hatte, und sie wollten sich nur rächen und benutzten uns dafür. Wieder nichts. Diese Erklärung erfuhren wir erst gegen Mittag, aber die wichtige Information, daß Dylan nicht dort war, hatten wir schon um halb elf. Ich muß vorsichtiger sein, und ich werde vorsichtiger sein. Tod durch Erschießen wäre noch zu gut für mich, weil ich falsche Hoffnungen geweckt habe.

Am Nachmittag, nachdem mir Dad eine Salamischnitte gemacht hatte, marschierte ich ein paar Meilen und sah Häuser, die ich immer gemocht hatte, solange Dylan in Sicherheit war. Ich schloß die Augen, um zu beten und um einen magischen Bann zu schaffen und ging blind rückwärts und fiel auf den Arsch. Ich war verantwortlich für ihn, aber das schert niemanden, nur mich, und mich auch nicht, und der Fakt bleibt bestehen, daß er irgendwo da draußen ist und weint, und vielleicht ist er verstümmelt. LEBEN ist NEBEL, rückwärts buchstabiert, und die Monster amüsieren sich. Jemand wird in einem Wagen vorbeirasen und Dylans Leiche, in altes Zeitungspapier eingewickelt, bei uns auf die Veranda werfen. Plötzlich war ich im Cedar Way, aber ich kehrte um, bevor ich am Haus von den Morris' vorbeikam. Ich ging langsam wieder nach Hause, und bei den Carmichaels hörten mich die Dobermänner kommen und spielten verrückt und bellten und winselten, und ich hätte, ohne zweimal darüber nachzudenken, hineingehen sollen, damit sie sich mal so richtig an mir ausleben können, aber ich ließ es.

Zum Mittagessen nahm Dad mich mit ins Safeway, um ein paar Hamburger zu besorgen. Er fiel jetzt wirklich auseinander, und er sah so alt aus wie ein Mittelgebirge. Er stellte das Radio an, und wir hörten uns einen halben Block lang irgendeinen Rock an, und dann machte er es wieder aus. Er war nicht bei der Sache, und in dem Stoßverkehr auf der Grand Avenue wartete er zu lange, als die Ampel schon auf Grün gesprungen war, und ein Typ in einem grünen Buick hupte und zeigte Dad einen Vogel und rief etwas, was wir nicht hören konnten, weil die Fenster hochgedreht waren. Er konnte es nicht wissen, aber mitten im November faßte ich den guten Neujahrsvorsatz, nie im

Leben so etwas zu machen, weil man nie weiß, was für Sorgen die Leute haben und was sie gerade durchmachen.

Als wir nach Hause kamen, riefen Oma und Opa Glickes wieder an, und sie wollten wirklich sofort in Hollywood losfliegen, aber Dad sagte wieder nein. Ich glaubte nicht, daß sie eine große Hilfe sind, obwohl ich natürlich verstehe, daß sie kommen wollten, aber bei einer Krise sind sie nie gut, besonders er nicht. Er regt sich nur auf. Vielleicht hätte sie allein kommen sollen, aber das hätte mehr Probleme geschaffen als gelöst, weil er uns dann haßt, weil wir ihn nicht wollen.

Außerdem kam Peggy Edinger vorbei, und ich fing wirklich an, sie zu mögen und nicht mehr abzulehnen. Sie half beim Servieren der Hamburger, und sie hatte Salat mitgebracht, und sie räumte das Geschirr ab und sprach mit Dad. Einmal hörte ich, wie sie sagte: »Du solltest dir keine Vorwürfe machen, John«; – ich war in der Küche, und Dad ließ gerade ein großes Stöhnen frei. Ich muß zugeben, ich hätte auch gern ein großes Stöhnen freigelassen, damit Peggy reinkommt und sagt, ich soll mir keine Vorwürfe machen. Ich wartete und ging wieder hinaus, und Dad saß auf dem Sofa und sah wieder alt aus. Kummer macht einen älter – oder, in meinem Fall, jünger, wie ein Kind. Man neigt dann zu Extremen.

Ich ging nach oben und unterhielt mich im Geiste mit Mom, ich sagte ihr, sie soll dranbleiben, es wird alles wieder gut. Ich phantasierte sogar ein bißchen, daß es gut ist, daß sie tot ist, weil sie das hier nie durchgestanden hätte. Auf jeden Fall wird sie nie wieder Schmerz fühlen. Und sie wird sich nicht mehr ungeliebt vorkommen.

Am schlimmsten ist diese hilflose Warterei, wenn Reporter und Fernsehfritzen um einen herumsummen wie die Fliegen. Dad wußte nicht so recht, wie er sich verhalten sollte, weil es ihm einerseits auf den Wecker ging, und andererseits wußte er, daß sie eine große Hilfe sein konnten, um Dylan zurückzukriegen, wenn sie seine Beschreibung von Dylan und auch von Norman brachten. Als es Nacht wurde, schlurfte ich wenig überzeugend herum und behielt Dad und Peggy im Auge, um zu sehen, ob sie in so schweren Zeiten wie diesen bumsen würden, aber ich bin ein Spion im Ruhestand, ich will keine neckischen Spielchen mehr.

Ich hatte eine denkbar schlechte Nacht, und Peggy kam einmal herein, als sie mich kreischen hörte, und dann war es Samstag, und es gab wieder einen neuen *Chronicle* zum Durchblättern, und das Telefon klingelte ständig, und alle Neuigkeiten zusammengenommen bedeuteten: nichts Neues. Kurz vor 12 machte ich wieder so einen Spaziergang zum Lake Merritt. In der Nähe des Vergnügungsparks sah ich einen kleinen Jungen, der allein auf dem Gras stand, hübscher kleiner Bursche, und ich rannte hin, aber es war nicht Dylan. Ich muß übereifrig gewesen sein, ich schnappte ihn nämlich und drehte ihn um, und er fing an zu weinen. Er hatte Angst. Seine Mutter saß auf einer Bank und las ein Taschenbuch, und sie kam herüber und zeterte auf mich ein. Ich erklärte ihr, wer ich bin und daß der Junge von hinten wie Dylan aussieht, und sie hörte aufmerksam zu und entschuldigte sich. Wir unterhielten uns ein bißchen, aber es bewölkte sich, und wir trennten uns. Sie wollte mich nach Hause fahren, und ich dachte, das fehlt jetzt noch, daß ich auch entführt werde, und dann dachte ich, was für ein ausgeflippter Idiot ich bin, weil sie offensichtlich völlig in Ordnung war, und wenn man der ganzen Welt mißtraut, ist man wirklich in Schwierigkeiten. Ich sagte, ich suche noch ein bißchen nach Dylan, und sie wünschte mir viel Glück. Sie zauste mir freundlich durchs Haar, aber in Wirklichkeit war ihr das alles so wurscht wie nur möglich, sie wollte bloß ihren Freundinnen und ihrem Alten erzählen, wen sie im Park getroffen hat. Das hab ich doch gemerkt.

Als ich zu Hause ankam, hatte es angefangen zu regnen, und weil ich bis auf die Knochen durchnäßt war, ging ich gleich rauf und zog mich um. Inzwischen hatte sich etwas ergeben: sie hatten herausgefunden, daß das weiße Auto ein Ford ist, und zwar ein Leihwagen von Econo-Car. Es hat die Nummer 183 FGK. Die Verleihtante hatte Normans Foto im Fernsehen erkannt, woraufhin sie in ihren Unterlagen blätterte und die Oaklander Telefonnummer ausprobierte, die er ihr gegeben hatte, welche sich als falsch erwies. Und seine Kreditkarten stammten aus San José und waren sämtlich gestohlen. 100prozentig sicher war die Sache nicht, vielleicht war es ein anderer Dieb, aber es hörte sich ganz einleuchtend an, es sei denn, die Econo-Car-Frau versucht, ins Fernsehen zu kommen wie Mr. Festinger. Leute gibt es, na, ich weiß nicht. Dad hatte noch zwei weitere irre Anrufe; einmal wurden wieder falsche Hoffnungen geweckt, und das andere Mal hieß es, Dylan ist tot, aber beides war erstunken und erlogen. Ich habe beschlossen, daß man die meisten Menschen nicht frei herumlaufen lassen soll.

Das FBI leistete Amtshilfe, weil es ja möglich war, daß Norman die Staatsgrenze überschritten hat. Normans Eltern haben ein Sommerhaus auf der Nevada-Seite vom Lake Tahoe. Das FBI überprüfte die Sache, aber das Ergebnis war negativ, wie ich den 6-Uhr-Nachrichten entnahm. Normans Freundin wurde auch interviewt, und ich verstehe nicht, wie man so jemanden anbuffen kann. Sie erinnerte mich an die Fotos in Moms Büchern über die Große Depression, als Opa Glickes Kommunist oder doch zumindest Pro-Kommunist war. Normans Verflossene blieb bei ihrer ersten Geschichte, und sie sagte, sie hat keine Ahnung gehabt, daß der Junge entführt worden war, sonst hätte sie versucht, etwas zu unternehmen, und melden wollte sie es sowieso eigentlich nicht, weil Norman sie bereits wiederholt verdroschen hat. Jetzt aber, wo sie Bescheid weiß, sagte sie, hilft sie natürlich gern, aber sie will nicht mehr in dieser Waldhütte bei Muir Woods wohnen, aus Angst vor Rache, sie will in einen anderen Staat ziehen und sich einen Job besorgen. Sie trug eine dunkle Brille. Man kriegte das kalte Grausen, wenn man sie sah. Ich finde, Norman und sie hätten zusammenbleiben und eine Familie gründen sollen. *Die Munsters.* Aber sie war der letzte Mensch, der Dylan lebend gesehen hatte, außer natürlich Norman selbst, und sie sagte, Norman hat Dylan geohrfeigt, als er sich die Hose naßmachte. Ich dachte mir, er greift auf seine alten Tricks zurück; diesen läßt er ja ungern aus, und das fand ich irgendwie tröstlich. Sie sagte, sie hätte keine Babykleidung gehabt und auch keine Möglichkeit, seine Klamotten zu waschen. Sie sagte, Norman ist kein schlechter Mensch, er ist nur verwirrt. Er hat ihr nie gesagt, wohin er geht, wenn er abhaut. Und dann wurde unsere Geschichte im Fernsehen unterbrochen, und sie blendeten einen Werbespot ein. Sie hatte ganz eindeutig Schwierigkeiten mit dem Sprechen. Das von eben habe ich mir alleine angesehen, Dad war unten, und Peggy Edinger hatte irgendwo zu tun.

Ich ging zu Dad hinunter, und wir gingen ein bißchen im Wohnzimmer spazieren, und es wurde schon wieder dunkel. Wir warteten. Zwischen den Anrufen spielten wir 66. Zu Anfang dachten wir immer, wenn das Telefon klingelte,

Sie Haben Ihn Gefunden, Er Ist In Sicherheit, aber jetzt sehen wir wortlos die Wand an, das Klingeln dröhnt uns in den Ohren, und wir haben Angst, ans Telefon zu gehen, weil sie vielleicht sagen, er wurde tot aufgefunden. Also fuhren wir wieder in den Safeway, wir lebten nur von einem Tag auf den andern, und es war eine genaue Wiederholung, wie im Fernsehen: »Wir zeigen Ihnen das gleich nochmal in der Wiederholung«, vom vorigen Tag. Dad fragte mich, was ich zum Abendessen will, und ich sagte, ich hab keinen Hunger, und er sagte, dann essen wir eben nur ein Tiefkühl-Hähnchen-Menü, und ich sagte -kay, und dann hatten wir den Unfall. Ich war ein bißchen weggetreten, aber nur für ein paar Sekunden ohnmächtig. Der Typ im anderen Auto war ein Fettsack, er gebrauchte eine Menge obszöne Worte und sagte: »Ich verklage Sie auf Ihren gesamten Besitz.« Er fuhr einen Cadillac und brauchte gar kein Geld von uns, und Dad stand im Regen, betrachtete seine Stiefelspitzen und schluckte alles herunter. Er hatte keinen Funken Kampfgeist mehr. Es schien ewig zu dauern, eine Menschenmenge versammelte sich um uns, und die Leute gafften uns an. Jesus H. Christus, wie ich es hasse, von Leuten angestarrt zu werden! Schließlich kam das Polizeiauto, und sie fingen schon an, Dad zu verknakken, weil er über einen doppelten ununterbrochenen gelben Streifen nach links auf den Parkplatz vom Safeway abgebogen war. Aber dann fanden die Bullen heraus, wer wir waren, und ließen es für diesmal dabei bewenden, und sogar der alte Fettsack änderte seine Einstellung und entschuldigte sich, nachdem einer der Bullen mit ihm gesprochen hatte. Ich glaube an die Bullen, egal, was die Jugend sagt, zu mir waren sie immer nur freundlich. Im Regen untersuchte ich unseren verkrumpelten Kotflügel und den Scheinwerfer, und der tat es noch, man konnte sehen, wie der Regen vor dem Scheinwerfer auf einem kleinen Stück

Chrom tanzte. Es war kein schwerer Unfall, und wir konnten alle noch aus eigener Kraft nach Hause fahren.

In der Molkereiprodukte-Abteilung im Safeway beugte sich Dad kurz über den Einkaufswagen, und ich dachte, er fällt, und alles, was ich machen konnte, war zu ihm gehen und »-kay?« fragen.

Er brauchte ein paar Sekunden, aber er sagte: »Jawoll. -kay.«

Zu Hause saßen wir mit unserem Tiefkühl-Hähnchen-Menü am Eßtisch und hörten, wie es draußen goß und sämtliche Regenrekorde der Bay Area seit dem Goldrausch gebrochen wurden. Wir dachten an Dylan und Norman da draußen, und wie sie durch den Regen fahren. Sie konnten schon längst in Kansas City oder Vancouver sein. Ich dachte (aber ich sagte es nicht): LOVER BY DAY, KILLER BY NIGHT. Jetzt war es Nacht.

Ich wachte mindestens 20mal auf. Ich träumte, sie hätten ihn gefunden, und ich wachte glücklich auf, und dann regnete es nur in die Dunkelheit hinein. Ich liebe diesen kleinen Scheißer wirklich, und ich kann ihm nichts übelnehmen, daß er sich z. B. im Badezimmer eingesperrt hat, das kam mir schon vor wie ein Trip. Ich erinnerte mich an eine andere Sache im Badezimmer, da habe ich ihn gewaschen, und ich sagte ihm, seine Hand ist eine Spinne und sein Kopf ist ein Luftballon, und ich habe ihm den Pimmel abgeschrubbt und sagte: »Was ist das?« Und Dylan lachte und sagte: »Das ist mein goldenes Auto.« Für seine 3 Jahre hatte er einen ganz schön irren Humor.

Aber ich hatte nicht das Gefühl, daß ich je wieder lachen werde, denn jetzt würde ich ihn nie mehr vergessen können, und wenn Jack-der-Bär nicht gewesen wäre, könnte er jetzt in seinem Zimmer sein und friedlich schlummern. Oder aufwachen und ein Glas Wasser haben wollen; mit Vergnügen hätte ich ihm eins geholt, jederzeit und überall.

Als es schon ein ganz klein wenig hell war, beschloß ich, in die Küche zu schleichen und ein Glas Safeway-Limonade zu trinken, und als ich um die Ecke strich, spürte ich so etwas wie Psi, und ich drehte mich um, und da saß Dad schlafend auf dem Korbstuhl in der Veranda mit dem Telefon auf dem Schoß. Sein Kopf war nach hinten gesunken, und sein Mund stand offen. Er sah so jammervoll aus, mit seinem Schlafanzug und sonst nichts, nur seine Hofnarrenpantoffeln. Auf dem Telefontisch stand eine Kaffeetasse mit Tee oder Brandy, alles längst vergessen. Vielleicht versuchte er zu zaubern wie ich, mit dem Telefon auf dem Schoß. Als ich die Limonade aus dem Eisschrank holte, bemühte ich mich, extra leise zu sein, aber er wachte auf und kam hereingetapert, und seine perfekten blauen Augen waren blutunterlaufen, und er ging gebeugt, als hätte er es am Rücken und könnte sich nicht aufrichten. Jedesmal, wenn ich ihn in der letzten Zeit gesehen habe, sagte ich mir, noch schlechter kann er gar nicht mehr aussehen, und jedesmal habe ich mich geirrt.

»*Hi*, Jacky-Bär«, sagte er.

»Hi«, sagte ich, »ich konnte nicht schlafen.«

Er lehnte sich an das Abtropfgestell. Er hustete. Er sagte: »Das weiß ich, mein Freund.«

Da standen wir.

Er versuchte zu denken, und er sagte: »Was macht der Kopf?«

»Gut«, sagte ich. »Man sieht überhaupt nichts.«

Er betrachtete meinen Kopf. Er sagte: »Die Schramme bleibt.«

Und da standen wir wieder. Könnte ich doch Mom wieder lebendig machen! Er brauchte sie. Er hatte niemanden mehr außer mir. Und das Schärfste bin ich auch nicht. In der Kälte und Stille fiel mir ein, wie sie sich nachts, wenn es schneite, vor dem Kamin aneinander kuschelten. Einmal habe ich sie sogar in Verlegenheit gebracht, als ich noch ganz klein war, da waren sie nackt, und ich kam die Treppe runter, und ich hielt mich an meiner Tasse fest. Auf der Tasse war ein Clown und die Aufschrift JACKY. Die gute alte Zeit. Dahin, dahin.

Ich ging nach oben und versuchte einzuschlafen, und gegen halb 8 wachte ich auf, weil Dexter auf der Straße »Ains, Zwai, Drai« brüllte, ich sagte in mein Kissen: »Dexter, scheiß die Wand an«, und schlief wieder ein. Ich wollte überhaupt nur noch schlafen, immer und ewig, und wenn ich wie Rip van Winkle mit einem langen weißen Bart aufwache, werde ich mich hüten, aufzustehen, um all die Wunder in Augenschein zu nehmen, die geschehen sind, während ich schlief, nein, ich rolle mich auf die andere Seite und schnarche weiter. Ich könnte einen kompletten Atomkrieg verpennen. Karen Morris kann erwachsen werden und jemanden heiraten und Kinder kriegen und Großmutter werden und alt und grau dazu und sterben, und ich schlafe und schlafe und schlafe. Ich werde meinen eigenen Tod verschlafen, weckt mich bloß nicht, liebe Kinder daheim an den Bildschirmen.

Ich war hellwach. Dad hielt mich in seinen Armen. Er schüttelte mich nicht, er hielt mich nur ganz fest und stellte klar, daß ich wach war, und das war ich tatsächlich, denn er sagte: »Sie haben ihn, Jacky, sie haben Dylan gefunden; er ist ziemlich krank, aber er lebt; sie haben Dylan gefunden, und er lebt.«

Ich war wie betäubt und hatte Angst, es sind wieder falsche Hoffnungen. Ich hatte Angst, es ist wieder nur ein Traum.

»Mann«, sagte Dad, »er lebt.« Er sah immer noch ziemlich begossen aus, und seine Haare waren strubbelig, aber er war ein anderer Mensch geworden. *Er freute sich.*

Ich stand auf und begann, mich ganz mechanisch anzuziehen, bevor es mich richtig erreicht hatte und bis ich wußte, was los war. Aber dann passierte es, und ich sagte zu einem Schuh: »Er lebt.«

Dad rief den Wänden des Zimmers »Er lebt!« zu. Er sagte zu mir: »Beeil dich, Mann.« Er spritzte zurück in sein Zimmer, um sich fertig anzuziehen.

Ich sprang in die Klamotten von gestern, und ich ging ins Badezimmer und putzte mir die Zähne mit Dylans Zahnbürste. Ich hörte, wie Dad brüllte: »Alle Mann ran!«

Ich für mein Teil brüllte: »Mehr Brot!«

Er rannte rein und mich beinah über den Haufen und umarmte mich. »Du verrückter alter Stecher«, sagte er, und dann sagte er: »Tschuldigung, Bruder.« Er hoppelte im Kreis herum. Er sagte: »Oh mein Gott, oh mein Gott.« Nichts zu machen mit dem Mann – wenn man ihm z. B. in den Weg geriet, war es um einen geschehen.

Und ich rannte gegen das Treppengeländer. Was geht

hier vor? Träum' ich oder wach' ich? Jesus H. Christus. Im Auto informierte Dad mich, wobei er tollkühn gegen die Geschwindigkeitsbegrenzungen verstieß. Sie hatten Dylan im Wald beim Piedmont-Reservoir gefunden, das bedeutet, er war keine 5 Meilen von zu Hause weg, und obwohl er mit niemandem sprach, wußte man, daß es sich um Old Dylan handelte. Er stand zwar unter Schock und war unterkühlt, aber er war nicht verstümmelt oder tot. Wir rasten mit quietschenden Reifen über den Lakeshore Drive auf die Stadtautobahn und zum Kaiser-Hospital, und Dad tanzte hinein, und ich versuchte, Schritt zu halten, und die Krankenschwester im Empfang freute sich, als sie uns sah, sie sagte, er ist auf der Intensivstation, aber er kommt durch, und Dad küßte sie, worüber sie mordsmäßig staunte, und wir gingen hoch, aber dann mußten wir warten.

Ein Doktor kam und sprach mit Dad, und er sagte, Dylans Zustand sei »zufriedenstellend«, und uns sank die Hoffnung. Ich war besonders niedergeschlagen, als wir ihn betrachten durften, mit den ganzen Schläuchen und Nadeln, die sie in ihn hineingesteckt hatten. Sie erlaubten uns, ihn zu küssen. Das war ein Bild, wie Dad Dylan küßte. Da wäre ich gern Fotograf gewesen. Dylan war bleich und hatte überall Schrammen und eine Schnittwunde neben dem Auge. Die Hauptsache war sein Atem, er atmete völlig korrekt, ich habe das überprüft, als ich mit Küssen dran war.

Der Arzt führte uns in ein kleines leeres Zimmer, und Dad und ich setzten uns auf einen Diagnosetisch, mit Leder bespannt und Papier darüber, und der Arzt sagte, Dylan habe wahrlich schwere Prüfungen durchgemacht, und 48 Stunden war er ohne Nahrung und Wasser. In diesem Zeitraum hat er Schmutz gegessen. Der Arzt, brünett, tolle Sonnenbräune, Hornbrille, sagte, der Schmutz befinde sich noch teilweise in seinem Magen- und Darmtrakt, werde aber jetzt »ausgeschieden«.

Der Arzt, Dr. Murray, sagte außerdem, daß Dylan keine weitere Nacht überlebt hätte. Er hatte eine schwere Erkältung und hohes Fieber, das habe ich auch gemerkt, als ich ihn küßte, und wer hätte das nicht nach einer solchen Nacht im Weltrekordregen? Ich wäre wahrscheinlich vor lauter Horror eingegangen, im Wald, im Regen, überall Monster im Hinterkopf, die Kälte und keine Schuhe an, Hose längst vollgepinkelt. Aber Dr. Murray meinte, Dylan sei nicht dehydriert. Stattdessen sei sein Säftehaushalt vollkommen gestört. Dad wollte wissen, wann er außer Gefahr ist.

Dr. Murray sagte, sie wollten ihn noch mindesten 2 Tage dabehalten, damit er unter Beobachtung steht. Seitdem sie ihn gefunden hatten, hatte Dylan noch kein Wort gesagt, und das war 4 Stunden her.

Dad umarmte mich alle paar Minuten. Er war so glücklich.

Dr. Murray sagte, da ist noch jemand, den Sie sicher gern kennenlernen möchten, der Mann, der ihn gefunden hat. Dad sagte, führen Sie uns zu ihm. Das tat Dr. Murray. Wir gingen runter in die Empfangshalle und in ein anderes Büro, todschick, mit Diplomen an den Wänden und einem riesigen Schreibtisch, und da waren vier Männer, zwei davon in Uniform. Dr. Murray sagte: »Dies ist Sergeant Wilfred Stivers, ein Förster im East Bay Regional Park. Er hat Ihren Jungen gefunden.«

Dad küßte ihn, an dem Morgen war er auf dem Kuß-Trip, und Förster Stivers war ein herzlich harmlos aussehender Mensch mit Bürsten-Schnitt, aber er war der Held des Tages.

Er erklärte die ganze Sache: er war, wie jeden Tag, ums Reservoir geschlendert, und er hatte ein wimmerndes Geräusch gehört, und er hatte scharf hingesehen, und er hatte Dylan halb bewußtlos entdeckt, und die untere Hälfte von Dylan war bereits in einem Bach untergetaucht. Also nahm

Mr. Stivers Dylan unter den Arm und rannte zum nächsten Haus und holte einen Krankenwagen. Das war auch schon alles.

Es war genug.

Sie unterhielten sich über die 1000-Dollar-Belohnung, die das Zweite Programm ausgesetzt hatte, und Mr. Stivers zuckte die Achseln, aber Dad sagte, Sie haben es verdient, und wir fühlten uns alle großartig. Alles andere war jetzt unwichtig, wir hatten, was wir brauchten: Dylan. Ich dachte mir im stillen: Nun sollen sie kommen, die Ü-Wagen, und wenn schon. Immer kommen lassen.

Und so geschah es. Das wollte überstanden sein, die Jupiterlampen und die Mikrofone, aber das ging dann schon in Ordnung, und ich kam mir vor wie nach einer langen Grippe. Ich dröhnte voll drauf ab. Völlig wurscht, was sie trieben. Dylan lebte. Ich konnte es kaum fassen, daß sich in meinem Leben einmal etwas günstig entwickelt; der kleine Furz hats geschafft! Ich ging aufs Männerklo auf dem Krankenhauskorridor, mutterseelenallein, und ich wirbelte meinen Kleinen Prinzen über das Pißbecken hin und schrieb HURRA an die Kachelwand.

Dad gab mir einen Dollar, damit ich in der Cafeteria ein Spätfrühstück einnehmen kann. Ich voll rein und wurde sofort erkannt, und sie sagten, um die Rechnung kümmert sich der Wirt, behalte deinen Dollar, und so steckte ich ihn für regnerische Tage einstweilen weg und bestellte einen Hamburger mit Speck und einen Erdbeer-Shake. Die Krankenschwestern bildeten wahre Trauben um mich herum. Ich war *Sache*, und wenn jemand ein Einrad hereingebracht hätte, wäre ich auch Einrad gefahren. Ich war so verdammt glücklich, daß mir alles wurscht war. Dylan lebt. Man darf ausflippen, wenn einem sowas passiert, einmal im Leben.

Aber so einfach war es natürlich nicht, denn er war echt kaputt. Nachts weinte er, und er hatte völlig die Sprache verloren. Er murmelte und stöhnte nur noch. Er hatte jede Menge Schrammen, vom gottverdammten Norman, und außerdem Blasen von der Gifteiche und Kratzer und Schnittwunden an den Beinen, weil er durchs Dickicht gekrochen war. Im *Chronicle* stand, er »befindet sich immer noch in einer Umklammerung nackter Angst«. Wer befände sich nicht, mit drei Jahren? Sie nannten ihn »ein blondes Kind, das das Lächeln verlernt hat«, und wer Dylans hysterisches Gelächter kennt, weiß, wo es längs geht. Er hatte früher nie Angst, aber nun waren seine Lippen versiegelt, und sie bebten.

Mit Antibiotika kriegten sie das Fieber runter. Er machte »zufriedenstellende Fortschritte«. Die Hospitalfritzen beschlossen, daß er schon nach Hause darf, wo ihm vertraute Objekte das Gefühl von Geborgenheit vermitteln, aber sie wollten nicht, daß er sieht, wo Norman ihn verschleppt hat, weil das üble Erinnerungen wachrufen könnte. Dylan versuchte, mich anzustrahlen, und mir tat das Herz weh, weil man merken konnte, was er durchgemacht hatte. Ich stellte mir vor, wie er durch den Regen in den Wäldern der Hügel um Oakland wanderte, verstört und angeschrammt, und der Blitz und der Donner, und er läßt alle Hoffnung fahren und bettet seinen dummen Kopf in den Schlamm, und seine Beine liegen im Bach, der vom Rekordregen geschwollen ist. Sie versuchten, ihn zum Gehen zu bewegen, die Ärzte, und er hoppelte ein paar Schritte und fing an zu stolpern, und sie haben ihn aufgesammelt und wieder ins Bett gesteckt.

Mr. Stivers, der Held, ließ sich schließlich dazu überreden, den 1000-Dollar-Scheck vom Zweiten Programm anzunehmen, aber er zweigte ein paar Dollar ab und kaufte Cowboystiefel für Dylan, sie paßten zwar, aber sie sahen ein bißchen dämlich aus. Eine Krankenschwester zog sie ihm an, aber er fing an zu plärren, woraufhin Dad sie wieder auszog und allen sagte, sie sollen verduften. Es war nicht irgendwie riskant, aber es war auch nicht -kay. Es drehte sich hauptsächlich darum, daß sich Dylan zu Hause besser erholen würde, und wir haben ihn mit nach Hause genommen, nachdem wir nochmal mit Blitzlichtern vor dem Krankenhausportal geknipst worden waren. Die Zeitungen und das Fernsehen wollten uns überhaupt nicht weglassen, weil wir ja nun berühmt waren.

Trotz aller Ruhe und Beschaulichkeit sprach Dylan immer noch nicht wieder. Nachts ging es, weil er voll durchpennte, aber es schien ihm schon vollauf zu genügen, wenn er sich die Sesamstraße morgens und nachmittags ankuckte, und ich unternahm wieder meine ausgedehnten Wanderungen zum Lake Merritt, nur daß ich jetzt hüpfte. Ich taumelte vor Glück. Ich meine, Dylan hatte Schwierigkeiten, keine Frage, aber man mußte auch den positiven Aspekt sehen – Scheiße: er lebte!

Und langsam kommen die Wörter zurück, z. B. »Ei« beim Frühstück, und »Apfelsaft«. Unsere Namen weiß er auch, einschließlich »Peggy«, die jetzt bei uns wohnt, und ich muß erneut gestehen, daß ich auf sie abdröhne. Wenn Dad mich fragt, wie ich es fände, wenn sie bei uns bleibt, würde ich JA sagen. Sie ist in Ordnung. Man kann mit ihr reden. Sie hat eine gute Ausstrahlung. Sie zeigt z. B. kein *falsches* Interesse, und sie macht keinen großen Wind und versucht nicht, mehr zu bringen als nötig, sie überrascht einen nur auf dem Flur mit ihrer Energie. Sie würde gern heiraten. Sie hat ein Auge auf Dad geworfen. Jederzeit -kay, wenn ihr mich fragt. Und inzwischen beobachten wir, wie Dylan sich erholt, zentimeterweise, Wort für Wort.

Seine Augen hatten diesen versteinerten Eiswürfel-Ausdruck, gleichzeitig ganz blau und wie aus Holz, kalt und weit weg, und er starrt einen nur an und murmelt etwas vor sich hin, was sich anhört wie »scheißdrauf«. Er könnte das bei Dad oder bei mir aufgeschnappt haben, denn so übermäßig gewählt drücken wir uns auch nicht aus, aber wir sagen es anders, also hat er es wahrscheinlich von Norman. Dylan schmeißt z. B. ein Spielzeugauto in den Kamin, dann dreht er sich um und sagt zu uns: »Pistole haben, bäng, bäng, bäng«, und das kann er natürlich nicht von uns gelernt haben, denn wir stehen überhaupt nicht auf Schußwaffen, ich hatte noch nicht mal eine Zündplättchenpistole. Aber Dylan zielt mit dem Finger ins Universum und sagt: »Bäng, bäng, bäng«, und dann versuchen wir, ihn irgendwie abzulenken.

Ich selbst sprach nicht mehr viel, ich hörte mir das alles an, und ich horchte noch auf andere Stimmen. Ich wachte mitten in der Nacht auf, weil ich hörte, wie jemand weinte, und manchmal war es Dylan, aber manchmal war er es nicht. Es war irgendwo ein einsamer alter Hund oder vielleicht auch nur mein Traum. Außerdem sah ich Sachen, Norman zum Beispiel. Als ich mal fernsah, bemerkte ich ein funkelndes grünes Auge, das mich von draußen beobachtete, und ich bin wie ein Irrer losgerannt, »Laßt mich jetzt nicht im Stich, liebe Beine«, wie Dad zu sagen pflegt, aber nichts war. Trotzdem könnte ich immer noch schwören, daß ich einen Grünen Bösen Blick aus Metall gesehen habe, der durch den Liguster plierte, und ein Flüstern habe ich im Wind gehört. Es sagte: »Komm heraus, komm heraus.« Ich habe sogar am hellichten Tage Norman gesehen, als ich in die Schule ging, und es handelte sich ganz einfach um Franz Fußgänger, niemand. Ich konnte mich im GEHEIMGANG in der Hecke verstecken und die blaue Hose vorbeigehen sehen und Hallu's kriegen, daß es Norman ist, aber es war dann nur der Blieftlägel, wie Dad den chinesischen Hippie-Briefträger nennt. Man kann sich über alles Sorgen machen, was nicht niet- und nagelfest ist. Ich höre, wie sich Monster anschleichen, und dann ist es nur der eigene Puls im Ohr. Und ich träume jetzt sogar noch häufiger von Mom, und ich stelle mir vor, wie sie mich in die Arme nimmt und fragt: »Jacky, bist du froh?« Und dann will ich nicht lügen, aber ich muß lügen, und dann wache ich auf.

Dylan hat recht: »Scheißdrauf.«

Ich versuchte, mich ein wenig für die Piedmont-Experimental-School zu erwärmen, aber nach allem, was ich durchgestanden hatte, kam mir die Schule noch öder vor als sowieso schon. Sogar die PEST war das Letzte, und keine Sorge, gleich kommt's, genau zum richtigen Zeitpunkt sagte Karen Morris, daß die Entführungssache ein erstklassiges Feature abgeben würde. Ich sagte, ich müsse M.U.M.-E.K.K. (mich um meinen eigenen Kram kümmern), und sie möge S.U.I.E.S.S. (sich um ihren eigenen Scheiß scheren), nur daß viele schwarze Kinder M.U.M.E.K.K. sagen, während außer mir noch niemand auf der ganzen Welt je S.U.I.E.S.S. gesagt hat. Man stelle sich das vor: S.U.I.E.S.S., ich bin ja so dumm, ich fasse es kaum, lieber Herr Jesus. Aber in der Schule konnte ich mich nicht an den alten Trott gewöhnen, sowieso die letzte Schote, jeder spielt sein Spielchen in der Mittagspause, *Auf Dem Klo Ein Joint*, *Und Der Tag Ist Dein Freund*, und *Hasch Mich, Ich Bin Der Miesling*. Kommen sich ungeheuer witzig vor. Die reinste Klapsmühle. Sogar die Lehrer törnen an, und da steht Donald vor der Wandtafel, die nicht schwarz ist, sondern grün, und stock-high ist er und versucht, Geometrie zu unterrichten. Wer braucht diesen Scheiß? Ich will etwas lernen, was ich später im Leben gebrauchen kann. Und schon gar nicht scharf bin ich auf Mitleid. Wenn ich z. B. nicht aufpasse und vor mich hindöse, weil niemand, der einigermaßen seine 5 Sinne beisammen hat, diesem Mist folgen kann. Sie wollen »das gesamte Kind« erziehen. Ich glaube, das liegt daran, daß Amerika im Arsch ist, und keiner glaubt mehr ans System, aber es wäre doch schön, wenn es jemanden gäbe, der mich trotzdem nicht verarscht. Ich hatte eine dieser abgestandenen Diskussionen mit Vincent, weil ich beschlossen hatte, Mr. Buccino zu ihm zu sagen, wo doch die Hausordnung vorschreibt, daß man die Lehrer mit ihrem Vornamen anredet, und er sagte, ich bin defensiv, dabei war ich gar nicht defensiv, ich war lediglich sauer. Er sagte, ich hätte Angst, mich gehenzulassen, und da saß ich dann, und alle kuckten. Vincent kam zu meinem Stuhl und umarmte mich vor lauter Mitleid, was ich schon gernhabe, und er sagte, nur zu, laß dich doch gehen, und ich sagte, gleich werde ich kotzen, und ich dachte, das schreckt ihn ab, aber er sagte, nur zu, und er bluffte mich nach Strich und Faden. Ich sagte: »Die Zukunft wird meine Unschuld beweisen«, und er lachte dreckig und überlegen und sagte: »Du meinst: die Zukunft wird deine Unschuld *er*weisen«, und daraufhin hatte ich nicht nur unrecht, sondern auch einen grammatikalischen Fehler gemacht. Er tätschelte mich und ließ mich zufrieden, weil Dylan entführt worden war, aber ich hatte Schmerzen, Mann, ich hatte Schmerzen. Ich kann euch nur raten, euch nicht im Kreis um mich herum aufzustellen und zu fragen, warum ich so komisch bin, weil ich mich nämlich der Aufzucht organischer Drogen widmen werde. Ich werde der erste Junge in unserer Wohngegend sein, der die Welt in die Luft sprengt. Ich verstehe einfach nicht, daß jemand wie ich, ein im Grunde großzügiger Mensch, so sehr hassen kann. Haß macht dich kleiner, aber trotzdem mache ich weiter. Ich bin Der Unglaubliche Schrumpfende Hasser. Ich werde über den Schreibtisch in Dads Grummelkontor turnen, die Lampe erklimmen, auf der Schreibmaschine von Taste zu Taste springen, ich werde einen heroischen Kampf mit einer Spinne ausfechten und schließlich in meinem eigenen Atom der Beschissenheit verschwinden. Gibt es Geschlechtskrankheiten nach dem Tode? Scheiße, ganz bestimmt, und drei Jahre nach meinem Hinscheiden wird mir die Nase abfallen, plopp, und in den Sarg poltern. Und unterdessen regnet es droben in der Welt der Lebendigen und schlägt sämtliche bisherigen Bay-Area-Rekorde. Ich glaube, man nennt das Selbstmitleid. Nu, jemand muß einen ja bemitleiden, und ich bin der Einzige, der zu diesem Zweck übriggeblieben ist. Jetzt muß ich mich allmählich zusammenreißen, bisher war ich nämlich noch nie geisteskrank.

Willkommen in unserem Verein. Die meisten Menschen sind deswegen nicht verrückt, weil sie nicht drüber nachdenken. Sie haben niemals das funkelnde Auge im Liguster erblickt, und sie haben nie erlebt, was es heißt, wenn sich die Nackenhaare sträuben, bis sich der gesamte Körper anfühlt wie heißes Wasser mit Muskat, was immer *Muskat* bedeuten mag, und man weiß nicht, wo man hin soll. Wenn sich die Welt wieder beruhigt hat, könnt ihr mich rufen, ich bin dabei. Ihr habt die Vorlage gebracht, ich habe sie zurückgekickt. Die Welt ist ping und ich bin pong. Wenn ihr richtig pingt, dann ponge ich nach bestem Wissen und Gewissen zurück, ich werde eurem Ping sogar die Ehre erweisen, es anzuzweifeln. Nur kommt dann nicht an und sagt, das ganze Problem ist mein Pong.

Und um der Sache noch einen würdigen Abschluß zu verleihen, und damit das Leben noch leichter wird, klingelte es an der Tür, und wir gingen hin, als wir gerade das Abendessen kochten, und wer war es? –: Oma und Opa Glickes.

Erinnerungen an meine Großeltern drehen sich um sie, und wie schön sie Klavier spielte. Ihm habe ich nie getraut. Immer, wenn wir sie in Hollywood besuchen, zeigt er mir die Fotos in der Diele, mit Filmstars, von denen ich mein Lebtag noch nichts gehört habe, und besonders das eine Foto mit dem Verräter, der ihn ans Komitee verpfiffen hat, und dann sagt er zu mir: »Weißt du, warum ich das Bild von diesem Verräter nicht entferne? –: Damit es mich an einiges erinnert, was man nicht vergeben und vergessen darf.« Es ist das letze Bild auf der Diele, wenn man zum Lokus geht, und ich habe Visionen, wie er seinen Morgenschiß machen will und weder vergißt noch vergibt. Plopp. Aber wer weiß darüber schon Genaueres, und ich beklage mich ja auch nur darüber, daß er sich ständig einmischt; Mom hat er seinerzeit regelmäßig nervös gemacht, und er spricht schlecht von meinem Dad. Ich weiß noch, wie er, entsetzliche Vorstellung, in Syracuse sagte, Dad habe »einen tödlichen Charakterfehler«. Und er nannte ihn »diesen Clown«, als wäre es eine Schande, der große Star-Clown beim Clyde Beatty zu sein. Aber sie lieben Dylan und mich, weil Mom ihr einziges Kind war, und deshalb sind wir ihre einzigen Enkel. Und die Nachricht von der Entführung muß sie die Wände hochgetrieben haben, und da sind sie eben gekommen. Oma ging sofort in die Küche, damit sie gleich weiß, was läuft, und die beiden kommentierten, das Haus sei wirklich sehr geräumig und so weiter, und einmal waren Dad und ich für einen Moment allein in der Diele, und Dad verdrehte die Augäpfel nach oben, wie er das manchmal macht, und ich dachte, na, das überstehen wir auch noch.

Unser Abendessen wurde anders als geplant, und Oma machte alles selbst, und Dad und Opa versuchten, jeder für sich Punkte zu gewinnen, und Oma machte oben mehrere Fehler mit Dylan, weil sie mit unseren Methoden noch nicht vertraut war, aber in halber Tiefe meines Herzens war ich froh, daß sie gekommen waren. Dylan schien sichtlich aufzublühen, weil man sich so um ihn kümmerte, und vielleicht war der Besuch eine gute Idee. Als er im Bett war, mußten sie noch unten miteinander reden, und ich dachte, es ist ihnen lieber, und sie können sich ungestört unterhalten, wenn ich mich verdrücke, was ich auch tat, und im Zentralschlafzimmer sah ich fern. Dad kam einmal rauf und sagte: »Alles klar, lieber Star?«

Ich versuchte, wie er mit den Augäpfeln zu rollen, und wir begeierten uns vor Lachen. Er sagte, er ruft noch Mrs. Sampson an und sagt ihr, daß sie heute nicht zu kommen braucht. Das tat er auch. Er verarbeitete Informationen in seinem Kopf, das konnte man sehen, und ich machte noch ein bißchen länger mit ihm herum als üblich, bevor er ins Studio fuhr. Das Ganze amüsierte ihn irgendwie.

Aber nachdem der nächste Tag sehr nett gewesen war; Opa und Oma und Dad und Dylan und ich fuhren nach Piedmont und machten einen Spaziergang um den See; als sich alles sehr hübsch anließ, fing Dad wieder an zu saufen, und in derselben Nacht war dann die Hölle los. Ich hatte es kommen sehen, weil er schon mittags anfing, und er hatte wirklich nicht mehr viel Kontrolle, und Opa und Oma *tauschten Blicke* beim Abendessen, und als Dad Dylan ins Bett gepackt hatte, setzte er sich mit hehrer Gebärde zu ihm aufs Bett, und das Bett brach zusammen. Hinten ging der Bettrahmen kaputt, die Leisten gaben nach, und dann krachte die ganze Matratze mit dem Sprungrahmen auf den Fußboden. Dad entfernte die Matratze und dann die Sprungfedern, und er nahm Uhu und hämmerte den Rahmen mit den Leisten zusammen und setzte alles wieder zusammen und sagte: »Nur noch eine winzige Justierung«, und er drückte zu stark, und die ganze Sache brach wieder zusammen.

Oma lachte.

Sie meinte das nicht irgendwie böse, sie fand es nur komisch, und das war es ja wohl auch, aber Dad sagte: »Verdammt noch mal, lach mich nicht aus, ich gebe mir schließlich alle Mühe.«

Da war Oma sauer, und sie bludderte vor sich hin, eine Art Selbstgespräch, sie macht das öfter, und Opa stand im Hintergrund, runzelte die Stirn und schüttelte den Kopf.

Dylan war sehr interessiert und ging dahin, wo Dad wie ein Affe schwitzte und den schweren Sprungrahmen im Gleichgewicht zu halten versuchte. Dad schrie ihn an: »Latsch' hier nicht rum!«, und Dylan schrak zurück und sah seine Omi an und sagte: »Daddy hat mir *Angst* demacht.« Dad vergoß noch mehr Schweiß und sagte zu Oma: »Nun halte ihn doch um Himmels willen mal fest; das ist ja wohl das mindeste«, und er schenkte ihr einen von den Blicken, die töten können, und Dylan sagte: »Daddy ganz böse«, und Oma sagte: »Er macht nur Spaß; das brauchst du nicht ernst zu nehmen«, und Dad sagte: »Ich mache *keinen* Spaß, und *ich* nehme es ernst«, wobei er unaufhörlich schwitzte, und schließlich brach das Bett zum 3. (in Worten: dritten) Mal zusammen, und Dad beschloß, die Matratze einfach zusammen mit dem Sprungrahmen auf den Fußboden zu klatschen und den Scheiß-Bettrahmen zu vergessen.

Er war eben nervös, weil er bei seiner Schwiegermutter und seinem Schwiegervater nicht aussehen wollte wie ein Idiot. Durch dies blöde Bett hatten sie den Eindruck, er sorgt nicht richtig für uns. Ich wußte genau, daß er das dachte.

Dylan sagte noch einmal: »Daddy böse auf mich, Daddy Angst demacht«, und Dad hatte ein schlechtes Gewissen, und er umarmte ihn und sagte: »Nein, Daddy ist böse auf das Bett.« Und daraufhin ergriff Opa, der seine Hilfe bisher noch nicht angeboten hatte, das Wort und machte seinen Kommentar: »Rede ihm doch keine Angst vor seinem eigenen Bett ein.« Dad schrie, genau neben Dylans Ohr: »Und *du* hältst die Schnauze!«, und Dylan fing wieder an zu weinen. Dad sagte: »Ich geh nach unten. Komm, Jacky.« Aber auf der Treppe hörten wir, wie Dylan zu Oma sagte: »Alles wieder gut, Daddy nach unten«, und das schaffte Dad erneut, und er mußte eine Minute lang auf der Treppe stehenbleiben.

Ich bin ein Feigling, ich verpißte mich einfach in den Keller und wanderte um den Pingpongtisch herum, und dann ging ich in den Monstergarten und hoffte, daß alles bald vorbei ist. Ich schlich mich wieder ins Haus, alles schien ruhig, und aus der Vase im Schrank holte ich mir einen Joint und ging wieder in den Keller und rauchte hastig, um meine Nerven zu beruhigen. Ich konnte es nicht fassen, daß Dad sich so gehenläßt.

Und dann hörte ich den Schrei, und ich trat meinen Joint auf dem ungepflasterten Teil des Fußbodens beim Ventilator aus und ging nach oben, und Dad hatte seinen Drink verschüttet und war aufgestanden, um ein Papiertuch zu holen, und er rutschte auf dem Schnaps aus und knallte rückwärts in den Kamin, in dem glücklicherweise gerade kein Feuer brannte, und dann lag er in der Asche und den schwarzen Holzscheiten auf dem komplett demolierten Kaminschirm. Er stand auf, und die Asche rieselte nur so an ihm herunter; sein grüner Pulli mit dem V-Ausschnitt war rußig, und er hatte seine orangefarbene Hose und hochhackige Stiefel an, und er glitschte schwankend herum und suchte Nachschub, fand auch welchen, weil er die Flasche schon mit reingebracht und aufs Klavier gestellt hatte.

Opa sagte: »Ich glaube, du hattest genug, John.«

Dad starrte ihn voll schierer Wut an und versuchte, seine

Augen auf die richtige Brennweite einzustellen, dann sah er mich, und er kam zu mir, aber ich wich wieder zurück. Er rief: »Jacky-Bär.«

Über die Schulter sagte ich: »Ich muß jetzt Schularbeiten machen.« Und während ich die Treppe hinunterging, stellte ich fest, daß ich ein bißchen stoned war, und fast wäre ich gestolpert, aber langsam gewöhnte sich die Welt an meine Sprinterfüße, und ich schaffte es. Ich überlegte, was ich sagen könnte, damit er den Weg ins Bett schafft und ein bißchen seine Würde behält und seinen Rausch ausschläft. Etwas später hörte ich die Dusche rauschen, und ich wußte, daß er sich die Kamin-Scheiße runterspült, und manchmal wirkt Duschen beruhigend auf ihn. Ich ging wieder nach oben, und Oma und Opa saßen wie aus Stein gehauen im Wohnzimmer. Ich unterdrückte einige Bemerkungen und setzte mich ebenfalls hin wie aus Stein gehauen. Und wir lauschten der Dusche über uns. Wenn Dad gut ist, ist er sehr, sehr gut, – aber wenn er schlecht ist, ist er wahrhaft beschissen.

Man erkannte also bereits die Flammenschrift auf dem Klistierbeutel, wie Dad zu sagen pflegte. Oma und Opa beschlossen, daß sie uns, Dylan und mich, für eine Woche mit nach Hollywood nehmen. Ich war nicht dabei, als das Abkommen getroffen wurde, aber irgendwie haben sie Dad überredet mitzumachen. Und er wußte selbst, daß er Ruhe brauchte und vielleicht noch nicht mal aufsteht, außer, wenn er ins Studio muß, und daß er mal richtig allein ist – vielleicht noch mit Peggy Edinger.

Dylan war aufgeregt. Er sagte: »Große Reise. Großes Flugzeug Himmel fahren, -kay?«

»-kay«, sagte Dad. Und dann sagte er zu mir: »Und wonach steht dir der Sinn?«

Ich sagte: »Nach dem, was für alle am besten ist.« Und dann sagte ich auch »-kay?« und versuchte, sarkastisch zu sein, aber er hat es nicht mitgekriegt und nickte. Oma und Opa sprachen es zwar nie aus, aber sie dachten es und ließen Dad merken, daß sie es dachten, – daß er ein Versager ist. Besonders Opa, der damit Erfahrung hat. Und so unrecht hatten sie nicht: Dylan sollte etwas Neues zu sehen bekommen und nicht im Rosa Hauer rumsitzen, wo ihn die Erinnerungen heimsuchen. Immer, wenn ich das Wort »Norman« aussprach – zweimal; einmal als Test und einmal aus Versehen –, schrumpfte Dylan zusammen. Vom guten alten Norman war, da wir gerade dabei sind, nichts zu sehen und zu hören. Er war wie vom Erdboden verschluckt. Ich frage mich oft, warum er kein Lösegeld verlangt hat, aber das war nicht sein Stil. Er muß sich ganz großartig vorgekommen sein, wie er mit seiner KILLER-BY-DAY-LOVER-BY-NIGHT-Jacke in einem billigen Motel sitzt, sich die Johnny Carson Show ansieht und in einen von Dylans Schuhen abspritzt. Er überlegt sich wahrscheinlich, was er getan hat, und findet, er hat uns einen gehörigen Schreck eingejagt und daß wir es uns zweimal überlegen werden, bevor wir wieder einen Hund vergiften, aber wenn der Förster nicht im richtigen Moment erschienen wäre, dann wäre Dylan jetzt tot, und sie würden Norman wegen Mord suchen und nicht wegen Entführung.

Er ist ein solcher Schwachkopf, daß er wahrscheinlich eines Tages zurückkommt und so tut, als wäre nichts geschehen, und dann poliert er wieder diesen alten orangefarbenen T-Bird. Ich hatte bereits einen Plan für den Fall, daß er es wieder auf Dylan abgesehen hat. Dann stehe ich breitbeinig da und sage: »Ha-*ha*, Norman, ich war's, ich habe Cheyenne vergiftet, schon die ganze Zeit, und ich haßte ihn, weil er mir ans Bein gepißt hat.« Dann stürzt er sich auf mich und vergißt Dylan, und ich wußte, daß ich schneller laufen kann als Norman mit seinem Stock, und wenn ich einen Block Vorsprung habe, schlage ich einen Haken, laufe durch Gärten und Hinterhöfe zurück, schnappe mir Dylan, der inzwischen bereits flennt, und dann rasen wir hinunter in den Safeway-Supermarkt. Ich spielte diesen Plan Schritt für Schritt mehrfach durch.

Aber nun fuhren Dylan und ich in einen kleinen Urlaub, Szenenwechsel, nach Hollywood, mit den Großeltern. Und Dad konnte sich ausruhen oder zu Tode saufen. Er fuhr uns alle zum Flughafen, und ich beobachtete sein Gesicht, und nachdem er den Wagen geparkt hatte, setzte er sich im Terminal auf einen modernen schwarzen Stuhl und fiel für eine Minute in Ohnmacht. Oma regte sich auf und fing an, nach einem Arzt zu rufen, aber Dad kam wieder zu sich. Es war die Anspannung. Und dann wurde unser Flug aufgerufen, und Dad umarmte seine Buben, und ich will nur hoffen, daß wir alle zusammen in Syracuse mit Mom beerdigt werden können, egal, wann wir sterben. Wahrscheinlich sterbe ich zuerst, ich glaube nämlich nicht, daß ich bis 21 durchhalte. Als nächster ist Dad dran, wegen zuviel Non-Stop-Kummer. Und dann geht Dylan aufs College, und dann zur Medizinischen Fakultät, und er kriegt jede Menge Stipendien und ist finanziell unabhängig, und dann wird er ein weltberühmter Herz-Spezialist und verpflanzt wie ein Besessener.

Dad stand hinter der Glaswand vom Terminal und winkte dem Flugzeug nach, aber ich glaube nicht, daß er uns wirklich sehen konnte; ich habe nämlich mal festgestellt, daß man das nicht kann. Man winkt praktisch sämtlichen Fenstern zu. Ich werde nie vergessen, wie er da stand, ein komplett einsamer und geschlagener Mann. Er wußte selbst, daß er nicht mehr richtig für uns sorgen konnte. Es war eine weise Entscheidung. Aber ich konnte mir vorstellen, wie er in das vereinsamte Haus zurückfährt und ganz allein das Taschenlampenspiel spielt, aber ganz langsam, und dann steht er im Dunkeln beim Pingpongtisch und stößt absichtlich mit dem Kopf gegen einen Pfosten, und dann sitzt er im Zwielicht auf meiner Bude, oder auf Dylans Bude, und starrt vor sich hin.

Oma legte ihre Hand auf mein Bein. Ich drehte mich nach ihr um. Ich saß am Fenster, sie saß in der Mitte, und Dylans Platz war leer, weil er im Gang herumforschte und sich Freunde und Feinde machte, und Opa saß in der Reihe hinter uns. Ich sagte: »Da wären wir.«

Sie betrachtete ihre Hand auf meinem Bein und dann die Rückenlehne ihres Vordermannes. Sie sagte: »Man muß es nehmen, wie es kommt, das Gute wie das Schlechte.«

Ich sah sie an, oben ihre blau-grauen Haare, und dann sah ich ihr in die traurigen Augen. Sie hatte auch Schwierigkeiten. Sie rief Dylan, daß er nicht zu weit wegläuft, und er kam zurückgespritzt wie ein Jojo. Er hatte tatsächlich schon wieder ganz schön Oberwasser, und vielleicht konnte er den ganzen Albtraum vergessen.

Es gefiel ihm, angeschnallt zu werden, und Opa kam nach vorne, um zu helfen, und dann setzten wir uns in Bewegung und folgten dem FOLLOW-ME-Auto, und ich kuckte, und da stand Dad und brachte sein ganz, ganz langsames Winken. Ich fühlte plötzlich, daß man mich gelinkt hatte und daß, bei aller Liebe, Opa und Oma nach Oakland gekommen waren, um etwas zu *kriegen,* uns, und jetzt hatten sie, was sie wollten, und vor Dad hatten sie schon immer Angst gehabt, und einmal haben sie ihm geraten, er soll zum Psychiater gehen, das machte ihn wütend, damals in Syracuse, also wollte ich meine Wahnidee in die Tat umsetzen und den Gang entlangrennen und schreien, Haltet Das Flugzeug Auf Haltet Das Flugzeug Auf, aber es hätte eh nicht geklappt. Dad war der einsamste Mensch der Welt. Und heute abend lief *Abbott und Costello treffen Frankenstein* in *Thriller,* und Dad beherrscht eine großartige Imitation von Lou Costello, wenn er Angst hat –: *»Ch-ch-chiiiiiick!«* Ich wußte das, weil ich im *TV Guide* nachgesehen hatte; ich wußte also, was er treibt und wo er ist, wenn ich in Hollywood ins Bett steige.

Wir hatten einmal Zwischenlandung in San José und einmal in Ontario, und dann waren wir mit unseren 4 kleinen Koffern in L. A., ein Koffer für jeden, und ich hatte mir die ganze Zeit Sorgen gemacht, daß diese dressierten Spürhunde die 28 Gramm Gras in meinem Koffer zwischen den Unterhosen finden. An jenem bewußten Nachmittag, bevor Oma und Opa kamen, hatte ich Piedmont meine Abschiedsvorstellung gegeben und das Zeug bei unserem freundlichen Schulhofdealer gekauft, und Dad hatte bereits in einem Head Shop in Berkeley organisches Zigarettenpapier aus Weizenstroh von der Firma Zig-Zag angesorgt. Das stimmte mich jetzt herzlich froh, denn Opa kann ich nicht überstehen, ohne ein wenig angeknallt zu sein.

Ihr Haus ist klein und innen dunkel, und Opa riecht nach dem Haus, oder das Haus riecht nach Opa. Wir traten ein und machten die Jalousien hoch, und Dylan bekam ein Glas Milch, weil er Durst hatte, und Oma hatte bereits arrangiert, wo wir schlafen, und daraufhin glaube ich wirklich, daß sie längst geplant hatten, uns zu kriegen, noch bevor sie gesehen hatten, wie Dad das Bett ruiniert und später in den Kamin knallt. Ich packte aus und lächelte bei dem Gedanken, was sie sich wohl dächten, wenn sie wüßten, daß ich 28 Gramm Original-Marie-Whanna im Koffer mit mir herumschleppe. Aber das Zimmer war mir vertraut, die gute alte Zeit, und es gab mir Selbstvertrauen, obwohl die Situation als solche ein böser Trip war. Ich faßte alles an und betrachtete alles und versuchte, mich an den ersten Sommer zu erinnern, als Mom und Dad und ich – Dylan gab es noch gar nicht – einen unserer guten alten

Besuche abstatteten. Ich überprüfte draußen die leere Garage, und als ich über die beiden geziegelten Fahrspuren ging, war ich wieder ein bißchen froh. Es war so vertraut, und die Luft roch so wie früher. Solche Sachen, wie die Luft riecht, Winzigkeiten, aber es hilft. Ich fand das Haus schon fast ganz schön, als ich die Bilder in der Verräter-Diele sah.

Nach dem Abendessen, welches aus Spaghetti, Salat und Pfefferminz-Eis bestand, saßen wir wie alte Leute auf der Veranda, langweilten uns dumm und dämlich und schaukelten in den Schaukelstühlen, und ich wollte mich antörnen, weil Oma und Opa dann sagen können, was sie wollen, und ich kümmer mich um meinen eigenen Törnkram. Also sprach ich: »Ich will nur eben nachsehen, ob ich auch alles ausgepackt habe«, und Oma sagte: »Du bist ein richtiger Organisator«, und ich nickte und trollte mich ins Haus und drehte mir einen, und dann sagte ich: »Ich glaube, ich vertrete mir noch ein wenig die Beine«, und dann sagte ich noch: »Ich bin nicht nur Organisator, ich bin auch Entdecker«, und sie war vollauf damit beschäftigt, sich auf Dylan zu konzentrieren, und hörte gar nicht hin, und so unternahm ich einen kleinen Spaziergang, ich *öffnete* mich, aber als ich zurückkam, war Dylan im Bett und in Sicherheit, und ich bekam plötzlich das Große Kif-Grausen und nahm an, Gott wolle mich von der Erde saugen, den Atem hat er dazu, also hielt ich mich am Schaukelstuhl fest und sagte, *Scheiß Doch Die Wand An, Lieber Gott;* jeden Kommunisten hätte das entzückt, obwohl ich es nur im Geiste sagte, und ich dachte an Dylan im Wald, wie er Schlamm frißt, während sich ein Gewitter abspielt, nur weiter so. Opa sagte zu mir: »Wollen wir eine Partie Schach spielen?«

Ich sagte: »Irre, Mann, irre.«

Er brachte das Schachbrett heraus und die Figuren und stellte das Ganze im Wohnzimmer auf. Er sagte: »Du kommst dir wohl besonders pfiffig vor, Jacky?«

Ich dachte nach. Dann sagte ich: »Irre, Mann, irre.«

Er sagte: *»Right-on.«*

Ha ha. Opa Glickes, der Unheimliche Rote Rächer, hängt im Wohnzimmer herum. Er stellte die Figuren auf.

Ich schätze es gar nicht, wie er mir Schach beibringt, denn wenn ich einen Zug mache, sagt er: »Nun sage mir mal, warum du das eben gemacht hast«, und schon weiß ich, daß ich gepfuscht habe. Er sagt, das Leben ist Krieg, und Schach ist das Leben *en miniature*. Der Andere hat immer noch einen Trick im Ärmel. Sei auf der Hut. Und ich wollte nur vor mich hin fließen und hatte keinen Bock auf Wettbewerb.

Mir war kalt. Er ließ mich in eine Idiotenfalle tappen, und dann mußte er mir zeigen, wie er es gemacht hatte, die Mergentheimer-Ossianowsky'sche Eröffnung mit dem Springer im Hinterfach, und ich sagte, den werd ich mir merken. Wie glücklich ihn das machte. Im Grunde will er Dad schachmatt setzen, aber der spielt nicht mit ihm.

Der Abend schleppte sich weiter, bergab, Gang raus, kein Benzin, und Oma war nervös und dachte immer wieder, sie hätte gehört, daß Dylan sich bewegt, und sie sprachen ein wenig über McGovern und die Sozialversicherung, und Opa redete in eine Echokammer hinein, zumindest erschien es mir so in meinem geistesgestörten Drogenkultur-Stadium, mir, dem Verlierer der Mergentheimer-Ossianowsky'schen Eröffnung. Oma merkte, daß es nicht zum besten stand, und so versuchte sie, mich damit zu beruhigen, daß sie mir alle Fotos im Hochzeitsalbum zeigte, und sie fragte, ob ich noch weiß, wie wir es uns das letzte Mal angesehen haben. Daraufhin mußte ich an Mom denken, und sie merkte das, und sie steckte ihr Album sofort wieder weg, weil sie wußte, daß sie einen Fehler gemacht hatte, und dann wollte sie noch ein paar Worte sagen und mit mir über Mom reden, ganz deutlich, aber sie nahm die Brille aber und rieb sich die Augen.

Aus heiterem Himmel sagte Opa: »Er hat nie gewußt, was er eigentlich vom Leben will.«

Damit meinte er natürlich Dad, und warum mußte Opa das vor sich hin murmeln? Selbst wenn Dad mit dem Arsch in den Kamin gefallen ist und einen beschissenen Eindruck gemacht hat. Ich stand auf und sagte: »Ich werde nicht hierbleiben, wenn ihr so über meinen Dad sprecht.«

Opa sperrte die Augen auf wie eine Eule, als könne man ihm keinen Vorwurf machen.

Ich sagte: »Das mache ich nicht mit.« Ich war ganz heiße Ware. Ich empfahl ihm, sich seine weiße Königin den After hinaufzuschieben, oder jede andere Schachfigur eigener Wahl. Dann floh ich und knallte gegen die Wand von der Diele.

Hier bedient Sie der Robuste Robert.

Opa sagte: »Wollen doch nicht so sein.«

Ich sagte, ich muß kacken. Ich ging auf den Lokus, wobei ich den Verrätern an der Wand zunickte, und drehte mir noch einen Joint. Als ich wieder herauskam, geschah etwas Gespenstisches, ich traf nämlich Opa, aber was weiß er schon, also versteckte ich mein Kraut und unternahm einen meiner inzwischen so berühmt gewordenen Spaziergänge, um mich zu erfrischen, ich rauchte und versteckte den Stummel in der hohlen Hand, und ich sagte »Wie läuft's« zu einem dicken Neger, der mit einer Hand seinen Rasen sprengte und mit der anderen eine Dose Coor's-Bier soff. Ich dachte, wenn ich zurückkomme, haben sie meinen Vorrat gefunden und ertappen mich in flagranti mit dem corpus delicti, und dann verschwinde ich einfach, indem ich den weißen Mittelstreifen entlang auf den Händen gehe. Unter der Straßenlaterne lachte ich, ich roch die alte Luft und gab mich Kindheitserinnerungen hin.

Ich schaffte es bis ins Bett ohne weitere Depri's; eine einzige kleine Lampe habe ich in der Dunkelheit runtergeschmissen. Die Zimmer sind zu klein und voller Geröll. Während ich mich ins Scheiß-Traumland verzog, dachte ich an Opa, wie er nach Suppe Schlange steht, die ganze Depressions-Chose, und ich sah, wie Männer mit Regenmänteln Schlange stehen, und sie stampfen mit den Füßen, damit sie warme Füße haben. Dann hatte ich einen Visions-Traum, daß ich mit Norman Schach spiele, der wahrscheinlich noch nie von Ähnlichem gehört hat. Aber dann wachte ich gegen 2 Uhr auf, schweißnaß, besonders um den Kragen von meinem T-Shirt herum, und ich begab mich in die Küche, um ein Glas Milch zu trinken, und wer stand da bereits? –: Opa Glickes, genau wie Dad im Rosa Hauer. Und Opa trank auch ein Glas Milch. Er gehört ebenfalls zu jenem namenlosen Heer schlafloser Erwachsener, von Kindern wollen wir gar nicht erst reden. Er war wahrscheinlich mal ein ganz guter Typ, bis ihm der Himmel auf seinen Kommunistenkopf fiel. Er stand auf, stutzte, und besorgte mir auch ein Glas Milch.

Er sagte: »Du liebst deinen Vater?«

Es war so dunkel um das Küchenlicht herum, aus allen Fenstern strömte Dunkelheit herein. Ich sagte: »In meinem Poesiealbum ist er die Nummer Eins.«

Es war nicht zu fassen, aber Großvater Glickes, der Dad nicht ausstehen kann, sagte: »Das freut mich zu hören.«

Ich hielt mich an meinem Glas fest. Welche Überwindung. Ich glaube, Opa glaubt an *die Familie*.

Er starrte seine Milch an.

Wir waren beide ein bißchen verlegen.

Er spülte unsere Gläser aus.

Auf der Diele hörte ich, daß er etwas sagte, weil er dachte, ich stehe immer noch kurz vor der Küche, aber es war so traurig, und es gibt immer noch Sachen, die ich lieber überhöre.

Ich lag in meinem Bett, und warm war die Nacht von

Hollywood im Haus, und ich zählte von 10 000 rückwärts. Ich fragte mich, was wohl aus allen wird. Ich hätte noch einen Joint geraucht, aber dann schlief ich ein, obwohl ich dagegen ankämpfte, Mann, einfach so, in Gemeinschaftskunde durchgefallen.

Am nächsten Abend wollte Dylan das Taschenlampenspiel spielen, aber sie hatten nur eine einzige Taschenlampe, und bei der waren die Batterien alle, und außerdem kann man das Taschenlampenspiel nicht ohne den guten alten Hauptdarsteller spielen, nämlich Big Daddy Persönlich. So saßen wir nun in Hollywood und hatten nichts zu tun, außer Murmeln für Oma und Dylan und Scheiß-Schach für mich und Opa. Dylan ging schließlich um halbneun ins Bett, und gegen 9 ging ich pinkeln, und da hörte ich etwas, und ich ging in Dylans Zimmer, und da stand er am Fenster, und als er mich sah, sagte er: »Ich glaub, ich geh jetzt ins Bett«, ungeheuer beiläufig. Da mußte ich lächeln. Und die Großeltern mußten auch lächeln, als ich es ihnen erzählte. Sowas von abgebrüht: als man ihn erwischt, sagt er: »Ich glaub, ich geh jetzt ins Bett.« Das war der beste Spruch, den er an dem Tag gebracht hat.

Ich hatte im Laufe des Tages eine interessante Bekanntschaft geschlossen, ein Mädchen namens Micki; sie mähte gegenüber den Rasen; sie ist 17 und sieht aus, als wäre sie beim Rollschuhderby rausgeschmissen worden. Sie zeigte mir ihre Garage, als wir den Rasenmäher ölten, und sie bot mir eine Zigarette an, und ich sagte, ich würde lieber etwas anderes rauchen, und sie sagte, das würde sie beim Geier auch gern, und ich zog mir einen aus der Hemdtasche hervor und sagte: »A-ha!« Sie sagte, es ist guter Stoff, und das war auch der Fall, und wir unterhielten uns darüber, woher ich komme, und sie ging ins Haus und holte Schokoladenplätzchen mit Mandeln von der Firma Hershey, von denen sie meiner Ansicht nach schon genug verdrückt hat, wenn man ihre Pickel sieht, und dann setzten wir uns auf die gelben Stühle in die Sonne und gaben uns ganz dem Zauber Hollywoods hin. Sie ging auf die Abendschule, und das gab ihr überhaupt nichts. Sie wollte private Krankenpflegerin werden, weil da das große Geld drin ist; wenn man die Leute pflegt, und sie sterben, hinterlassen sie einem einen schönen Batzen. Ihre Schwester, schwanger, geschieden, schlief im Haus und schrie manchmal im Schlaf, weil sie Albträume hatte. Micki roch vom Rasenmähen nach Schweiß und konnte Bienen mit ihren bloßen Händen umbringen – patsch! – auf den rostigen weißen runden Tisch – patsch! – wie nichts.

Nachdem Oma Dylan ins Bett gebracht hatte, fragte sie sich, was sie mit mir anfangen soll und setzte mich neben sich aufs Sofa, während Opa in seinem Gewölbe irgendein Buch abtippte, und sie versuchte, mir von Mom zu erzählen. Ich habe immer schon mit Oma sympathisiert, aber sie zeigte mir ein paar alte Fotos von vor 30 Jahren, und ich wurde zappelig und nervös. Sie meinte es ja gut, aber in meinem Kopf geisterte wieder die alte Kombination herum, während ich nickte. Ich bat sie, Klavier zu spielen. Sie spielte, und dann fiel uns sogar die vierhändige Kadenz wieder ein, die wir früher immer gespielt hatten, und es perlte mir nur so aus den Fingern, wenn auch noch ein bißchen verrostet. Ich habe ihr natürlich nicht gebeichtet, daß ich heimlich geübt habe, wenn ich im Rosa Hauer allein war. Also war ich im Grunde gar kein »Goldschtick«, jedenfalls nicht in ihrem Sinne. Opa kam auf eine kleine Verschnaufpause heraus, und wir spielten ihm unsere Kadenz vor, und es bereitete ihm ein gewisses Vergnügen. Es war schon immer eine musikalische Familie gewesen. Ich verlor sogar den Kopf und wollte sie beeindrucken. Ich erzählte mehrere Witze, und Oma lachte, und er lachte, und sie sagte: »Verrückter Bengel!« Ganz freundliche Szene.

Und dann war ich wieder im Bett, nachdem ich den

Rauch von meinem Joint aus dem Fenster geblasen hatte, und ich drückte die Kippe aus, und als ich auf den Lokus ging, um die Kippe loszuwerden, hörte ich, wie sie im Schlafzimmer fernsahen. Ich dachte an Mom und daran, wie sauer Dad reagiert, wenn man ihm sagt, er soll zum Psychiater gehen, und ich überlegte mir, was ich mit dem mir noch verbliebenen verpfuschten Leben anfangen soll, und dann tat ich so, als wäre ich pechschwarz, und ich sprach in die Dunkelheit: »Du hast die Wahl, Bruder. Entweder du läßt dich ins *Knie* ficken, oder du bringst es«, wer hat Angst vorm Schwarzen Mann; das mache ich immer. Ich weiß auch nicht warum. Aber ich beschloß, allein nach Europa zu fahren, im Sommer, wenn ich sechzehn bin. Die Erfahrung wird mir guttun.

In der Nacht hatte ich einen Traum, in dem dieses schwarze Mädchen aus unserer Straße in Oakland vorkam, Sondra, und Sondra hatte einen Pulli mit der Aufschrift IMMER KOMMEN LASSEN, und wie sie vor den Jugendrichter geführt wurde, weil sie beim Billigheimer und im Supermarkt geklaut hatte, und wahrscheinlich hatte sie ganze Einkaufszentren überfallen. Sondra hat es, denke ich, wahrscheinlich fast immer schön sämig kommen lassen. Und dann wachte ich auf und fragte mich, warum ich ausgerechnet von Sondra geträumt hatte, und ich setzte mich im Mondschein zurecht, und Mrs. Mitchell fiel mir ein, Dexters Großmutter, wie sie ihren Letzten Bösen Trip hatte und der East-Bay-Mud-Typ versuchte es bei ihr mit Mund zu Mund, aber vergebens, und ich stellte mir vor, daß Dad im Rosa Hauer sterben und vergammeln konnte, am eigenen Blut erstickt, im Bett, oder auf dem Rücken, oder mit einer Gehirnerschütterung im Kamin, und das wochenlang. Wer hätte das denn schon gewußt? Mr. Festinger? Und ich konnte Opa und Oma nicht im Stich lassen, aber ich hatte plötzlich panische Angst, ich konnte beinah Dads Stimme

Ich blendete mich meinerseits aus, und er konnte nochmal Tschüs zu Oma sagen, und ich nahm Dylan mit in sein Zimmer. Ich sagte ihm, es tut mir leid und schenkte ihm 67 Spielzeugautos – na gut: 5 –, und dann saß ich auf meinem Bett und dachte nach, wie ich es schaffe.

hören, wie er nach mir ruft, und Moms Stimme kam noch dazu; man weiß nie, was einem in der Nacht passiert, wenn die übrige Welt schläft.

Das verstärkte sich noch am nächsten Morgen, Sonntag, als Dad tatsächlich nach mir rief, diesmal telefonisch, gegen neun. Komisch: Dylan wollte nicht mit ihm sprechen, und ich sagte: »Komm, sag hallo zu Daddy«, und Dylan weigerte sich aus irgendeinem seiner dämlichen Gründe. Ich schleppte ihn ins großelterliche Badezimmer, und ich sagte: »Jetzt sprichst du mit Dad, oder ich verdresche dich, daß es dir zwischen den Rippen rauskommt.« Ich quetschte ihm die Arme so lange, daß sicher verräterische Spuren entstanden, als wäre ich Norman, komplette Grausamkeit, aber obwohl ich es bereute, wußte ich, daß ich Dylan dazu bringen *mußte*, mit Dad zu reden; Dad wäre nicht mehr geworden, wenn er Dylans Stimme nicht gehört hätte, also schoß Dylan aus dem Badezimmer, griff sich den Hörer und rief: »HALLO, DADDY«, und er hatte die neuen Klamotten an, die ihm Oma besorgt hatte, und dann ließ er den Hörer auf den Fußboden fallen und rannte weinend zu ihr; ich glaube aber nicht, daß Dad das gehört hat.

Bestimmt nicht; er sagte nämlich, daß drüben alles okay ist, und im Studio hat er jede Menge Arbeit und Probleme. Ich sagte, was für Problme? Und er sagte, och nichts, das Übliche. Aber seine Stimme klang nicht ganz überzeugend. Es war irgendwas Besonderes los. Ich sah Opa Glickes an, der sich am anderen Ende des Zimmers hingehauen hatte und auf dem Schaukelstuhl seine bekannte Nummer abzog: Schuhu, ich bin die kommunistische Eule. Und Dad sagte mit so einer Art Sendeschluß-Stimme zu mir: »Denk an mich, wenn du auf den Händen gehst.«

Das war hart. Aus irgendeinem Grunde war das wirklich hart, und es bestärkte mich in meinem Entschluß. Ich wußte, wo ich *hin*gehöre. Zu Dad. Keine weiteren Fragen.

Und so habe ich es gemacht: zuerst das Geld, 2 Zwanzigdollarscheine aus Omas Brieftasche, und ich hoffte, daß sie es nicht gleich merkt, sie hatte über hundert davon, sie ist der Finanzmensch. Dann bat ich darum, auf meiner Teilnahme beim Parkspaziergang nicht bestehen zu wollen, und ich sagte, ich fühle mich abgespannt, und ein wenig Temperatur hätte ich wohl auch, und ich will ein Aspirin nehmen und mich hinlegen. Opa, Oma und Dylan gingen los, und Jack-der-Bär war allein in dem kleinen Haus in Hollywood und starrte den Verräter auf dem gerahmten Foto in der Diele an. Ich blieb ganz gelassen. Meine Stimme ist am Telefon schon oft für eine Frauenstimme gehalten worden, das hat mich immer maßlos geärgert, aber diesmal war es von Vorteil. Ich sah im Branchenfernsprechbuch unter Air California nach, damit sind wir nämlich hergekommen, ich legte mir meine Rede sorgfältig zurecht, und dann wählte ich. Sie sagten, können Sie bitte einen Augenblick warten. Ich sagte, aber klar doch. Dann versuchte ich einen deutschen New Yorker Akzent und brüllte Phantasiezeug zusammen, Harald, in der Küche kocht das Wasser in der Mitte. Ich sagte: Haben Sie heute einen Flug nach Oakland, es behandelt sich um meinen 12 Jahre alten Sohn, Sie haben Raum für ihn, bitte? Die dumme Kuh sagte, ich laß das mal durch unsren Computer laufen. Ich sagte, beschleunigen Sie sich bitte, es ist furchtmäßig dringlich. Dann sagte sie ja, und ich sagte, ho-kay, wir werden 30 Minuten zu früh am Aeroport sein, das ist doch in der Regel, ja? Sie haben dem Namen korrekt, nein?

Wie ich bereits erwähnte, habe ich eine stolze Latte von Leuten, denen im am Telefon einen Bären aufgebunden habe, z. B. habe ich Diebstähle gemeldet und Einbrecher angezeigt; Dad hat mir nicht nur Salto rückwärts beigebracht. Ich habe das schon in Syracuse betrieben, da war ich Struwwelpeter, der Kraut-Typ mit dem blonden Afro, der jeden erreichbaren Schabernack anstellte. „Seien Sie vielmaligst bedankt", sagte ich zu der Flugkartenfrau, „wir werden erscheinen." Es machte mir echt Spaß, aber dann wurde die Flugkartenfrau so merkwürdig still und sagte: »Könnten Sie den Namen bitte nochmal buchstabieren?« Ich hörte mir das an und kriegte Schiß. Ich mußte mich entscheiden, und da habe ich ganz schnell aufgelegt.

Dadurch kam ich auf Micki. Ich ging über die Straße, und sie war auch da und sah sich ganz allein im Fernsehen Profi-Football an, und sie sagte Tach komm doch rein, und ich sagte, hör zu, ich hab da ein Problem und du kannst mir helfen. Sie sagte klaro. Ich sagte, ich geb dir den Rest von meiner Unze, wenn du mitmachst. Micki sagte, was läuft denn? Ich verbreitete mich in aller epischen Breite, wie sehr ich mich nach meinem Dad sehne, aber nun sitze ich hier bei meinen Großeltern, und ich will ja nur nach Oakland und meinen Alten wiedersehen, und das Geld habe ich, und sie soll die Reservierung vornehmen und so tun, als wenn sie meine Mutti ist. Micki fand das ganz *groovy*, sie fand es sogar einen guten Plan. Wir gingen nochmal alles durch, und ich sagte ihr, was sie sagen soll, und dann rief sie an. Es entstand ein brenzliger Moment, als sie eine Telefonnummer in Hollywood angeben sollte, und sie hielt die Hand vor die Sprechmuschel und fragte mich, und ich sagte, erfinde eine, das tat sie dann auch, und dann legte sie auf und sagte: »Geritzt.« Ich sagte, na bravo, und ich hole ihr gleich das Gras. Sie sagte, vergiß es doch. Ich sagte: »Nein, ich möchte, daß du das Gras kriegst«, weil ich mir dachte, daß sie mich dann nicht verpfeift, wenn sie es sich anders überlegt hat. Ich rannte also rüber und brachte es ihr. Sie steckte es hinter die Großen Romane der Weltliteratur und sagte: »Bis dann. Auf der Kinoleinwand werde ich dich wiedersehen.«

Ich sagte: »Was?«

Sie sagte: »Paß auf dich auf.«

Ich sagte: »Du hältst doch das Maul, -kay?«

Sie war ein bißchen sauer. Sie sagte: »Ich bin auch ein paarmal durchgebrannt.«

Das beruhigte mein Gewissen, ich verduftete wieder und ließ sie mit den Jets gegen die Patriots allein. Keine Angst, Dad, ich komm ja schon. Die Stirn der Erde zugewandt / Komm sturz-fidel ich angerannt. Weitermachen, Dad, die Kavallerie ist bereits unterwegs.

Ich entschloß mich für die Yellow-Cab-Taxen, weil ich schon viele von ihnen gesehen hatte, und sie schienen mir ganz nett zu sein. Ich raste zur nächsten Ecke und prägte mir die Hausnummer von einem Haus halbwegs den Block runter ein. Dann rief ich an und sagte, schicken Sie sofort einen Wagen vorbei, und dann schmiß ich meine Klamotten in den Schottenkoffer, an dem immer noch ein Zettel mit meinem Namen und unserer alten Adresse in Syracuse hängt, und dann setzte ich mich in aller Ruhe an Opas Schreibtisch. Ich nahm mir einen langen grünen Bleistift und schrieb sehr sorgfältig auf seinen gelben Notizblock:

Lieber Opa, liebe Oma!

Geratet nicht in Panik. Es geht mir gut. Ich rufe Euch heute abend noch an. Ich liebe Euch alle beide.

Euer Enkel
Jack

P.S. Das fehlende Geld ist meine Schuld und wird selbstverständlich zurückerstattet.

Dann verschwand ich aus diesem Haus, das hätte echt noch gefehlt, daß sie jetzt von ihrem Spaziergang zurückkommen, und der kalte Schweiß brach mir aus, denn als ich um die Ecke bog, war die Yellow Cab längst da, und der Fahrer war sauer und hatte die Tür offen und forschte auf dem Bürgersteig nach Fahrgästen. Ich mußte ihm zuerst mein Geld zeigen. Auf dem ganzen Weg zum Flugplatz versuchte ich, mir etwas auszudenken, und brachte schließlich ein »schönes Wetter heute« zustande, aber er starrte auf die Straße, wahrscheinlich haßte er langhaarige minderjährige Klugscheißer, und wenn er gewußt hätte, daß ich ein Ausreißer bin, wäre er zur nächsten Polizeiwache gefahren und hätte gesagt: »Endstation, Kumpel. Aussteigen.« Während der ganzen Fahrt hatte ich Angst, daß er das macht.

Ich gab ihm einen ganzen Dollar Trinkgeld, damit er keinen Verdacht schöpft, und dann stand ich im Herzen AmeriKKKas, mit K, auf dem Los Angeles International Airport, und ich keuchte und war im Eimer, und ich wußte, daß sie mich früher oder später fassen werden, alles war so auffällig. Aber ich kann hart sein, wenn es sein muß, also hob ich meinen Schottenkoffer auf und marschierte tapfer zur Abfertigung von Air California – ich hatte dem Fahrer gesagt, er soll mich zu United Airways fahren, falls wir verfolgt würden, oder wenn sie später nachforschen. Ich hatte an alles gedacht.

Und dann saß ich in der Abflughalle. Mein Plan war folgender: Ich wollte 10 Minuten vor dem Start zum Schalter laufen und sagen, Mammi findet keinen Parkplatz, »und geben Sie mir doch bitte schnell mein Ticket, hier ist das Geld, mein Name steht auf der Liste.« Ich würde sagen, daß mich mein Vater in Oakland auf dem Flugplatz abholt.

Und ich hab's geschafft, ich bin mit der gesamten Schote

durchgekommen, alles bar bezahlt, ein schön unschuldig-verängstigtes Gesicht gemacht und mit dem Zeigefinger auf den Parkplatz gedeutet, und mein Koffer ist doch so winzig, den brauch ich doch nicht aufzugeben, okay? und der mexikanische Typ in der blauen Uniform sagte okay, Gate 14, und ich sagte noch: »Sagen Sie meiner Mutti, daß ich am Tor auf sie warte, -kay?« und er sagte, aber immer. Ich hatte es bedeutend eilig, aber ich blieb stehen, weil sich ein kleiner Junge, der aussah wie Dylan, auf dem Fußgänger-Förderband verirrt hatte und nun langsam ausflippte, und seine Mutter kriegte Zustände, als sie ihn fand, weil sie sich auf dem entgegengesetzten Förderband befand, und sie sagte: »Warte, – Baby!«, und so spielten wir eine Minute lang Dick & Doof, und sie sagte zu mir: »Danke«, und ich sagte: »Keine Ursache«, und ich schwang mich wieder auf mein Förderband, und es war das falsche, und dann war es das richtige, und mein letztes Hindernis war der Metall-Detektor, mit dem man Flugzeugentführungen verhindert, eine Prüfung, die ich mit fliegenden Fahnen bestand, und dann saß ich auf meinem Platz, herzig, herzig, von allen Stewardessen bewundert (die blasen dir bestimmt einen, bevor du auch nur die Mütze fallen läßt), und der Tower meldete, wir seien startbereit, und der Captain entschuldigte sich für die kleine Verspätung, und dann waren wir den Lüften verschworen.

Dieser Junge ist reif für die Pfadfinder. Oder die Militärakademie, damit er wieder zu sich kommt und damit ihm die Hammelbeine langgezogen werden. Dann werde ich versuchen, wieder ein richtiger Mensch zu sein; sie hetzen mich im Dauerlauf um den Sportplatz, mit einem 500 Pfund schweren Ranzen auf dem Buckel, oh oh oh, dort oben im Himmel wollte ich mir einen runterholen, so stolz war ich darauf, wie ich alle Leute in Schwierigkeiten bringe. Neben mir saß ein Vietnam-Veteran auf dem Weg nach

Hause; er trank Scotch und verschüttete seinen ersten Drink und sagte, sich an den Himmel wendend: »Scheiße, kuck dir das an.« Seine Hände zitterten noch heftiger als meine. Und meine zitterten so heftig, daß ich, um mir einen abzuwichsen, lediglich hätte festhalten müssen. Auf jeden Fall hieß er schon mal Vic, er war so um die 20 oder 21 herum, und auf meinen Wunsch bestellte er eine Bloody Mary und schob sie mir für ein paar Schluck verstohlen rüber, und wenn ich nicht mein ganzes Gras an Micki verschenkt hätte, hätte ich ihm wahrscheinlich etwas abgegeben, er brauchte nämlich welches. Er sagte, er kann mich mitnehmen, er hatte einen *Valcar*-Mietwagen bestellt, und der Lake Merritt lag so einigermaßen auf der Strecke zu seinem Elternhaus in Walnut Creek, und ich sagte, großartig. Vic sagte sofort: »Dein Alter holt dich nicht ab.« Ich erstarrte, aber er grinste, und er ist ziemlich robust und hat sehr rauhbauzige Stoppeln um Kinn und Mund zu stehen. Wahrscheinlich rasiert er sich in einer Chevron-Tankstelle, bevor er seinen großen Auftritt bei der Sippe hat; solche Dinger trieben an meinem geistigen Auge vorbei. Ich weiß, daß Bullen und Soldaten Schweine sind, aber mir gegenüber waren sie immer völlig korrekt. Vic ist einer von vielen. Ich stand vor der rotierenden Gepäckausgabe herum, ich hatte seine Gepäckscheine, und ich kümmerte mich um seine Koffer, während er überprüfte, wie die Dinge bei *Valcar* standen. Sein Duffelbag wog eine gute Tonne, heben konnte ich das Ding nicht, und so mußte ich warten und derweil eine rein überwachende Funktion ausüben. Dann fuhren wir in einem speckigen *Vega*, den er haßte und verfluchte, die Stadtautobahn entlang, und bei unserer Ausfahrt sagte er, er fährt mich noch bis vor die Tür, aber als wir der Sache näher kamen, sagte ich: »Laß mich hier schon raus; ich will den Alten überraschen.«

Vic kaute Kaugummi: »Sei bloß vorsichtig, mein Alter.«

Dann winkte ich, und weg war er, er töffte in seinem *Vega* davon, und wenn ich ihn je wiedersehe, und ich werde ihn nie wiedersehen, dann werde ich sagen: »Na, mein Alter?« Er hat sich wahrscheinlich daran erinnert, wie er in meinem Alter Fußball mit fliegendem Torwart gespielt hat, und jetzt will er Gärtner für die Innenbehörde werden, und wenn ihr mich fragt, steht er sich die Beine in den Bauch, bevor sie ihn nehmen, falls sie ihn nehmen. Ich kann nur hoffen, daß dieses Mädchen auf ihn wartet, das ihm die ganzen Briefe geschrieben hat, versprochen ist versprochen. Ich wage das wie immer anzuzweifeln. Langsam glaube ich, daß ich übernatürliche Kräfte besitze; ich weiß nämlich immer vorher, wenn die Leute ins Knie gefickt werden und ihre Hoffnungen im Abfluß enden; Anruf genügt; Was ist denn so schon groß dabei / Wir machen Ihren Abfluß frei.

So stand ich mit meinem einsamen kleinen Schottenkoffer an der Ecke, die Sonne schien, und es war kälter als in Hollywood, und dann war der Rosa Hauer abgeschlossen. Ich erkundete und popelte fünfzehn Minuten lang, und dann schwang ich mich akrobatisch aufs Dach, um ein Schlupfloch zu finden, aber es gab keins. Erst als ich über die Garagentür kletterte, also das Tor, das direkt vor der Haustür ist, egal, Stuckdekoration, entdeckte ich, daß die Tür von der Garage zur Küche offen war, was wahrscheinlich schon seit Jahrzehnten der Fall ist. Ich nahm meinen Schottenkoffer und trat ein und setzte mich hin. Dad war nicht tot, und er vergammelte auch nicht in irgendeinem Winkel, es war lediglich herzlich unordentlich, Zeitungen, Klamotten, volle Aschenbecher. Ich habe nicht aufgeräumt; *deswegen* bin ich nicht zurückgekommen, und bald wurde es mir langweilig, sein Gras war alle, und zum Saufen gab es nur Weißwein, und darauf hab ich noch nie gekonnt, und wenn ich aus dem Fenster sah, erblickte ich Dexter und

Edward, die sich mit diesem altersschwachen blauen Fahrrad vergnügten, und dann sah ich Crazy Normans orangefarbenen '59er T-Bird, unberührt und strahlend, immer noch am selben Platz, wie ein prähistorischer Dinosaurier, und dann zog ich mir in jedem Zimmer je ein Kleidungsstück aus, Kilroy Was Here, und schließlich stand ich, nur mit der Unterhose bekleidet, in Dads Grummelkontor.

Ich zog die Unterhose aus und hängte sie im Rahmen einer schlichten Feier nebenan aufs Pingpongnetz, und es klingelte, wahrscheinlich irgendein Balg, das ein Zeitungsabonnement verscheuern will, und ich verbarg mich im Zwielicht des Wintergartens, und dann holte ich mein kleines rotes Buch heraus und wählte die Nummer von Opa Glickes in L. A., und er ging sofort dran, und ich sagte: »Tach. Es geht mir gut«, wobei ich auf dem baren Arsch saß.

Er sagte: »Jacky, bist du das? Wir haben uns solche Sorgen gemacht.«

Ich sagte: »Ich mir auch.« Ich kann sehr sarkastisch sein, wenn ich nackt bin und mir den Arsch abfriere.

»Jacky, wo bist du?« Nebenbei gab er Oma Zeichen, habe ich doch gemerkt, und dann kam ganz eilig ihre Stimme: »Jacky? Jacky Liebling?«

Es tat mir in der Seele weh, weil ich wußte, welche Sorgen ich ihnen gemacht hatte. Ich sagte: »*Hi*, es geht mir gut.«

»Aber wo bist du, Liebling?«

»Es geht mir gut; ich mache nur einen Ausflug, -kay?«

»Aber dein Koffer ist weg, Jacky, und deine ganzen Sachen.«

»Hör zu. Es geht mir *gut*.«

»Jacky, wir müssen aber doch wissen . . .«

Und ich rammte den Hörer auf die Gabel; könnte euch so passen.

Da war ich nun im Rosa Hauer und bekam Angst, weil ich wieder mal zugeschlagen hatte, und vielleicht war Dad übers Wochenende nach Squaw Valley zum Skilaufen gefahren, natürlich nicht; er hatte ja noch am selben Morgen angerufen; wahrscheinlich war er bei Peggy Edinger. Aber draußen wurde es dunkler, und im Haus wurde es immer kälter, und ich verfolgte meine Spuren zurück und zog mich wieder an, und ich begann mich zu fragen, ob etwas passiert war. Er war einmal nachts im September nach Stockton gefahren, Kanal 13, TV Diablo, den können wir hier nicht empfangen, um bei *Junge Talente von 7 bis 17* den Preisrichter zu machen, und er erzählte mir, wie er in dem alten Dodge Swinger mit 110 km/h zurückgefahren ist, und mitten auf der Straße stand irgendein Schrott ohne Licht, und er wich aus und schlidderte 200 Meter weit und bremste quietschend und rang nach Luft und rannte zurück, und das Auto war pulverisiert, aber der mexikanische Fahrer stand ohne einen Kratzer dabei, kratzte sich am Kopf und sagte: »Iche weiße nichte; ebene fuhre sieje noche ganze gute.« Und vielleicht war Dad diesmal sturzvoll oder so, oder er kam aus Sausalito zurück, und im Geiste sah ich, wie er ins Jenseits oder nach San Rafael flog; die Lenkradsäule hat sich durch seine Lungen gebohrt, oder durchs Herz, und er ist nicht ganz bei sich oder besoffen oder auf dem Trip. Na schön, ich entwickele eine Schwäche für Monster-Visionen; das ist sowohl erblich als auch durch Umwelteinflüsse bedingt.

Ich blätterte die Dezember-Ausgabe vom *Playboy* durch und zog mir schon wieder die Hosen aus; man konnte meinen, es ist die Woche nach den Sommerferien und ich probiere neue Klamotten an. Ich war schon wieder nackt und nahm das Heft mit nach oben und legte mich auf Dads Bett, genau wie damals, bevor die Kacke wegen Dylans Entführung am Dampfen war. Ich spielte wieder Ms. Sondra Striptease, mit meinem berühmten karottenfarbenen Afro, und ich stellte mir vor, wie BHs und Schlüpfer nach allen Seiten in die Gegend gewirbelt wurden, und mein alter Freund Rudolph, der Rotnasige Mutterschänder, erhob sich aus diesem feierlichen Anlaß.

Dann lag ich nur traurig da und dachte nach. Aus irgendeinem Grund fiel mir ein, wie diese Arschlöcher bei McDonalds in Syracuse meine langen Haare sahen und sagten: »Was glaubst du; ist das ein Junge oder ein Mädchen?« und ich schnauzte sie an: »Ich bin ein Junge, allerdings ein besonders schöner.« Das fanden sie zwar nicht überrissen gut, aber ich habe mir diesen Spruch als eine der großen Erwiderungen auf eine Anmache gutgeschrieben. Dann ließ ich meinen Geist durch das letzte Abenteuer schweifen; wenn man durchbrennen will, kann man genausogut auch ein Flugzeug nehmen, und das verglich ich mit Tom Sawyer, wie er zu seiner eigenen Beerdigung nach Hause kommt, und das paßte wieder in das andere Buch mit Huck und dem Herzog und dem König und dem ganzen Kram, und ich für mein Teil bin ein 100%iger echter Junge, und dann döste ich ein, und ich erinnerte mich, daß es mir lieber gewesen war, wenn mir Mom vorlas, und nicht Dad, denn sie hat so vorgelesen, daß man seiner Phantasie freien Lauf lassen und in die Geschichte einsteigen konnte, dagegen ist Dad zu brillant und knallt immer voll mit seinem Bin-ich-nicht-eine-gewinnende-Persönlichkeit-Trip rein. Mom wollte, daß es mir gefällt, und Dad nutzte die Gelegenheit, um sich zu produzieren. Wahrscheinlich könnte ich mir ein paar Dollar verdienen, wenn ich am Flughafen Koffer schleppe. Oder ich kann auf den Händen gehen wie ein Leierkastenaffe. Und ich könnte Salto rückwärts machen, und meine Mütze liegt offen auf dem Boden, wenn ich eine Mütze hätte. Der beste Trick wäre – wie bei Tom Sawyer –, wenn ich zurückkomme, und der Swinger steht in der Einfahrt, und ich schleiche heimlich nach oben, wo Dad schläft und Albträume hat, und dann küsse ich ihm auf die Wange und sehe, wie er im Schlaf lächelt. Oh, ich kann mir den ganzen Tag etwas vormachen.

Da draußen wartet eine ganze wunderbare Welt auf dich, wie Dad sarkastisch zu sagen pflegt. Ich war eingeschlafen, und als ich aufwachte, war es 9 Uhr abends, und ich war ein Fernsehstar geworden, und beim Interview sagte der Mann zu mir: »Sie haben doch schon in jungen Jahren eine Ausbildung genossen?«, und ich nickte schüchtern zu Dad hinüber, der jetzt mein Business Manager war und nicht in Kamera-Reichweite stand, und ich sagte: »Die beste, die man sich denken kann.« Ich wachte dadurch auf, daß ich nieste, und dann nieste ich nochmal, weil ich mich nicht wieder angezogen hatte, und unten konnte ich Dad hören.

Er ging an die Treppe und rief: »Verschwinde sofort aus diesem Haus, verdammt nochmal!«

Das machte mir Angst, und ich dachte noch nicht mal daran, was für ein beschissener Empfang das war.

Er rief wieder: »Ich warne dich, ich hol die Polizei.«

Ich hatte keinen Schimmer, was er damit meinte. Ohne mich auch nur anzuziehen, ging ich zum Treppenabsatz und sagte: »Hey, *Dad*?«

Er sah mich, und dann war er mit Staunen an der Reihe.

»Jacky«, sagte er, als würde er gleich ohnmächtig.

Ich nickte und fühlte mich verlegen und nackt.

Er stützte sich auf den Tisch in der Diele, und dann sagte er: »Wo sind Opa und Oma?«

»Hollywood.«

Er stand unter Schock. Er sagte: »Das verstehe ich nicht.«

Ich sagte: »Ich zieh mir mal was an.« Ich ging wieder rein, und ich hörte, wie er die Treppe hochkam. Jesus, hatte ich Angst. Nie wieder Tom Sawyer.

Er sagte »Jacky – oh Mann«, als er in Dylans Zimmer kam.

Ich fummelte mir die Hosen an. Ich nieste wieder, diesmal in meine Hand, und wischte den Rotz mit einer Socke ab, welche ich dann anzog.

»Wie lange bist du schon hier, Mann?«

»Ein paar Stunden«, sagte ich. »Ich bin mit dem Flugzeug gekommen.«

»Dann wissen deine Großeltern, daß du hier bist?«

»Nein«, sagte ich, und ich sah ihn an, als wäre er ein zurückgebliebenes Kind. Gott, der Kerl hätte mich in die Arme schließen sollen.

»Hör mal«, sagte er. »Ich rufe sie lieber an.«

Ich zuckte die Achseln und blieb auf dem Bett sitzen, denn alles, was ich jetzt sagte, konnte gegen mich verwandt werden.

Er drehte sich um und wollte gehen, dann drehte er sich wieder um und sah mich an. »Bist du ganz alleine hierhergeflogen?« Mir zitterte die Lippe.

»Mensch, was zum Teufel . . .«, sagte er, und er stand da wie ein Seehund, der frisch aus dem Wasser kommt. Er hatte Farbe auf seiner Levi's, gelbe Farbe, wahrscheinlich hatte er Peggy Edingers Badezimmer angestrichen oder so was, wir haben ihr schon mal beim Anstreichen geholfen. Er sah 50:50 aus, nicht erschöpft und nicht glücklich, und er war wenigstens nicht besoffen, aber ungeheuer aufgerüttelt. Und dann machte er schließlich eine nicht übermäßig subtile Andeutung, er kam zu mir und legte mir die Hand auf den Hinterkopf und sagte: »So. Du wolltest mal deinen alten Vater besuchen.« Er legte den Arm um mich.

»Vorsicht, Mann«, sagte er. »Ich weiß nicht, was ich sagen soll.«

Und dann weinte ich.

»Ach, mein Jacky-Bär«, sagte er.

Wir blieben noch eine Weile in Dylans Zimmer, ich saß, er stand, und dann sagte er: »Komm, ich muß sie anrufen.«

Wir gingen zusammen im Dunkeln hinunter. Ich sagte: »Da fällt mir ein: ich habe Oma 40 Böcke geklaut, um den Flug zu bezahlen.«

Er klopfte mir auf die Schulter. Er sagte: »Wenn noch was übrig ist, können wir eine Pizza einlöhnen.«

Ich sagte zu ihm: »Niemand mag einen Klugscheißer«; das sagen wir immer, und es war -kay.

Aber dann saß er im Wintergarten vor dem Telefon und dachte eine Minute lang nach, und ich sagte zu ihm: »Ich glaub, ich geh nach oben und dusche und rasiere mich«, und ich verduftete; ich wollte das Gespräch nicht hören.

Ich hörte es dann aber doch. Ich ging nach oben und drehte die Dusche auf, aber dann rannte ich atemlos ins Zentralschlafzimmer und hob den Hörer vom Nebenanschluß ab, wobei ich im Dunkeln über eine halbvolle Dose Bier stolperte und neben dem Bett eine Schweinerei machte, und ich hörte mir alles an und wollte schon sagen: »Hallo, Oma, ich liebe dich«, ich ließ es aber, und es sah so aus, als könnte ich dableiben, und Dylan würde eine oder zwei Wochen bei ihnen bleiben; Oma sagte, er ist das Licht ihrer alten Tage, sonst hatten sie ja nichts zu tun, aber sie flippte echt aus, weil ich abgehauen war. Sie hörte auf zu reden, und ich konnte hören, wie sie nachdachte, und sie war völlig ins Schleudern geraten, weil ich sowas hatte tun können.

Als sie fertig war, sprach Dad kurz mit Opa, und im Geiste sagte ich zu Mom: »Siehst du, ich habe wieder zugeschlagen«, und damit wollte ich sagen, daß ich mal wieder zur Abwechslung an allem schuld war, und ich wußte, daß sie das versteht, und dann kam Dad nach oben und fand mich in der Finsternis sitzend vor. Er sagte: »Die Dusche läuft.«

Ich sagte: »Steht aber keiner drunter.«

Er sagte: »Irre.« Er lächelte mich an, und dann sagte er: »Ich will dir sagen, was wir beschlossen haben, und dann kannst du mit Ja oder Nein stimmen, -kay?«

»Ich hab hier zugehört«, sagte ich, »und ich stimme mit Ja.«

»Das freut mich.« Er knipste das Licht an.

Dann konnten wir sehen, daß ich die Bierdose umgeschmissen hatte, und das Bier schwamm auf dem Fußboden. Ich zeigte darauf und sagte: »Du hättest mich warnen sollen.«

Und er lachte, und er sagte: »Nein, Bruder. *Du* hättest *mich* warnen sollen.«

So war ich also – Sie sehen das jetzt nochmal in der Wiederholung – wieder in Oakland. In der Nacht schlief ich wie ein Toter; vorher hatten wir *Roundtable-Pizza* gegessen und alles bequatscht. Als ich schlafen ging, suchte ich mir einen Stern am Himmel aus und bat ihn, dafür zu sorgen, daß den guten alten Vic in Walnut Creek etwas Schönes erwartet, und dann schlief ich 12 Stunden lang. Dad weckte mich am nächsten Morgen nicht, aber als ich schließlich aufwachte und nach unten ging, machte er uns Verlorene Eier, das macht er unwahrscheinlich gern, und ich tue so, als wenn mir das Zeug schmeckt, und da saßen wir nun. Er sagte: »Du kommst zu spät in die Schule.«

Ich sagte: »Dafür komme ich morgen zu früh.

Er grinste und sagte: »Iß deine Verlorenen Eier.«

Ich sagte: »Eier? Wo?«

Ich werde Tag für Tag und Schritt für Schritt ein wenig sarkastischer. Dad und ich waren schon immer ziemlich sarkastisch, seitdem ich denken kann, wir sind nämlich zwei Clowns. Und ich weiß, daß es mein hauptsächlicher Lebenszweck ist, Dad zu gefallen, obwohl er mir gar nicht mal so unbedingt gefällt. Ich würde durch den Reifen springen, damit ich ihm gefalle, und ich habe das auch schon getan.

»Willst du ins Studio mitkommen?« sagte er.

»Willst du, daß ich ins Studio mitkomme?« sagte ich.

»Nein«, sagte er, »der Gedanke daran ist mir unerträglich, aber ich werde das große Opfer bringen und dich aus reiner, überwältigender Herzensgüte . . .«

»Schon gut, schon gut, ich komme mit«, sagte ich.

»Nein, nein, wenn du nicht willst . . .«

»Laß nur. Ich komme mit.«

»Na schön, Jacky, wenn du darauf bestehst . . .«

»Ich will aber nicht mit.«

»Doch, *bitte* . . .«

Et, Scheiße, cetera. Wir sind Idioten. Und auf dem Weg ins Studio, das Autoradio röhrte Soul-Musik, und wir schnippten mit den Fingern und tanzten angeschnallt auf unseren Sitzen herum und taten so, als ginge es uns gold, und da dachte ich an Mom, und an Dylan in Hollywood, und da waren Dad und ich und benahmen uns albern, und ich fühlte mich erleichtert, und gleichzeitig war ich unsagbar traurig.

Und am Dienstag ging ich wieder nicht zur Schule, ich habe es wieder verschoben, aber ich mußte Dad versprechen, daß ich Mittwoch ganz bestimmt hingehe. Ich erkundete den Monster-Garten im Hinterhof mit Efeu und Unterholz und allem, und ich tollschockte die Dobermänner von unseren rückwärtigen Nachbarn, und ich erklomm den Edlen Bemoosten Baum und starrte von oben die Hunde an. Während sie grollten und die Zähne fletschten, stand ich in dem eisigen Baum und betrachtete die Wäsche, die nebenan auf der Leine hing; die Schwester (Großtante) von Dexters Vater (Großvater) (?), die uns zu Halloween die Babynahrung gebracht hatte, hatte sie gewaschen, und jetzt bleibt sie immer noch angeekelt und besorgt da und wartet nur darauf, daß sie bald wieder nach Hause darf. Etwa sieben Erwachsenenhemden und eine endlose Latte mit Dexters Klamotten, und Unterzeug in allen Größen, das hing in der Sonne, die nichts richtig wärmen konnte. Mittags ging ich nach vorne, begrüßte den Blieftlägel und nahm Dads scharfe Magazine in Empfang; wir kriegen selten dolle Post. Der Wohnwagen stand immer noch wie seine eigene Leiche vor dem Haus von den Mitchells; inzwischen war noch ein Stück Stoßstange abgerissen und auf unsere Hecke geschmissen worden. Ich hatte den großen Flattermann. Der Ewige Jude, bin ich ja zur Hälfte, und *die* Hälfte zählt schließlich, weil es immer nach der Mutter geht. Ich komme mir nicht vor wie ein Jude, aber ich würde bis zum letzten Blutstropfen kämpfen, wenn jemand was dagegen hat, ich weiß nämlich über die Gaskammern und den ganzen Haß Bescheid. Sicher ist Opa in seinem Leben ebenso oft als Jude angepinkelt worden wie als Roter.

Und deshalb dachte ich wieder an Oma und Opa, und was Dylan wohl treibt, und ich bereute meinen Entschluß ein bißchen.

Ich stand vor dem Haus herum, und Normans Eltern kamen vorgefahren und stiegen aus ihrem antiken Chrysler, und ich entbot ihnen ein überschwengliches *Hello*, aber sie sahen mich nur an, so unheimlich wie immer, man sieht, wo er es herhat. Ich vertrödelte den Nachmittag und sah fern und aß eine Büchse *Beefaroni*, um halb 5, so daß ich mir den Appetit fürs Abendessen verdarb. Aber Dad ißt ganz gern spät zu Abend. Also war an diesem Abend gegen halb 8 alles einigermaßen okay, außer daß das Haus so beschissen kalt war, und ich dachte an nichts Bestimmtes, als ich halb-gelangweilt »Dragnet« ankuckte, und plötzlich bemerkte mein Auge etwas hinter der Doppeltür, und es war Das Funkelnde Auge, ein Schatten und ein Lichtpunkt im Liguster, und mir wurde sofort am ganzen Körper entsetzlich kalt, und ich sagte, Rede Dir nichts Ein, Jacky-Bär, und um mir zu beweisen, daß es nichts war, ging ich mutig an die Doppeltür, und dann raschelte es, und ich hörte, wie Äste in den Büschen und im Unterholz knackten, alles in der Dunkelheit im Monster-Garten. Ich rief: »DAD!«, ganz laut, und er kam die Treppe heruntergerast, das halbe Gesicht noch voll Rasierschaum, und als ich sah, wie aufgeregt und außer sich er war, sagte ich: »Tut mir leid, eine Katze hat mich erschreckt.«

Dad bringt es nicht. Er ist wunderlich geworden. Er hat Kummer. Er macht z. B. ganz normal rum, und plötzlich geht ein großes Loch auf, er fällt hinein und hat Atembeschwerden. Wir können natürlich immer noch lachen und Witze reißen, aber manchmal komme ich in sein Zimmer, und dann sitzt er da und starrt Löcher in die Luft. Hier geht etwas vor, das ich nicht verstehe und nicht verstehen will. Montagnacht haben wir z. B. versucht, das Taschenlampenspiel zu spielen und auf die Knöpfe zu drücken, die für die gelähmte Dame angebracht worden sind, damit sie signalisieren kann. Ich versteckte mich unter dem Schreibtisch in seinem Grummelkontor, und er jagte einen Lichtstrahl hinter mir her, und ich begann, kehlige Monstergeräusche zu machen, aus Quatsch, und er rannte runter, drückte mich an sich, schleppte mich stolpernd die Treppe hoch ins Wohnzimmer und knipste sämtliche Lampen an. Er versuchte, wieder Luft zu kriegen, und sagte: »Jacky, mein Herzschlag paßt sich dem Herzschlag des Monsters an.« Das hat er gesagt. Das trug auch nicht gerade zu meinem Seelenfrieden bei. Jetzt kann er nicht mal mehr in sein Grummelkontor gehen, und er hat Angst, wenn er ein Fernsehmenü aus der Tiefkühltruhe holen soll; er fürchtet sich, wenn er im Dunkeln in den Keller gehen soll. Er sagt, er hört Monster in der Waschküche, sie winseln und wispern und huschen von einer Ecke zur andern. Das hat er nicht etwa mir gestanden, er hat es jemandem am Telefon erzählt, und dabei schnappte er nach Luft; ich hoffe, es war nicht sein Boß. Aber jetzt kann ich die Monster beinah auch schon hören, und wenn neben mir ein Schatten auftaucht, erstarre ich. Ich glaube, ich beginne Sachen zu sehen und zu hören. Es ist ungeheuer stark. Wir müssen damit aufhören. Er kann stundenlang durchhalten, dann ist er wieder der gute alte Bruder Leichtfuß, aber dann schlägt es bei ihm ein, sein Gesicht bewölkt sich, und ich versuche, eine anständige Konversation aufrechtzuerhalten, aber dann ist er nur noch zur Hälfte dabei.

Dexter war schockiert, als er sah, daß ich zurückgekommen war, und er erbleichte, als hätte er ein Gespenst gesehen. Er konnte nicht verstehen, daß Dylan in Hollywood war, und Dad und ich waren noch hier. Das ist nicht das Einzige, was er nicht versteht. Sein älterer Bruder und dessen Frau wohnen jetzt auch da, und das bedeutet, daß sie sein Onkel und seine Tante sein müssen, und sie haben zwei sehr alte, verbeulte Autos, einen Falcon und einen VW, und man muß den Falcon anschieben, damit er anspringt; dabei helfe ich dann, und Dexter sagte, sein sogenannter Bruder ist 26, und ich fragte ihn, wie alt ist denn seine Frau, und er sagte, 2 Jahre jünger, und ich sagte, und wie alt ist das? und er dachte lange nach und sagte 22. Das ist als solches gar nicht mal so schlecht, Dexter ist schließlich erst 8, aber er kann noch nicht mal 7 und 4 zusammenzählen; er kann nicht 6 von 9 subtrahieren – ich habe ihn getestet –, er kann die einfachsten Rechenaufgaben nicht lösen, selbst wenn man ihm das Ergebnis praktisch auf einem silbernen Tablett überreicht; da sitzt er dann auf seinem Fahrrad und denkt nach und denkt nach und sagt: »Ich denke nach.« Dann sagt er, es ist nicht seine Schuld. Und er ist sehr helle, oder zumindest normal, also liegt es nicht an seinem IQ. Ich gab ihm meinen Lieblings-Wahrsagezettel aus einem chinesischen Glücksplätzchen, ich hatte es aufbewahrt, und sagte, er soll vorlesen, und er konnte noch nicht mal »Sie können mit einer guten Nachricht rechnen« lesen, dabei sind da gar keine schweren Wörter drin. Stattdessen starrte er den Zettel endlos lange an, er versuchte es immer wieder und verhedderte sich und stotterte, und schließlich zerriß er den Zettel. Ich schickte ihn weinend der Länge nach zu Boden. Es wird Jahre dauern, bis ich wieder so einen Wahrsagezettel in einem Glücksplätzchen erwische, wenn überhaupt.

Dad und ich beschlossen, daß ich nun wirklich wieder in die *Piedmont-Experimental-School* gehen soll, und ich versprach es und tat es daraufhin auch. Und ich war immer noch eine Berühmtheit, weil sie mich im Fernsehen gesehen hatten, und alle fragten, wie es Dylan geht, und ich sagte, er ist zur Erholung in Hollywood, und sie sagten: »*Hollywood*?«, und ich sagte, es ist nichts Besonderes, mein Opa schreibt für den Film. Hüstel, hüstel. Die alte Bohnenstange, Karen Morris, ließ sich zu mir herab und lud mich zu einer Party bei ihr zu Hause noch am nämlichen Freitagabend ein. Ich sagte, ich muß das noch mit Dad checken, mal sehen, ob ich nicht schon was anderes vorhabe, und sie sagte: »Das will ich aber nicht hoffen«, und flirtete mit mir, als wäre sie die Unterhaltungseinlage während der Halbzeit, und daraus konnte ich dann meine eigenen Schlüsse ziehen.

Natürlich hatte ich nichts anderes vor, so ein Quatsch, und ich verbrachte den gesamten Nachmittag mit der Zusammenstellung meiner Garderobe, und ich spritzte mir Right Guard und Hai Karate unter den Arm und kämmte mich mit nicht fettender Pomade, um den Dry Look zu erzielen, und benahm mich im großen und ganzen wie eine Pennälerin, die auf ihr erstes Tanzvergnügen geht. Dad gab ein Stockwerk höher einen sarkastischen Kommentar ab, und ich flüsterte unhörbar, er möge doch gefälligst die Wand anscheißen.

Ich kreuzte eine halbe Stunde zu spät bei Karen auf, damit man mich nicht für übereifrig hält, und sie hatte ihren Fêtenkeller mit Wimpeln und Posters und psychedelischen Kerzen dekoriert. Ein deutliches Aroma lag zusammen mit dem Räucherstäbchenduft in der Luft, und ich ließ mir von meinem alten Freund Martin Kwalick ein paar Züge spendieren. Er schwebte und sagte ständig sanfte Sachen wie »Fisch muß schwimmen, und Vogel muß fliegen«, und dann lächelte er, als ob er das ganze Universum versteht. Karen kam herüber und sagte: »Willst du ein Sahnebaiser?«, und ich blickte in die Runde und sagte: *»Wow«*, und sie sagte: »Diese Männer!« Sie ging weg, um eine andere Platte aufzulegen, und ich sagte zu Martin Kwalick: »Hast du das mitgekriegt?«, und er sagte, er ist voll drauf abgefahren. Wir lachten, und er überließ mir seinen Joint, und ich sagte: »Fisch muß schwimmen, und Vogel muß fliegen«, und er sagte: »Das hab ich auch gerade gedacht.« Jenny Williams trudelte auf einem Rollschuhbrett an uns vorüber und wieder zurück, und sie hatte ein lila Samtkleid an und keinen BH.

Ich knallte mich voll an, Martin war mir dabei behilflich, es war unglaublicher Stoff, und ich stürzte 2 Coca herunter und vertilgte mehrere Cocktail-Tacos. Ich stand gegen die Ölheizung gelehnt, ziemlich heiß, und wartete darauf, daß Jenny wieder auf ihrem Rollschuhbrett vorbeifliegt, damit ich sagen konnte: *»Hier steht ein Bewunderer, Kleines«*, wie in *Casablanca*, Dad kann den Film praktisch auswendig, oder um schlicht *Hi* sagen zu können, falls mich der Mut verlassen sollte, und dann war sie verschwunden, von 7 oder 8 anderen Leuten ganz zu schweigen; jetzt befanden sich nur noch insgesamt 6 Personen im Fêtenkeller. Ich stellte mir vor, daß jemand angeregt hatte: »Gehen wir irgendwo eine Pizza essen«, und daraufhin begab ich mich nach oben in die Hauptdiele und aß eine Scheibe Schinken, die ich im Kühlschrank gefunden hatte, und ich summte vor mich hin und beäugte ein saftiges Döschen mit Coor's-Bier, als in der Nähe eine Toilettenspülung betätigt wurde, und da war sie, Karen Morris persönlich, sie strebte mit langen Schritten über das Linoleum, und ihre Augen waren glasig, und ihr Gesicht schweißüberströmt. Wer weiß, was sie genommen hatte, aber sie sah mich und kam zu mir und küßte mich, und ich hatte den Mund voll Schinken. Sie sagte: »Nun komm schon.« Ich schluckte runter und folgte ihr, wobei ich mich fragte, was für eine Überraschung sie wohl auf Lager hatte, und sie nahm mich mit nach oben, und da sah ich, was lief. »Hier ist das Spielzimmer.« Es handelte sich um ein großes Schlafzimmer, ganz dunkel mit einem riesigen Wasserbett, und auf diesem befand sich die übrige Party, alles kicherte, alles war stoned, und das Große Gruppengrabbeln war am Steigen. Karen sagte: »Ich habe Jack gefunden.« Auf dem Bett sagte einer: »Wer ist Jack?« Und ich sagte: »Ich bin Jack, und Jack spielt gerne Doktor.« Alles lachte, und jemand sagte: »Komm an Bord«, und das tat ich nur zu gern, und ich machte Wellen, und Karen machte ebenfalls Wellen. Man gab *Dr. Fummel & seine kranken Schwestern.* Ich streichelte einen Mädchenschopf, der mich unwahrscheinlich anmachte, bis ich herausfand, daß es sich um Martin Kwalick handelte. Allmählich gewöhnten sich meine Augen an die Dunkelheit, und ich rieb mit meiner Hand unter dem Kleid von Karen Morris herum, auf ihrem Bein, und weiter höher und noch ein bißchen höher, während sie ihre kehligen Laute ausstieß, und weiter hoch, »ich glaub es geht, ich glaub es geht«, und dann flippte ich, weil sie keinen Schlüpfer anhatte, und ich hatte eine Handvoll behaartes *Es*, mein erstes. Sie schlabberte an meinem Ohr, und ich drang voll ein, mein alter Mittelfinger, und sie begann, an meinem Lockenprinz herumzustöbern, und sie knöpfte mir die Hose auf, und sie sagte: »Ummmmmm«, und ein paar Paare weiter lachte jemand, und in meinem durch Drogen beeinträchtigten Zustand dachte ich, ich mache es gleich hier, ich verliere meine Unschuld auf einem Wasserbett in einer Party-Kommune; das ist wesentlich vorteilhafter als bei einer Hure, wie Dad mit 17; er hat mir das mal in einer schwachen Stunde erzählt, als ich ihn danach fragte, und Karen knallte sich mein Monster Freddy Freundlich gegen das Bein, und ich warf mich auf sie, und die Tür ging auf, und das Licht ging an.

Neben mir sagte jemand: »He, macht das Licht aus«, und dann sagte die Stimme eines erwachsenen Mannes: »Was geht hier vor?«, und dann entwirrten sich alle blitzgeschwind wie eine explodierende Krake, und Karen rollte über den Rand auf den Fußboden, und ich bekam ihn nicht schnell genug wieder runter und in die Hose, und dann wurde ich am Hosenboden ergriffen und aus dem Bett gehoben, und Mr. Morris schlug mir so kräftig auf die Schulter, daß ich mich um meine eigene Achse drehte und gegen den Papierkorb aus Stroh knallte, wodurch dieser entzwei ging. Er sagte: »Ihr habt mein Vertrauen mißbraucht.« Er war gar nicht glücklich. Karen weinte nicht, sie sah nur grämlich und wütend drein, aber im Flur weinte jemand. Es gelang mir schließlich, meine Hose zu bändigen, und ich stand auf, und meine Schulter schmerzte an der Stelle, wo mich dieser Mann geschlagen hatte, und wir verduftetendie Treppe hinunter. Martin Kwalick sagte zu mir: »Ich glaube, die Party ist vorbei.« Er und ich gingen die ersten beiden Blocks zusammen, durch den eisigen Regen, und er gab mir ein paar Züge von seinem letzten Joint ab, und dann sagten wir, bis dann. Ich war schon fast zu Hause, als ich bemerkte, daß mein Portemonnaie fehlte. Ich geriet in Panik und sagte *Jesus Christus*, und ich wandte mich sturzhigh und verwirrt bald hier-, bald dorthin. So ein Idiot! Ich fing an, wieder zurückzugehen, aber dann taxierte ich, daß das ein unüberlegter Schritt wäre, und weil sowieso eine Karte mit meinem Namen in dem Portemonnaie ist, konnte ich genausogut abwarten. Anrufen wollte ich nicht. Karen konnte mich anrufen, oder sie konnte es am Montag in die Schule mitbringen. Und das ist die Geschichte, wie ich mein Portemonnaie verloren habe. Und nicht meine Unschuld.

Ich hob den Hörer ab, und da war es wieder: nichts. Ich gewöhnte mich allmählich daran. Aber diesmal wurde irgendwie umgeschaltet, und eine tiefe Stimme sagte: »Na, na.« Das war alles, und dann klick. Ständig diese kleinen Streiche. Und da nun auf den Rekordregen eine Rekord-Kältewelle gefolgt war, sagte mir der Rosa Hauer überhaupt nicht mehr zu, weil die '21er Heizung für diesen Job nicht ausreichte, und ich mußte mich ganz nah an den kleinen Bollermann setzen, den Dad bei Sears & Roebuck gekauft hatte und auf das Klingeln des Telefons warten. Außerdem gab es Verdachtsmomente. Im Keller fanden wir das Unterteil eines blauen Damenbadeanzugs, welches auf der Waschmaschine saß, und Dad glaubte mir nicht, daß ich nichts davon wußte, und ich glaubte ihm nicht, daß er nichts davon wußte, und alles, was wir jetzt noch brauchten, war Mißtrauen in Tateinheit mit Unglauben. Wir hatten nicht den blassesten Schimmer, wieso nun plötzlich das Unterteil eines blauen Damenbadeanzugs aus der Versenkung auftauchte. Es war rechtschaffen alt, kein Bikini, und abgetragen, und es hatte einen Fleck in der Mösenabteilung. Weder Dad noch ich würden je Frauen durch die Winternacht schleppen, damit sie das Unterteil ihres altmodischen Badeanzugs auf unsere Waschmaschine setzen.

Nichts reimte sich mehr zusammen. Eines Samstagnachmittags kam ich singend nach Hause, als Dad im Studio war, und im Wintergarten, eifrig ins Telefon plappernd, war Dexter. Er legte sofort auf. Ich sagte: »Was treibst du hier?«

Er sagte: »Nichts.« Und dann wanderte er mit seinen Stiefeln in der Diele auf und ab, zack zack zack, und er trampelte auf den Fußboden. Ich sagte ihm, er soll das lassen, und er sagte: »Du verstehst überhaupt nichts.«

Ich schubste ihn, heftig, und er schrie mich an: »Dein Dad hat gesagt, ich kann jederzeit reinkommen. Er hat mir sogar den Schlüssel gegeben. *Siehst* du?« Und er zeigte mir einen Schlüssel; er steckte ihn mir praktisch ins Gesicht.

Ich war verwirrt.

»Als du in Hollywood warst, hatten wir es hier sehr nett miteinander.« Dexter wurde ziemlich laut. »Vielleicht adop-*tiert* er mich sogar.«

Dexter saß auf der untersten Stufe, als wäre sie seine eigene, ein Auge hatte er zugekniffen, und mit dem anderen starrte er auf die rote Friedensrune aus Glas, die Dad an der Decke aufgehängt hatte. Dexter sagte: »Peng«, und er zielte mit dem Zeigefinger wie mit einer Pistole.

»Hat er das gesagt?«

»Peng«, sagte Dexter.

Das Telefon klingelte. Ich betrachtete erst das Telefon und dann Dexter. Es klingelte noch zweimal, und er sagte: »Warum gehst du nicht ans Telefon?« Ich sagte: »Geh du doch.« Er sagte: »Ist ja nicht mein Telefon.« Also ging ich ans Telefon, nahm den Hörer ab und sagte wütend: »Sag irgendwas!«

Es war Karen Morris, sie hatte mein Portemonnaie gefunden.

Ich versuchte, ganz ruhig zu sein, und sie sagte, sie ruft vom Nebenanschluß aus an – sie flüsterte–, und sie sagte, bei ihr zu Hause ist ziemlich dicke Luft, und sie darf nicht raus, aber in der Schule übergibt sie mir das Portemonnaie. Sie sagte, ihr Alter hat den Präser rausgenommen, und ich hatte vergessen, daß er immer noch drin war; dieser Präser muß sich mindestens ein Jahr lang in meinem Portemonnaie befunden haben, ich habe ihn noch von Syracuse her, wahrscheinlich ist er längst geschmolzen. Ich stöhnte und sagte Karen, sie soll hart bleiben, bis dann, wir sehen uns ja in der Schule. Dann setzte ich Dexter vor die Tür, und er stand auf der Veranda und trat gegen die Tür, und kaum war ich zwei Minuten lang in meinem Zimmer, da war er schon wieder drin, weil er mit dem Schlüssel aufgeschlossen hat, den ihm Dad gegeben hat.

Beim Abendessen sagte ich zu Dad, er muß sich zwischen mir und Dexter entscheiden. Das war beschissen, aber ich hatte das Gefühl, ich muß es machen. Dad war verwirrt und sagte mir nicht die ganze Wahrheit, er machte nur so einen bunten Abend mit Musik und Tanz, des Inhalts, daß Dexter in seinem Leben schon gut und gern 50mal vom Platz gestellt worden ist, und jemand muß ihm doch ein wenig Liebe und Zuneigung entgegenbringen, wo seine Eltern ihn verlassen haben und seine Oma ist tot und sein Opa lebt im Koma. Ich sagte: »-kay, du hättest ihm aber nicht den Schlüssel geben müssen.« Dad sagte, er ist eines Abends nach Hause gekommen und fand Dexter draußen vor, pitschnaß und verfroren, und bei Dexter war abgeschlossen, und da hat Dad ihm für Notfälle den Schlüssel gegeben. Meinetwegen, aber wie wir da so vor unseren Steaks saßen, dachte ich mir, daß diese 4 Tage, als seine beiden Söhne nicht da waren, für Dad sehr einsam gewesen sein müssen, ein richtiger Schlag, und er muß sich wie ein totaler Versager vorgekommen sein, wahrscheinlich dem Selbstmord nahe, und daraufhin hat er sich Dexter als Sicherheitsventil zugelegt. Ich sagte: »Adoptierst du ihn?«

Dad lächelte traurig. »Nein, Jacky. Ich habe nicht die Absicht, Dexter zu adoptieren.«

»Er hat aber den Eindruck.«

Dad seufzte nur.

Und das bringe ich irgendwie damit in Verbindung, daß ich das Auto geklaut habe. Ich habe es nicht richtig gestohlen, ich hatte nur schon seit geraumer Zeit vorgehabt, es auszuborgen. Dad hatte mir Fahrstunden gegeben, und in Point Reyes durfte ich auch schon ein paar Meilen fahren, ungeheuer scharf, und in den Oakland Hills, aber er saß immer dabei und machte den Fahrlehrer. Also: am Sonntag sah sich Dad im Fernsehen das Spiel der Oakland Raiders in San Diego an und ließ sich dabei vollaufen und – »Ich mach mal einen kleinen Pennematz, Jacky. -kay?«; und ich kenne diese kleinen Pennemätze; die können sich bis zu drei Stunden hinziehen – ich sagte -kay, wartete, bis er schnarchte und nahm dann das gelbe Schaumgummikissen, das Dylan immer untergelegt wird, wenn wir im Eßzimmer essen, und meine Baskenmütze, damit der obere Teil von meinem Antlitz bedeckt ist, und hinterließ eine Nachricht: »Dad, Mache einen kleinen Rundgang, Bin bald zurück, Jack-der-Bär«, und es regnete kalt und in Strömen, so daß schlechte Sicht herrschte, wenn die Scheibenwischer an sind und alles, und sie würden mich schon nicht erwischen – allerdings hatte ich mein Portemonnaie nicht dabei, und wenn ich Strafe zahlen mußte, war ich verloren, Sense, Vorhang, und ich rückte den Sitz ganz weit nach vorn und fuhr rückwärts aus der Einfahrt zwischen Mr. Mitchells altem Wohnwagen und Normans T-Bird, *tot wie ein Türnagel,* hindurch, und dann fuhr ich mit dem Swinger dem Abenteuer entgegen. Ich fuhr sehr vorsichtig und drehte das Radio voll auf, Soul, und sang dum-di-dum-dum mit, mir machte überhaupt nichts mehr was aus, mir, dem 100-%igen All-Amerikanischen Jugendlichen Autodieb.

Mein erster Zusammenstoß mit dem Gesetz begab sich auf der Grand Avenue, wo sie eine von diesen Fahrzeug-Kontrollen durchführten, aber das habe ich glücklicherweise gleich gesehen und war links auf den Parkplatz vom Safeway-Supermarkt abgebogen, wo Dad den kleinen Unfall gehabt hatte, und ich keuchte vor Angst, aber ich schaffte es, und während ich darauf wartete, daß ein Typ zurücksetzt und eine Parklücke für mich freimacht, sah ich, wie er zu weit rückwärts fuhr und das Heck eines geparkten Autos rammte, aber nur ganz leicht, und in dem parkenden Auto saß eine Frau; sie hupte, und der andere Wagen, ein großer alter Buick, fuhr noch etwa 2 Meter weiter und hielt dann an. Ich schlüpfte in die Lücke und stieg aus und fing an wegzugehen, weil mir vielleicht schon die Bullen wegen meines illegalen Abbiegens auf den Fersen waren, aber dann interessierte mich die Auseinandersetzung. Die Frau, eine Weiße, stieg aus und sagte: »Ich saß in meinem Wagen und habe einen Brief gelesen, und da kommen Sie und rammen mein Auto.« Der Fahrer von dem Buick, ein sehr alter Schwarzer, war verwirrt, und er sagte: »Ich hab Ihren Wagen nicht gerammt, ich kucke immer, bevor ich rückwärts fahre.« Die Frau war ziemlich zerbrechlich, man könnte sagen *zierlich*, oder *petite*, und sie sagte: »Entschuldigen Sie bitte«, ganz sanft und so irgendwie mit eingezogenem Kinn, »aber ich habe deutlich gemerkt, daß Sie mich gerammt haben.« Der alte schwarze Typ betrachtete den Kofferraumdeckel, und zu sehen war nichts, er muß gegen die Stoßstange gefahren sein, aber ich weiß, daß er sie tatsächlich gerammt hat; ihr Auto hat nämlich gewackelt. Er sagte: »An Ihrem Auto ist doch gar nichts zu sehen; ich bin Ihrem Auto noch nicht mal *so* nahe gekommen«, und dabei hielt er die Hände etwa 60 Zentimeter weit auseinander. Sie, die Frau, kuckte ebenfalls nach, und weil sie auch nichts sah, sagte sie: »Na, es ist ja wenigstens kein Schaden entstanden«, und er stand im Regen und plusterte sich auf und sagte zur ganzen Welt: »*Shyyeeit*, ich bin dem Auto von dieser Frau überhaupt nicht nahegekommen; die spinnen doch, die Leute; laufen rum und meckern die Leute an«, und während er zu seinem Buick zurückging, sagte er noch ein paarmal *Shyyeeit*, und die Frau war schüchtern und im Recht, und ich hätte auch etwas gesagt, aber (1.) war kein

Schaden entstanden und (2.) war er ein Schwarzer, und (3.), und das war das Wichtigste, ich war ein Autodieb, man hätte meinen Worten keinen Glauben geschenkt, und ich hätte alles erklären müssen. So hing ich weiter auf dem Safeway-Parkplatz herum und wurde immer nasser, bis sich – außer dem Regen – alles beruhigt hatte, und dann schwang ich mich hinter den Volant und sah *sehr* vorsichtig nach hinten, als ich zurückstieß, und dann setzte ich meine ergötzliche Reise fort.

Das nächste Abenteuer passierte zwanzig Minuten später, nachdem ich um den Lake Merritt herum und den Broadway hinaufgefahren und in die College Avenue eingebogen war und in Richtung Berkeley fuhr, um Zig-Zag-Zigarettenpapier einzukaufen, und da sah ich diese Mieze im strömenden Regen, sie versuchte, per Anhalter zu fahren, und sie war erheblich schwanger; sie hatte ein schwarzes Cape an, und ihre blonden Haare waren pitschnaß, und deshalb fuhr ich rechts ran.

Sie sprang ins Auto und duftete nach nassem Mädchen, sie war höchstens 19, und sie sagte: »*Wow*, danke.«

Ich sagte: »Wo soll's denn hingehn?«

Da sah sie mich an. Sie sagte: »Hey Mann, du bist ja noch ein Kind.«

Ich belauerte sie. Ich hatte Angst.

Sie sagte: »Geradeaus. An der Ecke Woolsey, ich zeig's dir.«

»-kay«, sagte ich.

Sie sagte: »Das ist aber ein schönes Auto«, und sie faßte das gepolsterte Armaturenbrett an, und das rote Warnlämpchen für den Sicherheitsgurt stach mir sengend ins Hirn, aber ich konnte sie schlecht bitten, sich anzuschnallen, weil sie so schwanger war, und vielleicht war der Sicherheitsgurt nicht mal lang genug.

Sie sagte: »Hast du's geklaut?«

Ich sagte: »Es gehört meinem Dad.«

Sie sagte: »Oh.«

Wir fuhren.

Sie sagte: »Ich finde es echt nett, daß du mich mitgenommen hast; ich wäre fast *ertrunken*. Tut mir leid, daß ich dich ein Kind genannt habe.«

»Nun«, sagte ich, »man muß einen Nigger einen Nigger nennen.«

Sie sagte: »Schatz, du bist aber kein Nigger.«

Und wir lachten. Die Sache war jetzt -kay. Wir verstanden uns. Ich überlegte, soll ich sie fragen, ob wir in ein Drive-In fahren und einen Milchshake trinken, oder etwas ähnlich unsagbar Dummes, und sie sagte schon, sie ist original erschöpft; sie war im 10. Monat, das Baby hätte schon um Halloween herum kommen sollen. Sie zeigte mir, wo die Woolsey-Avenue ist, und es war so gut wie nichts zu sehen, weil es so goß, inzwischen hagelte es sogar, und sie sagte, sie ist Schneewittchen und wohnt bei den sieben Zwergen, das stimmte, 7 Typen und sie, alle in einem Haus. Sie sagte, es sind irre gute Typen, und sie bekocht sie, und sie bereiten eine Niederkunfts-Party vor, wenn sie das Kind kriegt, und dann wollen alle einen Trip einwerfen, und ein Typ filmt das Ganze. Das ist Berkeley. Sie sagte, wie süß es von mir ist, daß ich eine schwangere Anhalterin mitnehme, und sie lud mich auf ein Täßchen Jasmin-Tee ein, aber ich sagte, ich muß los. Sie stieg aus, knallte die Tür zu, und ich startete durch wie der Robuste Robert persönlich, ich drückte voll das Gaspedal runter, und dann kreischte sie; sie hatte sich nämlich ihr schwarzes Cape in die Tür geklemmt, und sie rannte neben dem Auto her, und ich stieg voll auf die Bremse, und sie fiel hin – wenn ich mehr Erfahrung mit Autos hätte, hätte ich nicht so abrupt gebremst, aber wie ein kleiner Idiot stand ich auf der Bremse, und dann würgte ich den Motor ab, spritzte aus dem Wagen, vorn herum, und da lag sie und keuchte, und ich machte die Tür auf, wo sich ihr Cape verfangen hatte, und ich half ihr ins Haus, wo sich 3 von den 7 Zwergen vor dem Fernseher lümmelten, und wir erklärten alles, und sie trank Tee, und nach 15 Minuten entschieden wir, daß ihr nichts passiert war. Sie sagte, es war ihre Schuld, weil sie die Tür zugeknallt hat, als ihr Cape noch nicht ganz draußen war, aber ich weiß schon, wer immer schuld hat. Einer der Typen, Jeffrey, wollte einen Arzt anrufen, aber sie sagte nein. Sie ging nach oben, um sich das Blut von den Beinen zu waschen. Sie hatte Matsch und Blätter auf dem Cape. Ich bin ja so ein verbindlicher Mensch, ich fasse es kaum.

Ich war zu aufgewühlt, um meine Autodieb-Nummer fortzusetzen, und so peterte ich ganz langsam und benommen nach Hause, supersorgfältig paßte ich auf Bullen auf, und Dad schlief immer noch, so daß ich die Nachricht zerriß, die ich hinterlassen hatte und ein Bad nahm. Ich saß bis zu den Ohren in heißem Wasser und in der Tinte und fand, Selbstmord ist für mich noch eine viel zu noble Lösung. Und dann stolperte Dad herein und sagte: »Was gibt's Neues?«

Und um einen perfekten Tag in perfekter Weise abzurunden, passierte in der Nacht die ganz große Schote, die komplette Ausflippe, die superbrutale Horrorshow, da passierte das, was ich im Kopf nicht ausgehalten habe.

Als Auftakt kam noch ein anonymer Anruf, und dann gingen Dad und ich eine weitere Authentische Alt-Englische Roundtable-Pizza essen, und ich hatte vergessen, den Sitz wieder zurückzuschieben, Dad merkte das, und ich war eine Sekunde lang peinlich berührt, aber immerhin habe ich das dämliche gelbe Schaumgummikissen nicht vergessen; ich bin ein Vollidiot, aber ich bin nicht dumm; und ich konnte mir meine Lieblingspizza bestellen, »Merlins Mirakel«, mit Pilzen und Wurst und Oliven. Und dann kamen wir nach Hause, und er schien allmählich wieder der alte zu werden, und er rauchte noch einen Joint, um einen klaren Kopf zu bekommen, und wir spielten 3 Partien Pingpong, und das ging 2:1 an mich, und dann versenkten wir das Haus in tiefe Finsternis und spielten eine Runde Taschenlampenspiel. Er spielte »Lindwurms Liebestraum«, das ist ebenfalls eine Roundtable-Pizza, und ich schoß vom Eßzimmer in den Wintergarten und beobachtete den irren Lichtstrahl, als Dad versuchte, mich zu erwischen. Im Wintergarten brachte ich mich praktisch um, weil ich nicht an das halbe Klafter Holz dachte, das wir bestellt hatten, als die Kältewelle einsetzte, und wir hatten zwei geschlagene Stunden damit zugebracht, das Zeug von da hereinzuschleppen, wo der Typ es auf den Bürgersteig gekippt hatte, es brennt auch nicht besonders, und Dad sagt, durch die Schlepperei hat er sich einen doppelten Leistenbruch zugezogen; ich habe ihm dabei geholfen, aber jetzt hatten wir den ganzen

Wintergarten voller Holzscheite, doppelt gestapelt, und daran hatte ich nicht gedacht, und ich bin voll dagegen gekracht und wäre fast durch die Doppeltür geflogen. Ich sagte: »Scheiße Pisse Kacke Mist«, und weit oben sagte Dad: »Vernehme ich das trauliche Geplätscher unanständiger kleiner Ausdrücke?« Ich rettete mich, indem ich falschen Alarm auslöste, Pingpongbälle, ich warf sie schräg halbhoch in die falschen Zimmer wie Handgranaten, um ihn in die Irre zu führen. Er schnarrte »Ping-Pong, King Kong«, wie ein Roboter mit eingebautem Lügendetektor, und ich gab mir alle Mühe, mich nicht durch Kichern oder sonstwie zu verraten. Es war genau wie in der guten alten Zeit; ich schlich also die Treppe hoch und wieder runter und in mein Mädchenzimmer. Ich fühlte mich wieder wie ein unbeschwerter Junge. Dad stand in einem Schrank und sagte: »Ich habe mich im Wald verirrt / Was wohl aus meinen Kindern wird?«, und ich schlich wieder treppab, bis in sein Grummelkontor. Ich drückte auf die Klingel an der Tür, die die gelähmte Dame benutzt hatte, lang, lang ist's her, und ich konnte immer noch Dad hören, der oben am Nordpol – kalt genug war es ja – »Ho Ho Ho« machte wie der Auweihnachtsmann persönlich, und er drückte auf den Knopf in seinem Zimmer, und dann klingelte es plötzlich woanders, und ich spitzte die Ohren. Dad hat es sicher nicht gehört, so stoned war er. Ich drückte wieder auf meinen Knopf, dann drückte Dad, und dann klingelte, wer außer uns sonst noch im Haus war, in unserem kalten Rosa Hauer, in dem tagsüber Temperaturen von 17° herrschten.

Im Keller war es sogar noch kälter, und ich fror entsprechend. Ich klapperte wie ein Schneider, und erst sagte ich mir, daß ich mir wieder Sachen einbilde, aber ich wußte, daß es stimmte. In dem stockfinsteren Haus befanden sich *drei* Personen. Dann sagte ich mir, es ist nur Dexter, einen Schlüssel hat er ja, und klingeln tut er auch für sein Leben gern. Ich hielt den Atem an. Ich kroch neben den Ölbrenner, wo an dem Tag der Typ vom Stadtwerk nach undichten Stellen gesucht hatte, und dann kroch ich zurück zur Kellertreppe. Dad rief etwas, dann war es still, und ein letzter Rest von Licht lag auf den Wänden der vorderen Diele; das konnte ich vom Keller aus sehen. Ich hörte sie sprechen. Ich wollte mich im Dreck beim Ölbrenner verstecken, wo der Boden nicht gepflastert ist (wo wir unsere Leichen zu vergraben pflegen, wie Dad sagt), aber mir wurde immer kälter, ich konnte hören, wie sie flüsterten. Ich dachte, ich werde nicht mehr. Sie unterhielten sich tatsächlich.

Ich wäre beinahe an Ort und Stelle ohnmächtig geworden, als Dad schrie. Er hatte gesagt: »Jetzt ist es gut«, und dann: »Es wird alles wieder gut«, und dann war etwas gar nicht gut, sondern ganz entsetzlich, und Dad schrie. Man wußte sofort, daß es nicht so war wie in *Thriller* oder in *Creature's Features*, er war verletzt. Er hatte schreckliche Schmerzen, und ich konnte oben Schritte und Schurren hören, im Dunkeln, und jemand fiel zu Boden, und ich saß bei der Tür zum Grummelkontor in der Falle. Ich wartete und streckte die Hände aus, ich zitterte wie Espenlaub, und mir war so schlecht, daß mir die Pizza wahrscheinlich im nächsten Augenblick aus dem Halse über die Wand gesprüht wäre, und dann krachte es oben, und ich hörte, wie Holz splitterte, das war das Treppengeländer. Dad hatte jemanden durch die Sprossen des Geländers geschmissen. Und dann schrie er noch einmal, vor Schmerz; aber auch wie Tarzan oder so, wenn er tötet, aber für diesen Scheiß klang es zu verzweifelt, nicht wie im Kino oder beim Weltuntergang, er war *verletzt*. Dad schrie so entsetzlich, daß man das Gefühl hatte, er kann nie wieder ein normales Leben führen. Der König Stirbt, oder Wegen Einbruch der Dunkelheit Ausgefallen, oder Wer Dreimal Lügt, oder *irgend*was. Ich lief zur hinteren Kellertür, die in den Monstergarten führt, machte den Riegel hoch und flüchtete durch den Efeu und dieses ganze wildwuchernde Unterholz, aber ich blieb stehen, weil Dad schrie, daß Tote davon aufwachen konnten, und es passierte immer noch etwas, und mir wurde so kotzübel, daß ich nicht wegrennen und ein Feigling sein und ihn im Stich lassen konnte, wenn er mich brauchte, besonders weil ich ja deswegen zurückgekommen war. Mir fiel der Prügel von dem halben Klafter Kaminholz ein, der nicht allzu groß war, und wir haben ihn benutzt, um Pingpongbälle sicherzustellen, die unter den Werkzeugschrank gerollt waren, wo Dad sie hingeschmettert hatte. Ich fand ihn da, wo wir ihn gelassen hatten, auf dem Koffer, und ich nahm ihn fest in die Hand, und dann hörte ich ein schreckliches Spucken, und Dad murmelte erstickt halbe Wörter, und dann sagte die andere Stimme: »Na, na«, in der Echokammer der Kellertreppe, und die Schritte waren ganz langsam, wie mit Bleischuhen, und ich packte mein getreues Stück Holz fester, und gerade als dieses bekackte Monster den Keller erreicht hatte, und das Monster hatte Dad die Taschenlampe abgenommen, und ich nahm eine erstklassige, kraftvolle Baseball-Haltung ein, holte aus, machte die Augen zu und knallte ihm das Feuerholz voll ins Gesicht, er fiel zu Boden, und die Taschenlampe rollte von ihm weg.

Es war Dad, blutüberströmt. Ich hatte mir ein fabelhaftes Überschallmonster vorgestellt, ich öffnete die Augen, und es war nur mein armer bekiffter Vater mit Platzwunden im Gesicht, und aufgeschlitzt und bluttriefend, und oben auf der Kellertreppe sagte wieder diese Stimme: »Na, na.« Ich watschelte hinüber zur Taschenlampe und richtete den Lichtstrahl nach oben, und zuerst konnte ich nicht glauben, daß er es war, obwohl ich natürlich die ganze Zeit wußte, daß er es sein mußte, und das lag an seiner Verkleidung – er hatte einen Bart, aber keinen schönen Gammelzottelbart wie ein Hippie, sondern einen sehr gepflegten und getrimmten und geplanten Bart. Norman, und er hielt das Messer, mit dem er Dad aufgeschlitzt hatte. Hinter mir und irgendwie unter mir stöhnte Dad, und ich sah, daß ich mit einem Fuß auf seiner Schulter stand.

Ich hatte entfernt eine Vision, meine Pläne betreffend, falls Norman sich nochmal Dylan greifen wollte, wie ich ganz einfach sage, daß ich Cheyenne vergiftet habe, aber Dad blutete wie ein Schwein, und er war bewußtlos, er zuckte auf dem eiskalten Kellerboden, und jetzt kam Norman langsam herunter, um sein Werk zu vollenden. Ich nahm den Fuß von Dads Schulter und sagte mir, daß sich das, was jetzt kommt, draußen abspielen sollte, wo ich weglaufen kann und im Vorteil bin, aber in meinem Plan handelte es sich um Dylan und nicht um Dad, und jetzt waren wir in diesem saukalten Keller. Ich wußte, was ich zu tun hatte, ich schrie Norman an, und dabei leuchtete ich ihm ins Gesicht; diese graue Haut –: »In deinen Adern fließt ja Niggerblut; dein Dad hat es meinem Dad gesagt, das ist euer Familiengeheimnis; deine Mutter ist gar nicht deine Mutter; deine richtige Mutter ist ein *Nigger*«, weil ich wußte, wie sehr Norman die Schwarzen haßt.

Norman blieb stehen und war sprachlos. Er sagte nicht mal »Na, na.« Ich sagte: »Dein Dad hat *gestanden*. Deine Mutter ist ein *Nigger*.«

Es klappte. Norman setzte sich flink in Bewegung, ich mich auch, durch die Hintertür, die ich ja schon in voller Panik entriegelt hatte. Ich rief in die kälteklirrende Winternacht: »Norman ist ein Nigger, *Normans Mutter ist ein Nigger*.« Ich mußte kotzen, aber dafür hatte ich keine Zeit, ich sprintete, ich weinte, mir war schlecht, so schlecht, daß ich dachte, mein Gehirn blutet; und Norman humpelte mit seinem kaputten Bein hinterher, ich sah den Edlen Baum, naß und vereist, und er schwankte im Wind der Kältewelle, er sah unwirklich aus und so groß wie im Traum, und ich machte einen Klimmzug und schwang mich auf den niedrigsten Ast, da ist eine Planke, die schon vor Jahren hingenagelt worden ist, und ich schrie weiter. Ich drehte mich um und sah, wie er hinter mir herkam, mit seinem Messer, und ich schrie: »Nigger, *Nigger*, NIGGER«, ich brüllte mich dumm und dämlich, und dadurch wachten die Dobermänner auf, und sie winselten und bellten und wieselten und sprangen in die Luft.

Norman zog sich ebenfalls am Edlen Baum hoch, und ich fror bis auf die Knochen; davon, daß ich komplett ins Hirn gefickt war, wollen wir gar nicht reden; und ich schwang mich auf einen bemoosten hartgefrorenen Ast, immer noch schreiend, als wäre ich reaktionsgestört mit meinem dämlichen Rassismus, gnadenlos schrie ich den Wind an. Alles, was ich denken konnte, war *Halt Norman Von Dad Weg.* Norman schnitt sich mit seinem Messer in die eigene Hand, als er auf dem vereisten Holz herumkletterte, und er ließ das Messer fallen, und dann wußte ich, daß er mich mit den bloßen Händen erdrosseln wollte, also kletterte ich noch ein bißchen weiter nach außen und ergriff einen Ast weiter oben, und dann schwang ich den Ast, auf dem ich stand, auf und ab, um Norman abzuschütteln, er hielt aber fest, und blickte hinunter, und mir wurde wieder schlecht, während mich der Wind zersägte wie seinerzeit in Syracuse in einer Februarnacht. Norman ging es auch gar nicht gut, aber Haß ist stärker, und zwar jederzeit, sogar bei dieser Kälte, und Norman kam immer näher, und ich baumelte an meinem Ende des Stricks, oder Asts, und es gab nur noch einen weiteren Ast, auf den ich in diesem Edlen Baum ausweichen konnte, wenn ich mich auf das Artistentraining besann, das mir Dad mit auf den Weg gegeben hatte, Dad, der an der Tür seines Grummelkontors verblutete, und so sagte ich, Norman fixierend, komm rauf und bring mich um, und er versuchte es, er machte einen Ausfall, und ich sprang und griff mit der linken Hand daneben, aber mit der rechten Hand hielt ich fest, das fühlte sich an wie tausend Stecknadeln, aber ich hatte keine andere Wahl, und der Ast schwang zurück, und Norman fiel auf die Dobermänner. Ich dachte, er hat sich dabei das Rückgrat gebrochen, weil es fünf oder sieben Meter tief hinunterging, es war abschüssig, und der Boden war gefroren. Ich faßte mit der linken Hand nach und machte einen Aufschwung und durchbohrte mir mit einem abgebrochenen Ast beinah die Lunge, mein Hemd war zerrissen, und mein Bauch war aufgeschlitzt, meine Hand blutete, als ich mich herumschwang und mir aus Versehen ins Gesicht schlug, ich wußte nicht mehr, was ich tat, alles aus Reflex und Angst. Ich schrie wie ein Baby: »HILFE, HILFE, HILFE.« Bei allem Geschrei sah ich aber, daß Norman, der sich eigentlich das Rückgrat hätte brechen sollen, wieder aufgestanden war und da unten über den Hof taumelte, und die Dobermänner knabberten an ihm und flippten aus und hängten sich an seine Klamotten, und sie bissen ihn und zerrten an ihm herum, und später wurde ich, wenn ich träumte, an die Szene in *Das Ding* erinnert, wo Unser Gast Aus Dem Weltraum im Schnee versinkt, und diese ganzen Hunde werfen sich auf ihn, und Norman kreischte genau wie Das Ding; das würde wohl jeder tun, der bei lebendigem Leibe von Dobermännern angenagt und gefressen wird, besonders wenn er sich alles nett und still vorgestellt hatte; hat er wahrscheinlich; und ich rutschte am Baumstamm hinunter, und in dem Haus, wo die Besitzer von den Dobermännern wohnen, gingen die Lichter an, und auch im Haus von den Mitchells. Ich wußte, daß Hilfe unterwegs war. Ich war immer noch völlig ausgeflippt, und ich ließ mich aus nur noch zwei Metern Höhe auf das vereiste Herbstlaub fallen, und meine Beine gaben unter mir nach, und ich versuchte, den Aufprall mit dem Arm abzubiegen, nur wurde dabei leider nicht der Aufprall, sondern der Arm abgebogen. Es passierte so schnell, der Schmerz in meinem Kopf war grün und eisig. Ich trug meinen Arm wie ein Paket vor mir her, ich weinte und schrie, als ich ins Haus rannte, um im Wintergarten mit meiner heilen Hand »0« zu wählen, und vor dem Fräulein vom Amt legte ich einen epileptischen Anfall hin, und dann rannte ich an die Tür, weil es geklingelt hatte; es war Dexters Vater, Großvater – Mr. Mitchell von der Elite-Einheit der Seabees –, und er hatte monsterische Augen und ein monsterisches Gesicht, aber ich zeigte nur mit dem Ellenbogen des gebrochenen Arms auf den Keller, das tat höllisch weh, und er fand den blutüberströmten Dad.

Mr. Mitchell hatte schon die Polizei gerufen, weil er das Geschrei gehört hatte, und er machte Erste Hilfe, nachdem er den Lichtschalter gefunden hatte. Er riß sich sein eigenes Hemd vom Leibe und zerfetzte es, um das Blut zu stillen. Er sagte immer wieder: »Oh Jesus, oh Jesus«, immer wieder. Aber inzwischen war ich völlig weggetreten, und ich wußte nur, daß ich nie wieder einschlafen will, und wenn ich 100 Jahre alt werde, weil diese Träume immer wieder kommen werden. Nachdem Mr. Mitchell Dad auf die Couch gelegt hatte, machte er eine Schiene für meinen Arm aus zusammengerollten Illustrierten, und ich plapperte im Geiste und schoß von einer Ecke in die andere, und als der Krankenwagen kam und ich mich hätte abregen sollen, machte ich mich gründlich zum Narren; ich schrie alles heraus, die schweinischsten Worte, die je ein Kind gehört hat, Pimmellutscher z. B., Scheißefresser, Scheiße, ficken, Votze. Mir war so entsetzlich kalt, und ich zitterte.

Als ich in dieser Nacht im sanften blauen Licht des Krankenhauses aufwachte, war alles ungeheuer medizinisch und aseptisch. Im Geiste kotzte ich mich komplett aus und in Wirklichkeit ein bißchen aufs Kopfkissen.

Dad hatte einen unglaublichen Blutverlust, und er wird mehrere Narben zurückbehalten, weil er mit mehr als 40 Stichen genäht werden mußte. Bei mir hat es für einen Scheiß-Gipsverband am Arm gereicht, aber es ist nichts Ernstes; »das Handgelenk ist nur ein wenig angeknackst«. Dad mußte im Krankenhaus alle möglichen Fragen beantworten, und wieder machten die Leary Boys mit ihrer Vater-und-Sohn-Show Schlagzeilen, ein weiteres Kapitel des East-Bay-Monster-Dramas. Als ich groggy in der anästhetischen elektrischen Umlaufbahn schwebte, träumte ich, daß Dad zu mir sagt: »Ich bin stolz auf dich, Jack-der-Bär; du hast so gehandelt, wie ich es dich lehrte; du hast deine Pflicht erfüllt«, aber das sind wieder nur wir beide, ich und meine Phantasie; nie im Leben hat er sowas gesagt. Er war viel zu mitgenommen und stand unter Schock. Trotz allem habe ich immer noch eine kleine Schwäche für ihn. Er sagte 24 Stunden lang kein Wort, er sah mich nur an, und ständig bekam er Bluttransfusionen, und eines Tages werde ich aus meinen heldenhaften blöden Träumen herauswachsen und das rauhe Leben akzeptieren. Man kann nicht ewig Bongo-Bär-mit-dem-Einrad sein.

Ich war bei ihm, in seinem Zimmer, als Oma und Opa anriefen. Sie sagte: »Wann hört das endlich auf?«, und ich sagte, keine Ahnung. Ich entschuldigte mich, weil ich die 2 20-Dollar-Scheine gestohlen habe, und sie sagte, ich soll diesen Unsinn vergessen und gesund werden, und ob ich Schmerzen habe? Dylan kam nicht ans Telefon, aber er war gesund und munter und brauchte nichts von der ganzen Sache zu erfahren. Dann sprach Dad mit Opa, und ich starrte aus dem Fenster auf die Lichter von Oakland.

Dad schlief wieder, sein Gesicht war in Bandagen gewikkelt. Ich ging in die Halle, fernsehen, und blieb dort bis zum Zapfenstreich, und ich unterhielt mich sehr nett mit einem Typ, der eine Jauchetonne aufs Bein gekriegt hatte, wodurch das Bein zerquetscht wurde. Er zeigte mir seine Tätowierungen, von der Marine her, und ich dachte an Mr. Mitchell von der Elite-Einheit der Seabees. Aber daraufhin mußte ich auch wieder an Dexter denken; das tat ich in der Privatsphäre meines Zimmers – halb privat, da lag nämlich noch ein Junge mit einem dringenden Blinddarm –, und im grün-blauen Licht entschied ich, daß es Dinge gibt, die ich nie vergeben und vergessen kann; ich höre mich schon an wie Opa Glickes. Dad würde sagen, es ist nicht Dexters Schuld, weil Norman ihn komplett in seiner Gewalt hatte und ihn als seinen höchstpersönlichen Roboter benutzte, um Informationen zu bekommen und den Schlüssel und so einen Quatsch wie das Unterteil vom blauen Badeanzug, und selbst wenn Dexter in seinem Leben 50-mal vom Platz gestellt worden ist, und ich weiß ja auch, daß ich ihm nur das Allerbeste wünschen sollte, aber beinahe hätte er uns alle umgebracht. Wenn Norman Dexter in Furcht und Schrecken versetzt hat, dann hat er mich erst recht in Furcht und Schrecken versetzt; er hätte mir mein ganzes Leben versieben können, von Dylan und Dad ganz zu schweigen, und ich bin ziemlich sicher, daß er einen ganz schönen Teil meines Lebens bereits versiebt hat; also hoffe ich, daß Dexter das lange, unglückliche Leben führen wird, das er sich so ehrlich verdient hat. Das ist meine Meinung, ohne Erläuterungen und Entschuldigungen.

Ich weiß besser über Dad Bescheid, als mir lieb ist, und über seinen Beitrag weiß ich auch Bescheid. Wir erfuhren erst später, wie Norman entwischt ist, und wie er sich versteckte, nachdem er seinen gestohlenen Mietwagen irgendwo hatte stehenlassen. Er schaffte es den ganzen Weg bis nach Arizona, und die Polizei konnte seine Spur nicht verfolgen, weil sie in Zickzacklinien verlief, was wahrscheinlich gar nicht geplant war, da Norman nicht unbedingt ein Planungsgenie ist. Aber dann sehnte er sich nach den Eltern, die er haßt, und schließlich kam er ins gute alte Oakland zurück, und seine Mutter und sein Vater liebten ihn trotz allem; er ist ihr einziges Kind, und sie wollten ihn beschützen. Außerdem hatte er ja niemanden richtig umgebracht; schließlich hat er Dylan laufenlassen. Da haben sie ihn bei sich zu Hause versteckt. Aber eines Nachts sah Dad Norman in einem unbewachten Augenblick, an diesem Fenster, vorne, wo die Lampe ist, und Dad war mal wieder besoffen und drehte plötzlich durch, und er hat nicht die Polizei angerufen, was er getan hätte, wenn er nüchtern gewesen wäre, und so ist er selbst hinübergelaufen, mit unserem dämlichen Besen. Man kann ihm das, glaube ich, nicht richtig zum Vorwurf machen, weil sowas eine natürliche Reaktion ist, aber als niemand die Tür aufmachte, zerschmetterte er ein Fenster mit unserem Besen, stieg durch das Fenster ins Haus ein und wütete herum, um Norman zu erwischen, der inzwischen längst abgehauen war. Aber Dad hat im Haus ziemlichen Schaden angerichtet, er muß maßlos sturzvoll gewesen sein, allen möglichen Kram hat er kaputtgemacht, sogar Porzellan und Bilder. Ich selber habe den Besen auch schon ein paarmal benutzt, um in der Küche zu fegen, und einmal haben wir damit Ritterturnier gespielt. Ich weiß es nicht; alles, was ich weiß, ist, daß Dad durchdrehte und die Polizei erst am nächsten Tag anrief, als er sich abgeregt hatte. Ich war ja nicht dabei, ich war in Hollywood.

Aber als ich dann durchbrannte und zurückkam, hätte er es mir sagen können, auch wenn er mich nicht unnötig beunruhigen wollte. *Er hätte es mir sagen sollen.*

Und das brachte nun Norman auf, der ohnehin dazu

neigt, aufgebracht zu sein, daß Dad das Haus seiner eigenen Eltern verschandelt und versucht, ihn sich zu greifen. Daß er die Fensterscheibe zerbrochen hat und dieser ganze Suffquatsch. Dads Blitzkrieg bewirkte, daß Norman mal wieder in der Pfanne verrückt wurde.

Ich glaube, Dad hat sich geschämt, und das wäre auch ein Grund, warum er mir nichts davon gesagt hat. Ich denke, er hat einfach zuviel durchgemacht, und dann setzte es bei ihm aus, und er konnte geistig nicht mehr alles verarbeiten. Ich will noch nicht mal die Einzelheiten wissen, obwohl sie mich natürlich faszinieren. Jedenfalls weiß ich jetzt, warum er damals gesagt hat, daß sich sein Herzschlag dem Herzschlag des Monsters anpaßt.

Ich hätte das deichseln können; ich hätte das gebracht, wenn er nur etwas gesagt hätte.

Dann fuhren wir nach ein paar Tagen los und verbrachten wieder eine Woche in Hollywood, und es setzte jede Menge Diskussionen, finster, finster, aber jetzt sind Dylan und Dad und ich wieder in unserem Haus in Oakland – wir nennen es nicht mehr den Rosa Hauer –, und Dad schrieb nach Syracuse, um herauszufinden, ob er seinen alten Job wieder haben kann. Wir hatten erst mal genug von Kalifornien. Aber der Antwortbrief vom Kanal 44 kann nicht sehr ermutigend gewesen sein, ich habe ihn nämlich in der Post gesehen und zusammen mit den Magazinen auf den Eßtisch gelegt, dann habe ich gewartet, und als Dad ihn gelesen hatte, zerknüllte er ihn und schmiß ihn in den Kamin. Und im Zweiten Programm geht es ihm auch nicht allzu gut; er sagt, sie »füttern« ihn »durch«. Manchmal kommt Peg Edinger vorbei, und ich weiß nicht, was wir ohne sie anfangen würden; sie ist eine ungeheuer dufte Frau, aber vielleicht ist es mit uns schon zu weit gediehen, und selbst sie kann uns nicht mehr helfen. Dad starrt nur noch die langen Nachmittage an, und ich beobachte ihn, wenn ich aus der Schule komme. Ich werde wahrscheinlich auch erwachsen werden und Kinder haben und mein Leben versauen, aber ich verspreche hiermit feierlich, daß das nicht der Fall sein wird; einmal genügt. Ich will mir das Feuer erhalten, das Dad früher hatte. Nehmt alles nur in allem, er hatte *Feuer*. Und das hat er an mich weitergegeben. Zum Beispiel hätte Norman mich wahrscheinlich gekillt, wenn ich nicht das artistische Training von Dad gehabt hätte, so daß ich diesen Zweig im Edlen Baum erreichen konnte. Dad ist etwas ganz Besonderes.

Aber er brach zusammen und rief tatsächlich einen »Seelenklempner« an, um einen Termin auszumachen. Da kann er mich gleich mitnehmen, vielleicht geben die Irrenärzte auch Familienrabatt, wie die Fluggesellschaften. Dylan geht es noch am besten, dabei war *er* entführt worden und hat Dreck gefressen und ist nachts im Regen beinah draufgegangen. Aber er gewinnt zusehends seine sonnige Gemütslage zurück. Er wird sich nie wieder an die gräßlichen Einzelheiten erinnern. Oder vielleicht doch. Meine Unschuld habe ich noch immer nicht verloren; das gelingt mir wahrscheinlich nie, weil die Morrissens tatsächlich nach San José ziehen, und Karen verbringt mit ihrer Mutter bereits ganze Tage dort und denkt keine Sekunde lang an mich. Ich würde sie aber gern verlieren, ich will, daß es passiert, aber gründlich, vielleicht gehe ich einfach zu einer Hure, wenn ich sie als solche erkennen kann; ich glaube schon.

Seit die Große Kacke am Dampfen war, sind Wochen vergangen, und um den 5. Januar herum kommt der Gips von meinem Arm runter. Dylan hat eine Garage von der Firma Fisher-Price zu Weihnachten bekommen, damit spielt er den ganzen Tag, und ich habe eine Gitarre gekriegt, auf der ich in Ruhe üben kann, wenn der alte Arm abgeheilt ist. Dad habe ich einen rostroten Rollkragenpullover geschenkt, 15 Dollar. Es geht uns aber gar nicht gut. Werft den Rettungsring über Bord, werft den Rettungsring über Bord, da treibt jemand im Wasser. Dad zieht sich den rostroten Rollkragenpullover über den Kopf und kuckt beim Fernsehen durch die Maschen. Er trinkt nicht mehr, und er raucht auch kein Gras mehr, er läßt die Finger davon, aber das ist fast noch schlimmer; er benimmt sich, als wenn jeden Augenblick einer kommt und ihm eine scheuert.

Falls er eine Lehre aus der ganzen Sache gezogen hat, läßt er sich nichts davon anmerken. Es kommt ein Punkt, da bringt man die Energie für ein Comeback nicht mehr auf. Es ist, als wäre er irgendwo im Krieg gewesen. Hin und wieder lugt wieder der alte Mr. Wunderbar hervor, besonders wenn wir miteinander spielen, und dann merke ich das, und das macht es nur noch schlimmer, weil er hauptsächlich Dr. Finster ist. Ich würde ja alles tun, was in meiner Macht steht, nur leider ist Macht etwas, was ich nicht besitze. Ich sehe, wie sein Gesicht zuckt. Er gibt einem keine ehrlichen Antworten mehr. Und er sieht nur zu deutlich, wie sich meine Gefühle ändern, und wenn ich mich verstelle, sieht er das auch. Es treibt ihn verzweifelt in seine Ecke zurück. Und manchmal sage ich Gemeinheiten, auch wenn ich gar nicht will. Er läßt alle Hoffnung fahren. Er kann niemandem mehr in die Augen sehen. Und dann kommt er mit ganz grausigen Vorschlägen an. Zum Beispiel Samstag, da wollte er zum Bowling gehen. Er und ich sollten Bowling spielen, und Dylan könnte zusehen und Quatsch machen. *Bowling?*

Den Gipsverband trage ich am linken Arm, und ich bin Rechtshänder, aber dieser Verband hat mich aus dem Takt gebracht; nicht, daß ich mich entschuldigen wollte. Wir waren Idioten, im BOWLING CENTER, und wir knallten eine Kugel nach der anderen in den Orkus; der letzte Sport ist das. Und Dylan versuchte, fröhlich zu sein, aber er war nicht fröhlich, und er langweilte sich und war den Leuten im Wege. Wir hätten genausogut zurück in den Keller gehen können und Pingpong spielen, aber das können wir eben nicht. Wir müssen aus diesem Haus raus, auch wenn Norman keine Bedrohung mehr darstellt, nachdem sie das eingesperrt haben, was die Dobermänner von ihm übriggelassen haben. Aber andererseits können wir nicht ständig vor den bösen Erinnerungen weglaufen. In Berkeley habe ich ein Poster gesehen, WAS HAT DIE WIRKLICHKEIT IN LETZTER ZEIT FÜR DICH GETAN? Ich wollte es Dad zeigen, aber man muß jetzt vorsichtig sein mit ihm. Nach dem Bowling tranken wir jeder eine Coca, und er erwähnte eine Samstagsmatinee im Kino, aber es war eindeutig schon zu spät. »Jacky-Bär«, sagte er, »wir müssen uns ändern.«

Ich habe nicht reagiert. Es geht ihm so furchtbar schlecht, und ich kann ihn nicht treten, wenn er am Boden liegt. Und warum tue ich es dann doch, mit den Augen, wo ich doch weiß, daß er es merkt? Ich sollte ihn unterstützen. Ich habe an einem Malwettbewerb teilgenommen, weil ich dachte, ein Blaues Band heitert ihn auf, aber ich bekam nur eine Lobende Erwähnung, und das Gelbe ist das auch nicht. Ich spiele nur noch nach dem Gehör und versuche, ihn mit mir reden zu lassen, wenn ihm danach ist. Aber im BOWLING CENTER sagte er z. B. auch nichts, und ich wartete und starrte das Eis in meinem Plastikbecher an, und ich sah die Narben in seinem Gesicht, ohne sie anzusehen, und ich wußte, daß wir nie wieder die alten sein werden, und das macht mir noch nicht mal was aus. Es macht mir natürlich ungeheuer viel aus, wenn nicht noch mehr. Ich will nicht erwachsen werden. Ich sagte: »Ich geh mal schiffen«, und ich ging auf MÄNNER und pinkelte aus purem Daffke auf den Fußboden, und dann kam ich zurück

Er sagte: »Jungens, laßt uns aus dieser Sackgasse verschwinden.«

Dylan wollte noch ein Bonbon, und wir kauften ihm an der Kasse eine Rolle Pfefferminzdrops.

Im Auto sagte Dad zu mir, und Dylan saß hinter uns und konnte alles hören: »Du liebst mich nicht mehr so wie früher, stimmt's?«

Ich halte diese ganze unerträgliche Scheiße nicht mehr aus. Ich sagte: »Du bist ganz schön unsensibel, wenn du das annimmst.«

Er murmelte etwas, es hörte sich wie ein Seufzer an. Er konnte nicht mal mehr sarkastisch sein, das ist sonst immer unsere letzte Chance.

Ich betrachtete, wie der nichtssagende East-Bay-Tag verging, und ich sagte nichts weiter. Was ich gern gesagt hätte? –: DAS KANN JA WOHL NICHT EUER ERNST SEIN. Diese Inschrift wünsche ich mir auf meinem Grabstein.

Zu Hause, in der Einfahrt, wir waren gerade mit Aussteigen beschäftigt, und Dad schätzt es gar nicht, wenn Dylans Turnschuhe nach einem Regen auf dem Gras naß werden, und ich stieg aus, und dann hüpfte Dylan auf den Rasen, während ich die Rückenlehne nach vorne hielt, und Dad schrie: »NEIN!« Da hat das Kerlchen Angst gekriegt.

Dad hat keine richtigen Reaktionen mehr. Er schoß aus dem Auto und schnappte sich Dylan, und Dylan sagte: »NEIN!« Er war den Tränen nahe, und er schlug Dad ins Gesicht, so hat er das früher im Spaß gemacht, aber er traf mit seiner Faust eine Narbe, und Dad knallte ihm eine mit seiner freien Hand, mit der anderen hielt er ihn fest, voll auf den Arsch, und dann war es soweit, und Dylan plärrte.

Ich habe das beobachtet. Und Dad hatte sich in unserem eigenen Vorgarten verlaufen, er wollte erziehen, und er wollte fair sein, und er wollte, daß endlich der Schmerz nachläßt. Aber das ist ein perfektes Beispiel dafür, wie er mit nichts mehr fertig wird. Dylan flennte, und das brachte meinen Vater um, es brachte ihn um.

»Ich meine doch nur«, sagte Dad zu dem Knaben, den er jetzt umarmte, »man soll nie jemandem ins Gesicht hauen, -kay?«

Dylan konnte nicht -kay sagen. Er weinte.

Und das alles wegen einem Paar beschissener Turnschuhe, die naß geworden sind; wir hätten sie ihm sofort ausziehen können, sowie wir im Haus sind.

»Daddy wollte dich nicht erschrecken, Daddy hat sich nur Sorgen gemacht.« Dad drückte ihn fest an sich.

Dylan, immer noch plärrend, sagte: »Laß das, Daddy.« Und dann stellte Dad ihn wieder auf den Boden, äußerst vorsichtig, und dann fiel Dad ins Gras, in Zeitlupe, man konnte dabei bis 10 zählen.

Ich bückte mich nicht. Ich stand neben ihm. Ich sagte: »Steh auf.«

Er lag auf dem Rücken und sah mich an, er blinzelte. Er sagte: »Ich bin durch diese Glastür gefallen. Mit dem Kopf voran.« Er war in Kälte eingehüllt, und sein Arm zeigte auf unser Haus und auf das Glas von der Doppeltür.

Ich sah hin. Und dann sah ich mich nach Normans Haus um. Und im Geiste sah ich, wie Dad irgendwo in Zeitlupe durch eine Fensterscheibe poltert, wie im Film, Dad fällt auf mich zu, und die Fensterglasscherben sprühen nach allen Seiten. Aber dann versuchte ich, das zu lassen, und ich sah ihn im Original, verstört, auf dem Gras in unserem eigenen Vorgarten.

Hier ruht Mark, das Tuberkel.

Dann bückte ich mich doch, und ich pflückte ihm sorgfältig diese Glasscherben aus dem Haar, die es gar nicht gab.

Ich sagte zu ihm: »Ich glaube, ich hab sie alle.«

Dad wartete, und er setzte ich auf und stellte sich wieder auf die Füße. Er sagte: »Danke.« Er rieb sich das gefrorene Wasser von der Hose und von den Jackenärmeln.

Ich sagte zur Welt, Gott steh uns bei. Ich habe genug. Ich habe zuviel Scheiß erlebt.

Dad nahm Dylan wieder an die Hand, und diesmal war er sehr zärtlich zu dem kleinen Kerlchen, und Dylan sah ihn an und sagte besorgt: »Daddy hat sich naß gemacht?«

Dad sagte, wobei er zur Veranda ging: »*Yeah*, – Daddy hat sich naß gemacht.«

Ich taperte hinter ihnen her ins Haus. Und natürlich diese Tränen. Ich versuchte, das Wasser zu halten. Ich muß ein Mann sein. Sobald ich sechzehn bin, fahre ich in den Sommerferien nach Europa, Pfadfinder-Ehrenwort. Verdammt.